Astrid Gavini

SEELEN IM ZWIELICHT

Historischer Roman

Band 2

Edition Bärenklau

Lit*Art*-World

Published by LitArt-World © 2016
ISBN-13: 978-1533360151
ISBN-10: 1533360154

Vorwort

»Seelen im Nebel« war der erste Teil einer außergewöhnlichen historischen Geschichte, die zu Anfang des 18. Jahrhunderts in der Hansestadt Wismar an der Ostsee spielt.

Die Jahre der Hanse- und Handelsmacht sind vorüber. Die Bürger kämpfen fast ausschließlich um das nackte Überleben, und die schwedische Obrigkeit scheint 1707 auch weiterhin das Sagen zu haben.

Man fragt sich vielleicht, was kann ein Roman Besonderes über eine Stadt berichten, die nach dem Leid des 30jährigen Krieges und dessen erschütternden Spätfolgen nur noch darum bemüht ist, nicht an ihrem Elend zugrunde zu gehen?

Doch hinter diesen historischen Tatsachen verstecken sich viele menschliche Schicksale, wie das der Geschwister Elisabeth und Peter Hennings – deren Geschichte auf wahren Begebenheiten basiert.

Der dreiteilige Roman verdeutlicht nicht nur einen fast aussichtslosen Kampf um ein menschenwürdiges Dasein in einem uns heute fremdartig anmutenden Zeitalter. Er erzählt auch über ein Mysterium, welches den Geschwistern auf erbarmungslose Weise ihre Bestimmung zeigt und diese sogar letztendlich in den nachfolgenden Bänden: »Seelen im Zwielicht« und »Seelen im Feuer« mit der Gegenwart verbindet

Wismar, im Mittelalter auch als »Wismaria« bekannt, wird in dieser Geschichte jenen Namen behalten und den Leser mit auf eine Zeitreise nehmen.

Aufs Allerherzlichste möchte ich mich an dieser Stelle bei dem Historiker und Leiter des Archivs der Hansestadt Wismar, Herrn Dr. Nils Jörn, für dessen unschätzbare Hilfe und Beistand auf meiner ganz speziellen Rechercheeise durch die Jahre 1699 – 1716 bedanken.

archivverein-wismar(Punkt)de

Es war mir ein Anliegen, mit diesem Roman ein spannendes Stück Geschichte lebendig machen zu können.

Astrid Gavini

Was in Band 1 >Seelen im Nebel< geschah

Wismar (Wismaria) zur Zeit der Schwedenherrschaft. Bei der verheerenden Explosion dreier Wehrtürme im Jahre 1699 stand ein Großteil der Stadt in Flammen. Elisabeth und Peter Hennings – Kinder eines angesehenen Kaufmannes – verloren bei diesem Unglück ihre Eltern und fast das gesamte Hab und Gut.

Die Geschwister sind, trotz eines Vormundes, die meiste Zeit auf sich selbst gestellt. Recht bald werden sie als junge Erwachsene mit Ereignissen konfrontiert, gegen die sogar ein gemeinsamer Kampf unmöglich erscheint.

Es sind nicht nur die Plagen des physischen Überlebens in einer schwierigen Zeit. Menschliche Abgründe und die Macht der herrschenden Bürgerschaft sowie des stets gegenwärtigen Aberglaubens beeinflussen ihre Wege ebenso, wie eine korrupte Gesellschaft, kirchlicher Einfluss und beängstigende, mysteriöse Vorfälle.

So ist es nur eine Frage der Zeit, bis der labile Piet in einen fatalen Sog negativer Kräfte gerät und seine sanftmütige Schwester mit in ein unausweichliches Elend zieht.

Als Elisabeth dem schwedischen Offizier und Kommandanten der Garnison Wismar – Liam Lindkvist –

begegnet, ahnt sie noch nicht, dass dieser ein Geheimnis mit sich trägt, welches ihr zur Bestimmung werden soll.

Meine Stadt – fern meiner Heimat,
wie liebe und wie hass´ ich dich…
(Liam Lindkvist 1708)

Kapitel 1

Elisabeth war sich sicher, dass sie in den nächsten Sekunden ohnmächtig werden oder zumindest keinen Ton herausbringen würde, doch sie bemühte sich um Haltung. Sie trat in den Arbeitsraum des Kommandanten und blieb nach den ersten beiden Schritten sogleich stehen, während der Soldat hinter ihr die Tür von außen schloss.

Der schwere Schreibtisch, welcher vor einem schmalen bleigefassten Fenster stand, konnte nur für den Bruchteil einer Sekunde ihr Augenmerk auf sich ziehen.

Es war die Person dahinter, die ihren Blick auf eine fremde Weise – gleich einer unbekannten Faszination – zu fesseln schien.

Oberst Liam Lindkvist erhob sich, als Elisabeth eintrat.

Sie wusste nicht, was es war: seine hünenhafte Größe, die Eleganz mit der er seine Uniform trug, sein schönes Gesicht oder einfach nur dieses spontane, umwerfende Lächeln, das alles oder auch nichts bedeuten konnte. Jedenfalls löste es Elisabeths innere Anspannung und zauberte ihr ebenfalls ein scheues Lächeln ins Gesicht.

»Elisabeth, wie schön, dass Ihr hergefunden habt. Bitte nehmt Platz«, sagte er mit jener Stimme, die sie schon im Haus der Ruges bezaubert hatte.

Es war Elisabeth klar, dass er ihr als Oberst und Kommandant dieser Stadt nicht die Hand reichen würde, aber seine freundliche Geste, mit der er ihr einen der edlen, gepolsterten Stühle vor seinem Schreibtisch anbot, empfand sie bereits als große Ehre. Liam Lindkvist nahm wieder Platz, nachdem Elisabeth sich direkt vor ihn gesetzt hatte und ihm somit offen in die Augen sehen konnte.

Der vergoldete Leuchter zu seiner rechten Seite trug fünf brennende Kerzen, deren Licht die Arbeitsfläche auf seinem Schreibtisch noch etwas mehr erhellen konnte und die Züge seines Gesichtes sanft und edel erscheinen ließ. So wirkte die Farbe seiner Augen in diesem Kerzenschein kornblumenblau, wie die Grundfarbe seines Rockes, der mit seinen goldgelben Blenden und Knöpfen ganz hervorragend aussah und eigens für seine Persönlichkeit geschneidert schien. Jener Militärrock war nicht hochgeschlossen, sodass man das makellose, weiße Hemd mit dem hohen gebundenen Halsabschluss und der eleganten, einfachen Brustrüsche erkennen konnte. Wie es üblich war, trug auch er sein langes Haar mit einem Band im Nacken geschlossen. In diesem Fall war es in der blauen Grundfarbe seiner Uniform gehalten. Seine Beinbekleidung war – außer den schwarzen, hohen Stiefeln – durchweg weiß.

Elisabeth hatte das Gefühl sich an seinem Äußeren nicht sattsehen zu können. Sie hatte ihn als einen sehr gut aussehenden Mann in Erinnerung, aber nun fand sie ihn außergewöhnlich beeindruckend. Dass er sie für wenige Sekunden im gleichen Maße zu mustern und aufzunehmen schien, nahm sie in diesem Moment nicht war. Sie erkannte nur, dass sein feines Lächeln nicht wirklich aus seinem Gesicht schwinden wollte. Er neigte seinen Kopf etwas zur Seite und begann zu reden.

»Das Geschlecht der Kaufleute Hennings hatte seinen Ursprung anfangs des 15. Jahrhunderts und wuchs bis zum großen Krieg zu einer eigenständigen, kaufmännischen Größe. Das Handelsschiff WISSEMARIE war auch nach dem Krieg und sogar während der schwedischen Besetzung immer noch tonangebend, bis all das familiäre Werken am 28. Juli 1699 bei der Explosion der Wehrtürme nimmer wiederkehrend vernichtet wurde. – Die letzten Überlebenden eines großen Hansegeschlechtes sind Peter und Elisabeth Hennings. Die einzigen Kinder von Johannes und Catherina Hennings. Die Tochter verdient ihren Lebensunterhalt als Näherin bei dem Schneidermeister Gottlieb Borg. Der Sohn ist noch auf der Suche nach Ausbildung. – Ihr Vormund ist der Kaufmann und Ältermann Paul

Streeck. Und vor mir sitzt Elisabeth Hennings – Ist das exakt?!«

»Außerordentlich exakt, Herr Oberst.«

Elisabeth schluckte fest. Sie wusste, dass selbst der Kommandant dieser Stadt jene Daten nicht ohne weiteres im Rathaus einsehen konnte. Woher hatte er demnach all diese Erkenntnisse? Liam lächelte, als hätte er ihre Gedanken verstanden.

»Ich habe mich nur umgehört, werteste Elisabeth. Ihr und Eure Familie habt in Wismaria immer noch einen großen Namen und einen ebenso guten Ruf.«

Diese Einleitung zu ihrem Gespräch beeindruckte und berührte sie tief. Trotzdem versuchte sie ihre Haltung nicht zu verlieren, schaffte es aber kaum den Blickkontakt zu halten.

Liam neigte sich zu ihr nach vorne und legte dabei die Unterarme auf den Tisch. Er wirkte sehr ruhig, was sich auf Elisabeth zu übertragen schien.

»Bitte sagt mir, was ich für Euch tun kann, teuerste Elisabeth. Erzählt es mir ganz in Ruhe und in allen Einzelheiten, denn ich habe nicht die leiseste Ahnung, was hier passiert sein soll. – Das heißt, der Hauptgrund Eurer Sorge ist ein verlorengegangenes Familiensiegel, das ihr hier im Hause vermutet. Ist das korrekt?!«, begann Liam behutsam, um Elisabeth die erkennbare Verunsicherung zu nehmen. Sie nickte.

»Ja… Herr Oberst. So ist es.« Liam nahm die Anrede mit einem leichten Schmunzeln entgegen und blickte kurz zur rechten Seite. Erst jetzt sah Elisabeth, dass sie nicht alleine waren. Links hinter ihr war ein noch recht junger Soldat an einem Tisch in seine Schreibarbeit vertieft. Seine blaugelbe Uniform war in vielen Einzelheiten schlichter gehalten, als die seines Vorgesetzten. Liam sagte etwas in schwedischer Sprache zu ihm, dieser antwortete mit einem »Till kommandot, Överste Lindkvist!«, was sie zu verstehen schien. Elisabeth erschrak ein wenig, was Liam im Fluge erkannte.

»Ihr befindet euch hier in einer militärischen Einrichtung, Elisabeth. Dennoch, keine Sorge: Jeder Offizier hat einen Sekretär, und er wird nur dann protokollieren, wenn er es anordnet. Das sagte ich ihm gerade.« Sie hatte verstanden. Es war ungeschickt von ihr, nicht den Treff nach seinem Dienst gewählt zu haben. Denn natürlich konnte sie hier niemals unter vier Augen mit ihm reden. Aber sie versuchte sich zu fassen.

»Das ist verständlich, entschuldigen Sie.«

»Kein Grund, um sich zu entschuldigen, werte Elisabeth. Erzählt mir, was vorgefallen ist, Ihr könnt den Vertretern der königlichen Armee vertrauen!« Sein Lächeln war wieder da und Elisabeth fühlte sich geborgen. Liam hatte sich eine weiße Schreibfeder in die

Hand genommen und ein Stück Papier zurecht gelegt. Er bewegte sich entspannt und schien von innerer Ruhe getragen.

»Ich werde mir zu dem, was Ihr sagt, Stichpunkte machen, dann können wir im Nachhinein das Unverständliche besser klären.« Elisabeth nickte.

Von vorne sollte sie beginnen und das tat sie auch; sachlich, klar und mit Angabe der Daten. So erzählte sie Liam, dass ihr Bruder das silberne Familiensiegel an einen seiner Soldaten namens Leif – der bei den Ruges wohnen würde – ausgeliehen hätte, um es von ihm unentgeltlich schätzen zu lassen. Dieser Soldat sei aber am Folgetag zu Liam in das Kommandantenhaus gerufen worden und hätte dort wohl dieses Siegel entwendet oder beschlagnahmt bekommen. Daraufhin hätte sie ihren Bruder und dessen zukünftigen Meister beauftragt, sich hier in dieser Einrichtung zu melden und anzugeben, dass es sich um ihr Familiensiegel handeln würde. Als ihr Bruder und dessen Freund und Meister zurückgekommen wären, hätte man ihr erzählt, dass sie mit dem Kommandanten Liam Lindkvist gesprochen hätten und dieser die Herausgabe des Siegels strikt abgelehnt hätte.

Weitere Einzelheiten wollte Elisabeth vermeiden. Nichts davon sagen, dass sie Liam arrogant gefunden hätten und er sich auch nicht an sie hätte erinnern können.

Liam hatte tatsächlich hier und da mitgeschrieben, steckte die Feder ins Tintenfass zurück und blickte Elisabeth ernster werdend an.

»Diese Geschichte ist genau so unfassbar, wie interessant, teuerste Elisabeth. Beginnen wir einfach wieder von vorne.« Irgendetwas schien ihn wirklich leicht aus der Fassung gebracht zu haben. Er biss sich kurz auf die Unterlippe, ehe er sich weiter äußerte.

»Als Allererstes zur Klärung: Der Soldat Leif Nyberg wohnt zwar bei den Ruges, wurde von mir aber bereits vor zwei Monaten zum Fort Walfisch abkommandiert – aus verhaltensbedingten Gründen. Dort hat er bis zum nächsten Jahr Wachdienst.

Es wäre von daher recht unwahrscheinlich, würde er es wagen zu einem Plausch von der Bastion aus zu den Ruges zu schleichen. Es gäbe genügend Kameraden, die ihn anzeigen würden, nur um sich damit ein Zubrot zu verdienen. Aus diesem Grunde, werte Elisabeth, kann weder Euer Bruder ihm das Siegel gegeben, noch *ich* ihm dasselbe entwendet haben!« Liam bemerkte Elisabeths ansteigende Fassungslosigkeit. Sie musste sich zusammenreißen, um einen Satz formulieren zu können.

»Aber, die beiden waren doch hier, bei… Ihnen?!« Liam atmete tief durch und rieb sich kurz mit Daumen und Zeigefinger über die Nasenwurzel und über seine Augenlider.

»Ich habe – nachdem ich Euren Brief erhielt – nachgesehen, wer an diesem Tag als Besucher gemeldet war und um welche Uhrzeit. Da ich mittlerweile weiß, dass Euer Bruder Peter heißt, fand ich diesen Namen zusammen mit dem Nachnamen Hennings nirgendwo. Er war jedenfalls nicht hier.

Aber wie dem auch sei: Mit *mir* konnten die Herrschaften gar nicht geredet haben, denn ich bin erst seit dieser Woche wieder im Kommandantenhaus. Einschließlich Samstag befand ich mich im Zeughaus. Ich könnte Unterlagen und Zeugen bringen, die es euch bestätigen würden.« Seine leicht angespannten Züge gebaren ein etwas bitter anmutendes Lächeln.

»Bei Gott nein, Herr Oberst... ich…« Elisabeth schaffte ihren Satz nicht zu Ende. Sie glaubte unter ihrem heftigen Herzschlag im nächsten Moment sterben zu müssen und hatte Mühe die Verzweiflungstränen zurückzuhalten.

»Ich bedauere es in diesem Augenblick sehr, teuerste Elisabeth, dass man Euch wohl in einer recht hintertriebenen Weise irreführen wollte. Hier muss man den Grund finden, weshalb man dies tat«, begann Liam beschwichtigend, aber immer noch mit dem Ausdruck aufkeimender Anspannung.

»Nur bleibt es in diesem Falle nicht dabei, dass man *Euch* bewusst betrügen wollte, sondern hier wird – und bei Gott, so ist es – der Kommandant der Garnison Wismaria verleumdet!« Liam nahm militärische Haltung an und gab seinem Sekretär ein Handzeichen.

»Elisabeth, Ihr müsst mir den Namen des anderen Mannes sagen, diese Sache muss protokolliert werden.« Er erkannte das Entsetzen und Flehen in ihren Augen, das er ihr nur zu gerne genommen hätte, aber er musste diesen Weg einhalten.

»Was bedeutet das? Bitte…« Liam wartete, aber sie schaffte erneut ihren Satz nicht zu Ende.

»Im Augenblick noch gar nichts. Im schlimmsten Falle eine Strafanzeige wegen übler Nachrede, und das würde ich den Herrn nicht wünschen.«

Elisabeth hatte das Gefühl, dass sie diese Situation nicht überleben würde. Wieso hatte sie solch eine Folge nicht bedacht, als sie sich dafür entschied hierher zu kommen?!

Nein, was hatten Piet und Pavel ihr angetan, dass sie nun hierher musste, um die Wahrheit zu erkunden? Und nochmals nein, was konnte sie tun, dass Liam nun von einer Strafanzeige absah?! – Nein, aus dieser schlimmen Lage kamen weder sie noch Piet oder Pavel ungeschoren heraus. Wie konnten sich diese Schwachköpfe nur so etwas ausdenken?! Dagegen war die Geschichte mit dem Heiligengeist Hospital und Pastor Sprengel ja nur ein Dummer-Jungen-Streich!

Liam ließ ihr Zeit und hätte ihr zu gerne Worte der Beruhigung gesagt, die er in seiner Position an diesem Ort allerdings nicht aussprechen durfte.

»Es ist Pavel… Pavel Korden, der Seifensiedermeister, der gerade sein neues Geschäft eröffnet. – Oh mein Gott. Wenn Piet jetzt wieder seine Stelle verliert und Pavel sogar seinen Betrieb… Das ist das Ende!« Liam erkannte, dass Elisabeth in ihrer Verzweiflung zu kämpfen hatte, und von daher mehr zu sich selbst sprach, als zu ihm.

„Pavel Korden – Seifensiedermeister und Peter Hennings, Auszubildender seiner Zunft sagen aus, am Samstag, den 17. Dezember 1707 um „die Mittagszeit" im Kommandantenhaus gewesen und mit Oberst Liam Lindkvist eine Unterredung gehabt zu haben. Sie forderten ein Familiensiegel zurück, das den Hennings gehört. Es wurde ausgesagt, dass der Oberst ihnen diese Plakette nicht geben wollte, weil er diese als beschlagnahmt bezeichnete. – Ist dies so der Sinn, Elisabeth?"

Was sollte sie antworten? Sie selbst hatte es so erzählt und es entsprach auch der Wahrheit. Elisabeth nickte und gab ein kaum hörbares »Ja, Herr Oberstleutnant... Oh, entschuldigen sie bitte – Herr Oberst…« von sich. Liam nickte ihr mit geschlossenen Augen zu. Sie verstand, dass dieses Mienenspiel beruhigend wirken sollte und es war ihr äußerst peinlich, den Kommandanten zum Oberstleutnant degradiert zu haben. Alles schien ihr zu entgleiten und am liebsten hätte sie keinen Ton mehr sagen wollen…

Liam setzte sich wieder gerade und diktierte dem Sekretär den vorher in deutsche Worte gefassten Text in schwedischer Sprache. Elisabeth schmerzten Magen, Nacken und Schläfen im gleichen Maße. Der Sekretär brachte Liam das Blatt und dieser reichte es Elisabeth samt der Schreibfeder.

»Ihr müsst das bitte unterzeichnen.« In seiner Tonlage schwang ein fühlbares »Es tut mir leid« mit, was Elisabeth erkannte, ihr die Sache aber nicht leichter machte. Trotzdem setzte sie rasch und ohne zu zögern ihre Unterschrift darunter und fühlte sich noch einen Schritt elender als zuvor. Gegenüber ihres Schriftzuges unterzeichnete Liam und schloss das Protokoll mit dem ihr bekannten Stempel – der sein persönliches, militärisches Siegel zeigte – ab.

»Hört mir zu Elisabeth«, redete er sie mit beschwichtigender Stimme an.

»Dieses Protokoll werde ich zur Seite legen und nicht zur Anzeige bringen. Ich bin nämlich davon überzeugt, dass Euer Bruder und sein Meister nicht in erster Linie die Absicht hegten, mich und das Kommandantenhaus zu verleumden, sondern mich nur dazu nutzen wollten, um Euch ein bitteres Märchen weismachen zu können. – Sollten die Herren diesbezüglich den Mund halten, ist für mich die Sache soweit erledigt.

Allerdings bleibt nun der Eintrag in den Akten und der kann bis nach Schweden erfasst werden.« Liam gab seinem Sekretär ein Zeichen, in dem er das Blatt kurz anhob. Dieser kam erneut an den Schreibtisch seines Offiziers und nahm es wieder an sich.

»Was den Fall des Siegels betrifft, teuerste Elisabeth, werde ich bereits noch heute meine Leute beauftragen, die sich bei den Soldaten – welche bereits verhaltensbedingt auffällig waren und sind – Euer Familiensiegel zu suchen oder heraus zu finden, wo es geblieben ist. So wird diese Angelegenheit von nun an Aufgabe des Militärs, da der Name des straffälligen Leif Nyberg genannt wurde. Ich werde Euch auf dem Laufenden halten und Euch schriftlich informieren, Elisabeth. Ist… dies für Euch so in Ordnung?«

Erneut neigte er den Kopf etwas zur Seite. Sein Blick hatte geradezu etwas Flehendes. Elisabeth nickte fest.

»Könnt Ihr mir eine Beschreibung des Siegels geben?«, kam Liams ruhige Zusatzfrage und Elisabeth erbat sich ein Stück Papier, das er ihr mit der Feder und seinem Tintenglas reichte. Liams Ausdruck verriet Interesse an dem, was sie zu zeichnen bereit war.

Elisabeth begann mit einem handtellergroßen Kreis, in den sie in raschen Zügen eine stilisierte Kogge mit einem Eichblatt als Segel einfügte. Diese setzte sie auf eine außergewöhnliche Wellenform und schrieb gegen den oberen Rand das Wort: HENNINGS, und an den unteren: WISSEMARIE. Sie reichte Liam das Papier und dieser musterte die Zeichnung mit anerkennendem Nicken.

»Danke, besser könnte man es nicht darstellen. Ihr seid sehr begabt, werteste Elisabeth!« Sie wagte kaum sein Lächeln zu erwidern.

»Hätte es sich im Übrigen so zugetragen, wie Euer Bruder und dieser Meister sagten, wäre von meiner Seite aus niemals eine Beschlagnahmung erfolgt. Denn erstens ist das dem Gesetz nach in solch einem Fall nicht vorgesehen und zweitens, wird alles an Fundstücken ausgehändigt, wenn sich ein Besitzer ausfindig machen kann. Dies gilt auch beim Verdacht einer Straftat. Der Geschädigte muss nur mit dem Gegenstand der Tat oder Diebesgut für die Verhandlung verfügbar sein.«

»Danke Herr Oberst, ich hätte nach all dem, was ich berichtet habe, Ihren Großmut nicht erwartet.« Liam nickte und verstand, dass sie sich Mühe gab, korrekt zu wirken. Dies aber nicht aus Mangel an der Fähigkeit, sondern weil sie die gesamte Situation gefühlsmäßig unglaublich überforderte. Er atmete fest aus und blieb seiner militärischen Redensart treu.

»Ich will Euch nicht zum Verrat auffordern, Elisabeth, aber wenn Ihr in Erfahrung bringt, dass irgendetwas Diesbezügliches an verlogenen Äußerungen über mich in Umlauf kommen sollte, bitte informiert mich darüber. Das kann ich nämlich so nicht dulden.

»Sie haben mein Ehrenwort, Herr Oberst, das werde ich tun!«, versicherte sie und hatte nicht bemerkt, wie ihr bereits die Tränen über die Wangen liefen. Natürlich konnte sie darüber hinaus nicht ahnen, wie sehr dies jenen sachlich wirkenden Offizier bewegte. Er versuchte auszuweichen.

»Werteste Elisabeth, erlaubt Ihr mir, offen zu sprechen?« Sie nickte.

»Ich weiß von einigen meiner Soldaten und sogar Unteroffizieren, dass diese gerne nach getanem Dienst eine Runde am Spieltisch verbringen und leider dort auch ihren hart verdienten Sold verspielen. Die Leute, die bei den Ruges wohnen, sind nur einige von jenen. Mir ist auch bekannt, dass zumindest einer der Rugessöhne gerne mitspielt. Wie steht es mit Eurem Bruder oder dessen Meister? Wisst Ihr, ob auch diese beiden ab und zu mit am Tisch sitzen?«

Das musste sie leider in Hinsicht auf Piet sehr schnell bejahen. Elisabeth ging nicht in Einzelheiten über, sagte nur, dass ihr dies von ihrem Bruder selbst bekannt sei. Sein Meister allerdings wäre kein Spieler und hätte auch keinen Umgang mit den Ruges oder den Soldaten.

»Dann weiß ich, wo wir Euer Siegel zu suchen haben!«, nickte Liam mit überzeugtem Blick und Elisabeth hatte auf einen Schlag verstanden. Sie spürte, dass sich ihr Sinnen in glühendflüssiges Blei zu wandeln schien und ihre Nerven kurz vor einem Feuerwerk standen, das nicht der Freude diente.

Liams letzte Worte gaben dem ganzen Gebäude an Vermutungen, List und Lügen einen Sinn. Piet hatte das Siegel als Pfand eingesetzt und verspielt! Sie traute es ihm zu - klar und zweifellos! Damit war alles gesagt und Elisabeth verspürte den Wunsch, auch Liam nicht länger mit dieser Angelegenheit zu strapazieren. Sie wollte gehen.

»Ja, ich verstehe… Ich denke, dass ich nun mit Verlaub…« Sie erhob sich zeitgleich mit Liam. Dieser sagte etwas in schwedischer Sprache zu seinem Sekretär, der daraufhin augenblicklich die Arbeitsstube verließ und die Tür von außen ins Schloss legte.

»Ich habe jetzt etwas getan, das ich normalerweise nicht tun dürfte, aber ich möchte unbedingt noch einige Worte mit Euch alleine reden, Elisabeth.«

Erneut dachte sie, dass ihr die Knie wegrutschen würden, als Liam nur einen Schritt weit von ihr entfernt stehen blieb. Sie spürte diesen sinnenberaubenden würzigen Duft, der ihn umgab. Vielleicht ein besonderer Tabak, den er rauchte, oder auch nur der Wohlgeruch seiner Person, den sie wahrnahm. Natürlich konnte Elisabeth nicht ahnen, dass Liam der Blütenduft von Renatas Seife ebenso angenehm auffiel.

»Nehmt Euch um Gottes willen all dies, was heute von mir gesagt und angeordnet wurde, nicht so schwer zu Herzen. Als Offizier und Kommandant kann ich nicht anders handeln und reden. Meine Position und Verpflichtung verlangen es von mir.« Liam sah kurz zur Seite, und fuhr mit einem direkten Blick in ihre Augen fort.

»Ich weiß, was Ihr durchmacht, Elisabeth. - Ich weiß auch, wie sehr Ihr für Euren Bruder kämpft, damit er einen sicheren Fuß in dieses Leben bekommt, da Euer gemeinsamer Vormund in vielen Fällen nicht seiner Verpflichtung nachkommt. Ich werde niemals derjenige sein, der das Leben eines jungen Burschen zerstören wird. Alle unsere Wege waren und sind zu hart. Von daher werde ich auf keinen Fall etwas veranlassen, dass gerade Euch Schaden zufügen könnte. Nicht Euch und nicht den Personen, die mit Euch verbunden sind.« Es waren Worte, die ihr zu Herzen gingen und sie verstand: Liam war kein eiskalter Krieger. Er besaß eine durch und durch reine, empfindsame Seele.

»Ich hätte Ihnen diese Unannehmlichkeit gerne erspart«, sagte sie zögernd aber aus tiefstem Herzen. Er lächelte und sie erkannte, dass er sehr nachdenklich wurde.

»Man kann nur etwas ändern, wenn man gewillt ist es anzugehen. Also war es gut, dass Ihr mich informiert habt. Vor unseren Toren tobt ein fürchterlicher, nicht enden wollender Krieg… und die meisten Menschen – auch unsere Soldaten – wissen nicht, wie viel Glück sie haben, dass sie hier bei ihrem Tun in dieser Garnison davon verschont bleiben. Versteht Ihr, Elisabeth? Es ist alles besser, als der Tod. Denn nur so lange man lebt, kann man Schlechtes zum Guten ändern. Glaubt mir, ich weiß, wovon ich rede.«

Sie nickte, und konnte dem Sinn seiner Worte nur zustimmen.

»Anscheinend benötigt es wirklich mehr Mut miteinander in Frieden zu leben, als sich den Krieg zu erklären…«, wagte sie gegenüber einem Offizier zu äußern, worüber dieser allerdings anerkennend lächelte.

»Das war sehr weise gesagt, Elisabeth. – Die Aufgabe eines Garnisonskommandanten ist es tatsächlich, den Frieden zu sichern. Würden nur die Hälfte der Bürger es hier so sehen, wie Ihr, wäre ich mit meiner Arbeit ein ganzes Stück weiter.« Liam brachte Elisabeth zu einem verlegenen Lächeln. Einen Moment lang wich sie seinem Blick aus, und er wagte es, sie für eine Sekunde sehr behutsam an ihrem Oberarm zu berühren.

»Elisabeth, wenn Ihr diesem Arbeitsraum den Rücken zudreht, habt Ihr etwas Großes zurückgelassen: Euren Eindruck auf mich! – Ihr seid eine bewundernswerte Frau.«

Irgendetwas in ihrem Leib zog sich zusammen. Sie kannte dieses Empfinden überhaupt nicht. Aber es fühlte sich an, wie eine Sehnsucht nach dem, was sie ihr Leben lang vermisst hatte. Etwas, das nun zum Greifen nah zu sein schien aber nicht zu fassen war. Diese Berührung löste in ihr eine Art Schauer der Ergriffenheit aus. Zusätzlich hatte sie noch niemals jemand zuvor als »Frau« bezeichnet! Sie war stets die »Deern«, die »Jungfer« … Das Wort »Frau« gab ihr etwas Erhabenes – eine Form von Selbstwert und Stärke – das sie nicht kannte.

»Herr Oberst, ich…«

»Elisabeth, erinnert Euch bitte: Ich bin LIAM! – Beim nächsten Treffen kommt bitte ohne Scheu als mein persönlicher Gast ins Tribunal. Dort, wie auch hier, werde ich den Wache haltenden Soldaten Euren Namen hinterlassen. Eurem Wunsch, mich kontaktieren zu wollen, muss zu jeder Zeit nachgegeben werden! – Dabei möchte ich gerne mit den Worten des Liam Lindkvist mit euch reden, nicht nur mit denen des Offiziers seiner Majestät.«

Er reichte Elisabeth die Hand, um ihre - bereits eiskalte - danach mit beiden Händen zu fassen. Sie glaubte vor Ergriffenheit nicht mehr atmen zu können.

»Was immer auch passiert, haltet durch Elisabeth. Ich werde für Euch da sein, und: Wir werden uns wiedersehen. Das weiß ich.«

Sie sah ihm so direkt und tief in die Augen - in dieses faszinierende Gesicht mit der kleinen unauffälligen Narbe am linken Wangenknochen - wie nie zuvor. Elisabeth spürte das unsagbare Verlangen, von ihm in den Arm genommen zu werden, doch sie wusste nur zu gut, dass dies von der militärischen Etikette her unmöglich war.

»Danke, Liam, für jede Sekunde, die Ihr mir heute gewidmet habt«, traute sie sich zu sagen und ihr abschließendes: »Ich wünsche Euch ein gesegnetes Fest. Gott schütze Euch«, brachte sie zwar recht leise hervor, aber er konnte das Ausmaß der Bedeutung ihrer Worte aufnehmen.

»Gud välsigna Elisabeth«, entgenete Liam mit ebenso verhaltener aber erkennbarer Herzlichkeit.

Er öffnete ihr sogar die Tür, als sie den Raum verließ und ihn noch ein einziges Mal direkt anblickte. Liam ließ seinen Sekretär wieder eintreten.

Das gerade Erlebte hatte Elisabeth, als sie alleine im Vorraum stand, schlagartig in einen Dämmerzustand versetzt. Nur langsam und erkennbar abwesend in ihren Gedanken schritt sie das langstreckte Vorzimmer bis zur Treppe zurück. Von jenem Standort aus, konnte sie dessen Ende sehen, an dem die Werkzeuge der Handwerker lagen. Über dieTreppe, die am dortigen Ende zum zweiten Stock führte, kamen hurtige Schritte und sie dachte ihren Augen keinen Glauben schenken zu können: Es war Berthold Ruge, der nach dem Hobel, welcher links neben jener Treppe auf dem Boden lag, griff!

»Meister Hannes Lübke arbeitete hier am Dachgebälk!«, kochte es siedendheiß in ihr auf. Sie konnte der Situation nicht mehr entfliehen. Bertel blickte zu ihr her und ließ fast den Hobel aus der Hand fallen.

»Lisbeth?!«, kam es gedämpft aus seinem Mund, während sein Hals immer länger zu werden schien. Sie hob den Kopf und ging kühnen Schrittes auf ihre Treppe zu. Ihr »Guten Tag Bertel!«,war alles andere als herzlich.

»Teufel nochmal, was machst du denn da... in den Offiziersräumlichkeiten?!« Er kam ihr tatsächlich halbgebückt mit jenem langestrecktem Hals entgegen und fuhr im Flüsterton fort.

»Dort ist das Arbeitszimmer des Kommandanten! Was machst du da, zur Hölle?«

Elisabeth hatte große Lust ihn von der Treppe zu schubsen.

»Geh doch rein und frag ihn! Du bist doch sonst so couragiert!«, war mit Sicherheit nicht das Schlauste, was sie ihm als Antwort an den Kopf werfen konnte, aber es ärgerte ihn zumindest. Sie huschte die Treppe hinunter, während ihr ein zischendes »Unverschämtes Luder!« folgte.

Verwirrt, verärgert und wütend traf Elisabeth auf einen Wachsoldaten am Treppenaufgang. Er schien zu erkennen, wie aufgebracht sie war, und sie nutzte die Gelegenheit um ein »Dieser unverschämte Zimmermannsgeselle!«, verlauten zu lassen, ohne den Soldaten damit direkt ansprechen zu wollen. Jener allerdings hatte den Hinweis sehr wohl verstanden und eilte interessiert die Treppe hinauf, denn anscheinend schien hier ein Gast des Kommandanten durch einen Handwerker beleidigt worden zu sein.

Als Elisabeth das Kommandantenhaus verließ, war ihr bewusst, dass sie als allererstes nach Sankt Georgen eilen musste, um dort ihre Gedanken zu ordnen und das Erlebte zu verinnerlichen. Dieser Abschluss ihres Besuches war das Scheußlichste, was ihr hätte passieren können. Ausgerechnet Bertel! Morgen wüsste es Piet und dann die ganze Gesellschaft!

Sie hielt in ihrem Schritt an, als sie vor dem Tribunal stand und wollte sich wieder einmal für ein paar Sekunden im Betrachten der großartigen Gebäudefront verlieren.

Hier im zweiten Stockwerk wohnte der Kommandant und Tribunalspräsident Liam Lindkvist - kam ihr in den Sinn. Wie edel mochten diese Räumlichkeiten wohl sein? – In ihrer Erinnerung ging sie in das schön eingerichtete Haus ihrer Familie in der Wollweberstraße und die ihrer befreundeten, wohlhabenden Kaufmannsfamilien zurück. Seit der Tragödie der Wehrturmexplosion hatte sie nie wieder eines jener fein eingerichteten Häuser betreten. Schließlich war dies im nachfolgenden Kampf um das nackte Überleben auf den letzten Platz der Wünsche gerückt.

Der ehemalige Fürstenhof - das jetztige Tribunal - trug noch immer die überreichlichen, als Reliefs dargestellten Sagen- und Bibelgestalten. Das Gebäude beindruckte von daher bereits tief durch seine prächtige

Fassade. Weiß gefasst und blau unterlegt, schmückten die Reliefs in unendlicher Vielfalt die Tordurchfahrt, wie auch die Fensterrahmen auf allen drei Ebenen.

Heute dienten Elisabeth die Figuren an der Tordurchfahrt zu einem kurzen besinnlichen Innehalten.

»Wieso eigentlich nicht?!«, kam es ihr spontan in den Sinn. Weshalb sollte sie sich davor fürchten, Liam in seinen persönlichen Räumlichkeiten aufzusuchen? Auf eine gewisse Weise waren schließlich auch diese mit all den militärischen Ordnungshütern und Wachpfosten des Tribunals nicht von der Welt abgeschieden. Außerdem müsste sie sich vor Liam nicht fürchten, dessen war sie sich sicher, und zur Hölle mit den ungnädigen bürgerlichen Vorschriften!

Nein, sie würde sich nicht mehr durch gesellschaftliche Zurechtweisungen in ihrem Denken und Handlen verbiegen lassen. Dass sie damit einen gefährlichen Weg einschlagen würde, war ihr bewusst, denn eigenes Denken und Handeln war ihr als Mädchen verboten, und dies würde auch so bleiben, wenn sie verheiratet wäre.

Nein, sie hatte das Recht darauf, nachfragen zu dürfen, was mit ihrem Siegel geschehen war! Selbst Pavel hatte es ihr mit Unkenrufen empfohlen. Dennoch, auf keinen Fall würde sie jemandem einen Mucks über das soeben Erlebte berichten, sondern einfach nur abwarten, was passieren würde, sollte Bertel ihre Begegnung hinausposaunen. Gewiss würde sie die rechten Worte einer Entgegnung finden.

*

In Sankt Georgen ging sie wieder zu ihrer Bank am Hochaltar und versuchte, nach einem Dankgebet ihr gerade Erlebtes mit Andacht zu verarbeiten.

Als Erstes wurde ihr eine Sache voll und ganz bewusst: Sie hatte sich heute unsterblich in Liam verliebt. Das bescherte ihr ein wundervolles Gefühl, kam aber in jener Zeit und in ihrer persönlichen Lage einem großen Unglück gleich. Sie würde für dieses Empfinden leiden und bezahlen müssen, da es keine erfreuliche Bestimmung für ihre Zukunft haben konnte. Sie wusste ja noch nicht einmal, ob Liam vergeben oder frei war. Vielleicht wollte er nur liebenswürdig zu ihr sein, weil sie ihm leid tat. Einem Mann, wie Liam - dem lagen doch alle Frauen zu Füßen!

Sie schluckte fest. Egal und wie auch immer - sie war in ihn verliebt.

Dann flogen ihre Gedanken sofort zu Piet. Wie grausam dicht Himmel und Hölle doch beieinander liegen konnten, hatte sie heute erlebt. Piet hatte sie nicht nur schändlich belogen, sondern auch eiskalt das Familiensiegel gestohlen und verspielt. Darin war sie mit Liam einer Meinung.

Piet war nicht nur jeden Tag bei den Ruges um Holz zu hacken. Er saß mit Bertel und den Soldaten am Spieltisch! Wie konnte sie nur so einfältig sein und dies nicht früher erkannt haben?! Ärger stieg in ihr hoch. Was war nur mit Piet geschehen?! - Sie hatte keine erzieherische Gewalt mehr über ihn, Streeck drückte sich von jeher von seiner Verpflichtung als Vormund, und nun hoffte sie diesbezüglich sehnlichst auf seinen Meister, Pavel – aber nein! Auch er hatte Piet nicht im Griff. Schlimmer noch: Er deckte dessen Schuld!

Pavel wusste gewiss, dass Piet das Siegel verspielt hatte. Vielleicht gab es einen Handel zwischen den beiden?! - Piet wollte dafür sorgen, dass keiner außer Pavel ihr den Hof zu machen hatte und auch darauf, dass er auf Streecks Liste der Heiratskandidaten an erster Stelle stehen blieb. Pavel log dafür für Piet in der Siegel-Angelegenheit. Das alles ergab einen Sinn. Einen elenden, gemeinen hinterlistigen Sinn!

Selbst wenn sie in Liam die große Liebe finden würde, was war dies alles wert, wenn ihrem Bruder in der Zwischenzeit durch teuflische Mächte sein Gewissen, seine Seele verloren ging? Diesen Preis würde sie niemals zahlen wollen. Doch auch in dieser Angelegenheit konnte sie nirgendwo einschreiten.

Sie musste die Bestimmungen fließen lassen und die gezeichneten Wege gehen. In der Hoffnung, dass Pavel ihrem Bruder eine Ausbildung ermöglichen und dieser durchhalten möge, würde sie sich in nichts mehr einmischen aber sich auch nie wieder zu irgendetwas Ungewollten fügen oder unterordnen! Sie wäre immer noch bereit alles zu tun, damit Piet zu einem anständigen Leben finden würde. Nur ihr Vertrauen, das hätte er jetzt nicht mehr und eine weitere Vorstellung müsste er und Pavel sich aus dem Kopf schlagen: Sie würde Pavel *niemals* heiraten!

Und ja, es war gut, dass sie Piets und Pavels verlogene Geschichte direkt bei dem Kommandanten der Garnison hatte festhalten lassen! Nach dem, was die beiden ihr angetan hatten, war dies mehr, als nur rechtens. Und sie würde auch jede weitere, ehrverletzende Handlung gegen Liam - ob in Wort oder Tat - dort erneut zur Anzeige bringen. Das war sie ihm schuldig.

Sie schloss mit einem Vaterunser, suchte in ihrer Stofftasche nach ein paar Münzen für eine Kerze und stellte diese an den rechten Altarflügel. Daraufhin nahm sie den dort platzierten Knopf - auf den sie die Krähe in der Sargmacherstraße aufmerksam gemacht hatte - und legte diesen direkt neben die Kerze. Schließlich diente ihr dieses Fundstück als göttlicher

Wegweiser. Sie dachte erneut an die Worte des geheimnisvollen Alten.

»Folge deinem Herzen - nur deinem Herzen!« Ja, zwischen all dem lag eine unerklärbare Verbindung: die Nebelkrähe, der Knopf, der Alte! Ihr Entschluss zu Liam zu gehen!

Hier war etwas im Gange, dessen Ursprung und Ausmaß sie vielleicht nicht einmal ansatzweiße überblicken konnte. Elisabeth setzte sich ermattet auf ihre Bank zurück.

Schien es nicht so, als ob der schwarze Vogel ihr freundlich, Piet aber feindlich gesinnt sei? - Oder wollte er Piet zurechtweisen? Etwa... warnen?

Was war mit der Alten, die ihrer Toewersche glich, und die am Taufbecken von St.Marien Geld für die gezinkten Würfel haben wollte? – War sie die Gegenspielerin des schwarzen Vogels?

Der Himmel schien sich zu lichten und aus den südlichen Seitenfenstern der riesigen Kathetrale brachen Lichtbalken in den Raum, glitten über die Bänke und legten sich über Elisabeth hinweg auf den vergoldeten Hochaltar. Es schien, als würde dieser für einen Augenblick aus sich selbst leuchten und ihr der Himmel damit für wenige Sekunden ein Stück Zuversicht senden.

Kapitel 2

Die Tatsache, nun zu der Familie Korden gehen zu müssen, war ihr wie Essig auf der Zunge. Doch sie hatte es versprochen und wollte nicht, dass man sie erneut aufsuchen sollte.

Für einen Moment dachte sie an Bertel zurück. Dieser elende Tunichtgut hatte gewiss dazu beigetragen, dass Piet in diese Schmach geraten war. Elisabeth hoffte innigst, dass der Wachsoldat im Kommandantenhaus dafür gesorgt hätte, dass Bertel eine Rüge von Meister Hannes einstecken musste, oder man die Sache gegebenenfalls sogar an oberster Stelle zur Meldung bringen würde. Liam kannte Bertel und umgekehrt. Dann dürfte es auch für diesen großmäuligen Kameraden endlich etwas unangenehm werden.

Auf ihrem Weg zu den Ruges war sie sich sicher, dass diese Menschen, über die sie gerade nachgedacht hatte, auch weiterhin jene sein würden, die in der kommenden Zeit ihr Leben beeinflussen wollten. Damit hatte sie sich aber geirrt. Denn da war noch eine weitere Person, die sich ihr im Neuen Jahr unverhofft und unausweichlich in den Lebensweg stellen würde...

Zu Elisabeths Glück gestaltete sich der Rest des Tages trotz ihrer enormen inneren Anspannung, unbeschwert. Außer, dass es sie wurmte, Piet und Pavel nicht das unter die Nase reiben zu können, was sie im Kommandantenhaus erfahren hatte, blieb sie ruhig. Sie erduldete den Tagesablauf, der durch letzte Weihnachtsvorbereitungen geprägt war. Natürlich fiel es auf, dass sich Elisabeth an jenem Freitag frisch eingekleidet und sich auch außergewöhnlich ansehnlich hergerichtet hatte. Sie begründete es damit, dass sie dies nach den vergangenen Arbeitstagen als nötig empfunden hätte und auch endlich Renatas wunderbare Duftseife benutzen wollte.

Das konnte jeder verstehen, auch wenn Elisabeth es leider in Kauf nehmen musste, dass sie somit Pavels Werbung noch mehr verstärkte. Sie blieb höflicher aber auch kühler als die Tage zuvor. Pavel und der Rest der Familie Kordens sahen darin nichts Außergewöhnliches, nur Piet machte es stutzig. Es verunsicherte ihn zusehends. Er fürchtete Elisabeths Vorwürfe und Maßregelungen, aber noch mehr beängstigte ihn ihre aufgesetzte Parteilosigkeit zu jedem Thema.

Natürlich wusste er nur zu gut, dass er seiner Schwester in den vergangenen Tagen und Wochen nicht die gewünschte Aufrichtigkeit oder das Pflichtbewusstsein gezeigt hatte und war sich seiner Vergehen bewusst. Obgleich die Kordens ihn bereits als ein weiteres Familienmitglied aufgenommen hatten und Pavel ihn stützte.

Die Gunst und den Rückhalt seiner Schwester zu verlieren, das wollte er auf keinen Fall! Zwar empfand er es als sehr beruhigend, keinen Verdachtsmoment über sein Tun heraufbeschworen zu haben, aber es war ihm nicht angenehm, dass der Henning´sche Hausfriede einen gefährlichen, lautlosen Riss zu bekommen schien. Hier konnte ihm auch Pavel nicht beistehen.

Elisabeth lebte ihre eisige Schwesternliebe aus. Am ersten Weihnachtstag, der auch Piets Geburtstag war, legte sie ihm die Halskette mit dem silbernen Kreuz vor dem Mittagsmahl auf denTeller. Sie hatte die Kette in ein Päckchen verschnürt, auf das sie herausfordernd den, auf Siegellack gesetzten Stempel des Vaters drückte.

Geschriebene Glückwünsche und ein längliches Geschenkpaket stand bereits auf Piets Tischplatz. Als sich die Familie zur Tafel begab, wollte Piet durch den Anblick des Siegels erstarren. Elisabeth beobachtete ihn, und er schien nur zu einem verlegenen Lächeln in die Tafelrunde fähig zu sein.

Als Erstes öffnete Piet das Geschenke der Freunde: In einem geschliffenen Bierkrug aus grünlichem Waldglas versteckte sich zusätzlich eine sorgfältig verpackte elegante Schreibfeder mit einem Tintenfässchen.

Er umarmte seine Schenker herzlich und brach nach einer kurzen Schweigesekunde das ihm bekannte Siegel von Elisabeths Geschenk auf. Das silberne Kreuz war in einen gefalteten Zettel gelegt. Auf diesem standen die Worte:

Verspiele nie des Christkinds ew´gen Segen. Den meinen hast Du, seit wir geboren. – Elisabeth, Deine Schwester.

Piet schien tief berührt und verunsichert, und das herrlich gestaltete Schmuckstück erntete Bewunderung. Als er auf Elisabeth zugehen wollte, um ihr ebenfalls durch eine Umarmung seinen Dank auszusprechen, hob ihm die Schwester ihr Glas entgegen.

»Lass es gut sein, Piet. Stoß´ einfach mit uns an. Ganz so, wie dir am Liebsten ist!« Nicht nur Piet sondern auch die Anderen schienen durch Elisabeths Haltung ein wenig verwirrt. Einige dachten, es könne damit zu tun haben, dass Piet es abgelehnt hatte, am Heiligabend im Chor zu singen und somit dem Pfarrer der Gemeinde Sankt Georgen erneut vor den Kopf stieß. Andere wollten es als eine freundliche Geste erkennen, und von daher hob man die Gläser zum allgemeinen Wohl.

Renata und Elisabeth brachten die Speisen zu Tisch. Die Gastgeberin hatte sich bei der Zubereitung der Schinkensuppe als Vorspeise an eine überlieferte Rezeptur erinnert. Zum Hauptgang - dessen Zutaten Elisabeth besorgt hatte - wurde es traditionell mit Geflügel und Schweinefleisch zu Brot, Kohl und Rübengemüse. Das Ganze schloss der *Groote Hans*, eine köstliche Nachspeise aus Mehl, Brotresten, Eiern, Rosinen und Rum ab. Beim Verzehr dieses weihnachtlichen Schmauses, war recht bald jede Art von Anspannung behoben.

Nach diesem ersten Weihnachtsfeiertag - den Elisabeth in jenem Jahr trotz der großartigen Zusammenarbeit mit den Kordens als erdrückend empfand - stand nun noch der weihnachtliche Besuch bei dem Vormund an sowie das baldige Fest der Narren. Beides war ihr zuwider. Das beklemmende Gefühl, bei den Streecks tafeln zu müssen, war genau so groß, wie jenes Unbehagen vor dem baldigen Unfugtreiben auf den Plätzen und Straßen.

Am letzten Jahrestag schoss die Oberschicht mit Feuerwerk um sich, und der Rest der Bürger samt der schwedischen Besatzungsmacht mit nicht enden wollenden Salven aus allen möglichen Schusswaffen. Elisabeth wünschte sich, dass dieser Rummel und jener Streeck´sche Pflichtbesuch rasch vorüber gehen würde und wollte bis dahin noch ein wenig an ihrer Näharbeit sitzen. Schließlich hatte sie des Glasermeisters Frau den Umhang versprochen, der nun auch endlich fertig werden sollte.

So sehr sie sich mit ihrer Arbeit um innere Ablenkung bemühte, die Frage: wann wohl ihr Besuch im Kommandantenhaus durch Bertel ans Licht kommen würde, beschäftigte sie täglich. Elisabeth fürchtete sich nicht vor diesem Angenblick, aber es ärgerte sie die Tatsache, dass es dadurch erneut zu unverhofften Gegenhandlungen kommen könnte. Doch die Gewissheit, dass sie vom Aufstehen bis zum Schlafengehen an Liam und ihre Unterredung denken musste, blockte die weniger angenehmen Gedanken wieder ab.

*

Montag, 26. Dezember 1707

Wie bereits seit dem Tode der Großmutter sollte an jenem Datum das festtägliche Zusammensein mit dem Vormund Paul Streeck und seiner Frau Charlotte verbracht werden. Elisabeth hatte sich über Wochen nicht mehr im Hause der Streecks sehen lassen. Dies tat ihr auf der einen Seite wegen der kranken Charlotte aufrichtig leid, auf der anderen Seite aber empfand sie es als richtig, da Streeck sie in der letzten Zeit öfter durch seine Worte und einem seltsamen Verhalten verängstigt hatte. Piet waren von jeher diese Pflichtbesuche einerlei. Auch ihm schien es ein Rätsel, weshalb Streeck damals die Vormundschaft angenommen hatte, bot er ihm und seiner Schwester doch niemals eine Hand, wenn diese nötig war - geschweige denn die Möglichkeit eines gesellschaftlichen Aufstieges. In Piets Vorstellungen versäumte Streeck genau hier sein Pflichtbewusstsein. In Elisabeths Gedankenwelt war dies nicht so, denn sie hegte weitaus andere Wünsche an das Schicksal, als ein Leben in den gehobenen Kreisen.

Bevor sie zu den Streecks gehen wollten, eilte Elisabeth an jenem Morgen noch rasch nach Sankt Georgen, um dort den Altarschmuck für die Messe zum zweiten Weihnachtstag zu richten. Zu ihrer Überrraschung waren mindestens ein Dutzend weiterer Personen - die alle einen recht bedrückten Eindruck auf sie machten - anwesend. Ihre spontane Vermutung sollte sie nicht täuschen, denn unter den Herrschaften erkannte sie Paul Streeck, der gerade mit Pastor Sprengel sprach. Dieser erblickte Elisabeth und winkte sie zu sich in die Richtung der Streeck´schen Kaufmannskapelle. Paul Streeck - im langen Umhang aus schwarzem Wolltuch - wirkte bleich und fahl, wie ein Wesen aus der Unterwelt. Pastor Sprengel fasste Elisabeth bei ihrem Arm.

»Liebe Elisabeth, unsere teure Charlotte, die Gattin deines Vormundes, ist uns heute Nacht verstorben. Welch ein Leid!«

Elisabeth hielt entsetzt die Luft an und erkannte in Streecks Augen ein Zucken, das sie sich nicht erklären konnte. Jedenfalls war es ein sehr merkwürdiger Ausdruck von Ergriffenheit, oder versuchte er damit krampfhaft seine Tränen zu unterdrücken? In seinem Gesicht schien sich ansonsten keine Regung zeigen zu wollen. Auch die überaus dünnen Lippen bewegten sich nicht. Spontan überkam sie ein schweres Schuldgefühl, da sie die arme Charlotte mit ihren Besuchen in der letzten Zeit sehr vernachlässigt hatte.

»Wie fürchterlich! Jetzt darf ich sie heute nicht einmal mehr lebend sehen!«, sprach sie ihren Vormund an. Dieser hob die Brauen und wiegte leicht mit dem Kopf.

»Es ist besser so - meine gute Elisabeth. Besser für uns alle. Sie ist in den Armen des Herrn eingeschlafen, während dieser zur Welt kam!«

Elisabeth kannte Streecks aufgeblähte Wortwahl. Nun hatte er sogar einen salbungsvollen Satz zum Tod seiner Frau gefunden, bei dem jeder Pastor feuchte Augen bekam. Der Mann war trickreich und kalt. Genau das bestätigte ihr in diesem Moment sein Auftreten. Sie verneigte sich ergeben.

»Mein tiefstes Mitgefühl, Meister Streeck«, und spürte dessen Hände an ihren Oberarmen.

»Meinen aufrichtigen Dank, liebstes Mündel!«, entgegnete er in dieser Tonlage, die sie nicht mochte, während er über ihre Arme bis zu ihren Händen strich. Sie wich zurück, drehte sich dem Pastor entgegen und fragte, ob das Datum der Beisetzung schon beschlossen sei.

»Ja mein Kind, der 29. soll es sein.« Elisabeth spürte eine aufsteigende beängstigende Unruhe. Sie wich noch weiter zurück.

»Bitte entschuldigt mich, ich muss ganz dringend... nach Hause!«

Ohne Streeck nochmals zu grüßen oder gar zu unterbreiten, dass sie nun auf gar keinen Fall zum alljährlichen Weihnachtsmahl kommen würde, eilte sie - wie ein gehetztes Wild - über die Straße zu ihrem Haus. Auf Piets Frage, ob sie den Leibhaftigen gesehen hätte, musste sie kurz nicken.

»Ach, was fürchtest du dich vor ihm?!«, zuckte Piet mit den Schultern.

»Jetzt hat der Ältermann noch mehr Zeit für die reichen Gesellen in seinem Schützenverein und wird uns noch weniger besuchen! Er soll Pavel seine Einwilligung auf dessen Werbung geben und dann sind wir den Dunkelmann entgültig los.« Elisabeth verstand Piets eigennützige Denkweise und entgegnete von daher nichts. Es wäre so wieso sinnlos gewesen.

Seltsamerweise meldete sich Paul Streeck in den Tagen danach tatsächlich nicht bei den Geschwistern. Selbst bei der Trauerfeier am darauffolgenden Donnerstag hielt er sich mit direkten Worten und Berührungen zurück. Vielleicht auch, weil viele seiner wichtigen Freunde mit in Sankt Georgen waren und diese von ihm zum häuslichen Leichenschmaus gebeten wurden. Elisabeth und Piet lehnten ab, und somit verblasste - die darauffolgenden, letzten Tage des alten Jahres - auch dieses traurige, wie auch äußerst unangenehme Ereignis.

*

Samstag, 31. Dezember 1707

In der Nacht hatte es stark geschneit, und Elisabeth hoffte, dass dies auch in der folgenden Nacht so sein möge, damit der Tumult nicht so groß werden würde. Man konnte jetzt schon davon ausgehen, dass sich wieder viele Irre - ob nun nüchtern oder betrunken - bei ihren Veiztänzen verletzten oder ihren Unfug sogar mit dem Leben bezahlen mussten. Schon im letzten Jahr fielen einige in ihrem Rausch in die Grube, und trieben in deren Wasser dem offenen Meer entgegen oder wurden durch Schüsse schwer verletzt.

Es reichte wohl keinem, dass die Kriege nur vor der Bastion um Wismaria statt fanden, man musste sich auch noch innerhalb der Stadtmauern bei Festlichkeiten umbringen.

Am frühen Abend - von der Georgenkirche schlug es gerade die Hälfte der 18. Tagesstunde - hörte sie Pavel und Piet mit den Handkarren ankommen. Elisabeth wusste, dass die Seifensiederei soweit gerichtet war und am zweiten Januar die Öfen angeheizt werden sollten. Da sie nur noch wenig an dem Umhang zu nähen hatte, legte sie ihre Arbeit nicht weg. Als die Beiden im Raum standen, sahen sie Elisabeth mit einem recht wunderlichen Ausdruck entgegen. Es war unverkennbar, dass ihre Gedanken etwas beschäftigte, das sie sehr rasch loswerden wollten. Elisabeth sagte außer einem Gruß kein weiteres Wort. Es war Piet, der auf sie zu kam und am Tisch halt machte.

»Elisabeth, können wir reden?« Seine klaren Worte waren in ihrer Tonlage von erkennbarer Unsicherheit geprägt. Die Schwester steckte die Nadel in den feinen Wollstoff ihrer Arbeit und sah ihm gespannt entgegen.

»Wieso nicht?«, war wieder eine dieser Gegenfragen, die Piet unangenehmer waren, als einer ihrer spontanen Wutausbrüche. Das was folgte war Elisabeth klar. Piet druckste hervor, er hätte heute von Bertel erfahren, dass sie am Tag vor Heiligabend im Kommandantenhaus gewesen sei. Denn der hätte sie im ersten Stock in der Nähe des Arbeitszimmers des Ersten Offiziers der Garnison gesehen. - Elisabeth wischte sich kurz die Haare aus der Stirn.

»Nun, das hat aber lange gedauert«, war auch nicht die Antwort, die Piet und Pavel hören wollten.

»Soll das heißen... das dies stimmt?!«

»Wenn dein bester Freund Bertel das sagt, muss es stimmen«, entgegnete sie beiläufig. Pavel mischte sich ein.

»Elisabeth, mach uns nicht weis, dass Du bei diesem... Leutnant Lindkvist warst!«

»*Oberst! – Oberst Liam Lindkvist!*« Sie bemerkte, wie sie ein von innerer Genugtuung getragenes Lächeln zeigte und nahm dabei ihre Näharbeit wieder auf.

»Du warst wirklich dort?!«

»Wart IHR denn wirklich dort?!«

»Bitte, lass uns doch nicht so in der Luft hängen. Mein Gott, Elisabeth, Du musst doch verstehen können...«

»Nein Pavel! Ich muss weder Lügen, Diebstahl, Verleumdungen noch üble Nachreden verstehen können! Ich muss es nicht und habe mich sogar dazu entschlossen, dass ich mich hierzu nicht einmal mehr äußern werde! - Und was es bedeutet, wenn ich einen Entschluss gefasst habe, kannst du gerne deinen Lehrling, Herrn Peter Hennings, fragen! - Außerdem habe ich noch zu tun und muss anschließend meine Arbeit zu Frau Heine bringen. Von daher wäre ich euch sehr verbunden, wenn ihr mich alleine lassen würdet.« Sie sah ihrem Bruder in das bleiche Gesicht mit jenem unergründbaren, verunsicherten Ausdruck.

»Piet, du kannst gerne bei den Kordens übernachten, solltest du heute Nachmittag bei den Ruges noch weiter Runden am Spieltisch verbringen wollen! Aber ziehe bitte das Kreuz, das ich dir schenkte nicht an. - Man könnte dich zu unseligen Ideen verleiten!« Elisabeth merkte, wie ihr die Nadel nicht mehr recht in die vorgegebene Richtung folgen wollte. Ihr Gefasstsein war erschöpft. Wut stieg auf und sie hoffte auf keine dumme Gegenwehr. Pavel trat zu ihr hin.

»Hör bitte zu Elisabeth: Niemand - vielleicht nicht einmal du - ist unfehlbar! Was immer auch passiert ist: DICH hat man alleine im Kommandantenhaus gesehen - in der Nähe des Zimmers des... *Oberst Lindkvist*, zu dem du bereits im Haus der Ruges Kontakt hattest! Wundere dich von daher nicht, wenn ein gewisser Bertel Ruge nun Dinge in die Welt setzt, die deinem ehrenhaften Ruf schaden könnten!« Elisabeth stieß ihren

Stuhl zurück und stand in dem folgenden Sekundenbruchteil bereits auf ihren Füßen.

»Erkläre dich, Pavel!«

Piet zog den Kopf ein und wusste nur zu gut, dass Pavels Andeutung keiner friedlichen Einigung dienlich war. Elisabeth wurde wieder zu Moort, dem Albtraummädchen... aber Pavel blieb mutig.

»Liebste Elisabeth, erkenne dich in der Wirklichkeit. Name, ehemalicher gesellschaftlicher Rang und weise Worte schützen dich nicht. - Wenn ein Bertel Ruge deinen Bruder fragt, ob du bei dem Kommandanten gewesen wärst, um dir ein *Zubrot zu verdienen*, dann kannst du Bertel zwar gerne bei dem Kommandanten anzeigen... Sicherlich könnte ihm solch eine Rede den Kopf kosten, aber dieser Oberst würde das nicht deshalb tun, weil du ihm etwas bedeutest, sondern, um sein eigenes Ansehen zu schützen. Dein Ruf wäre dahin - *seiner nicht!*

Bleibe von daher auf dem Boden der Tatsachen und knüpfe keine hilfesuchenden Verbindungen zu Personen, in deren gesellschaftlichem Rang du dich nicht bewegst!«

Elisabeth kniff die Augen zusammen, nickte und setzte sich wieder.

»Macht euch bitte keine Sorgen, weder um mich noch um euch und vor allen Dingen nicht darum, dass ich mich nicht auf... *dem Boden der Tatsachen* auskennen würde. - Lasst mich einfach nur alleine.«

Piet wusste, dass man diesem Tonfall zu folgen hatte. Er schubste Pavel an, ließ es sich aber nicht nehmen, nochmals zu ihr an den Tisch zu kommen.

»Else...«, sagte er fast flehend und griff nach ihrer Hand, aber Elisabeth wich ihm aus.

»Ich werde das wieder in Ordnung bringen, das verspreche ich dir. Ich...« Piet beendete seinen Satz nicht mehr, sondern drehte sich mit einem tiefen Atemzug um und war auf dem Weg mit Pavel das Haus zu verlassen.

»Pavel - du wolltest doch die Tage mit mir unter vier Augen reden. Das können wir gerne gegen Abend hier in unserem Haus angehen. Ich werde nämlich nicht zur Neujahrsfeier kommen, da ich dieses Fest nicht mag.«

Pavel schien mehr als überrascht über Elisabeths Vorschlag. Er drehte sich ihr entgegen und ging erneut einen Schritt auf sie zu.

»Herzlich gerne, Elisabeth. Lass uns aber bitte das neue Jahr zusammen feiern. Es wird uns so viel Gutes bringen, und...«

»Möglich Pavel, aber ich werde heute dieses Haus nicht mehr verlassen, da ich mich nicht wohl fühle!«, unterbrach sie ihn. Pavel biss sich auf die Unterlippe.

»Gut Elisabeth, ich werde in einer Stunde hier sein, und...«

»In *drei* Stunden, Pavel, denn ich habe noch zu tun!«, fiel sie ihm erneut ins Wort. Pavel verneigte sich mit übertriebener Gestik.

»Euer Wunsch sei mir Befehl, Jungfer Hennings!« Er drehte sich mit leicht bitterer Miene um und verließ mit Piet das Haus.

Elisabeth ließ ihrer angestauten Wut freien Lauf und warf den Umhang, an dem sie im gleichen Moment die Arbeit abgeschlossen hatte, verärgert auf die Küchenbank.

»Du gemeiner Kerl!«, rief sie laut, was sich in ihren Gedanken auf Bertel Ruge bezog. Natürlich wollte sie diese Unverschämtheit, die er über sie zu Piet sagte, niemals Liam weitergeben. Alleine die Vorstellung war ihr grenzenlos peinlich.

So hoffte sie insgeheim, dass Pavel sich dieser Sache annehmen würde und hatte ihm nicht zuletzt genau aus diesem Grund den Gesprächstermin vorgeschlagen. Zudem würde er am heutigen Abend rasch wieder verschwinden, da sie sich für das Neujahrsspektakel richten würden, dachte sie.

Der Weg zu Glasermeister Heine führte fast durch die gesamte Stadt. Sein Bürgerhaus und die im Fachwerkbau errichteten Arbeitsräume lagen in der Nähe des Poeler Tores, dem nördlichsten aller fünf Stadttore. In seiner Werkstatt fertigte Meister Heine die bereits von den Glashütten gelieferten runden und eckigen Glasscheiben mit Bleiruten zu Fenstereinsätzen an.

Es war bereits dunkel geworden und die brennenden Pechfackeln zauberten ihre goldgelben Lichtnester in den Schnee. Dieser war an jenem Abend kaum geräumt und stieß Elisabeth bis fast zu den Knien. Das Gehen war beschwerlich und sie hielt einige Male an, um durchzuatmen.

An der Ecke der sogenannten Hundestraße hatte man einen schönen Blick auf das nördliche Stadttor, das dem Turm einer Kirche ähnlich war. Eingepackt in eine dicke, weiße Haube und angestrahlt durch das warme Licht der Fackeln, vermittelte es - so wie viele Dächer und Kuppeln der Stadt - unter dieser schweren Schneedecke etwas märchenhaft Friedliches. Elisabeth ging weiter und fragte sich, wie vielen Bürgern sie nun wohl einen angenehmen Pfad durch die winterliche Pracht getreten haben möge.

Frau Heine ließ es sich nicht nehmen, Elisabeth einen ihrer frisch gebackenen Apfelkuchen zu schenken. Die Begeisterung über den zartgrünen Wollumhang mit der bestickten Barockborte war groß und Elisabeth äußerst zufrieden darüber, dass die neue Fensterverglasung damit bezahlt war.

Zurück zu Hause gönnte sie sich eine Tasse heißen Kräutertee und ein Stück des noch warmen Kuchens. Pavel würde sie nichts davon anbieten, das war ihr gewiss. Dieser kam tatsächlich kurz vor der ausgemachten Uhrzeit an.

Elisabeth ließ ihn eintreten und sie betrachtete erneut mit Bedauern Pavels Schneespur, die er ihr ins Haus brachte. Sie atmete tief durch und bot ihm an, Platz zu nehmen, nachdem sich dieser bereits - ohne zu fragen - auf einem der Küchenstühle bequem gemacht hatte.

Pavel empfand Elisabeths Hinweis als hochnäsige Stichelei. Seine Entgegnung: »Elisabeth, wir sind doch EINE Familie«, schmeckte ihr ebenfalls nicht. Ihr »Du meinst damit, dass Familienmitglieder keinen Respekt verdienen?!« missfiel hingegen Pavel.

»Elisabeth... können wir diese Säbelstiche bitte lassen?! Ich nahm an, du wolltest ernsthaft mit mir reden - über Dinge, die unsere Zukunft betreffen!«

»Es gibt vorerst noch vieles zu klären, das unsere *Gegenwart* betrifft, Pavel«, antwortete sie zügig. Pavel blickte sich um.

»Darf ich um etwas zu Trinken bitten?«

»Du weißt, wo das Bier und die Krüge stehen. Bitte bediene dich!« Leicht verunsichert griff Pavel nach einem der steinernen Trinkgefäße auf dem Mittelschrank und ging damit in die Stube zum Bierfass. Es dauerte eine Weile. Als er zurück kam schien er ausgeglichener.

»An dich das Wort, meine Teuerste!«

Elisabeth begann ohne Umschweife zu erklären, dass sie darüber im Bilde sei, in welch unverschämter Weise er und Piet versucht hätten, sie hinters Licht zu führen. Piet hätte das Siegel verspielt und Pavel ihn gedeckt. Doch nannte sie bis zu diesem Moment zu keinem Zeitpunkt den Namen des Oberst Liam Lindkvist, noch dass sie zu einer Unterredung bei ihm war.

»Das war wohl das Dümmste, was ich jemals gemacht habe... Aber der Bengel tat mir leid. Elisabeth, er will sich bestätigt sehen! Er setzte das Siegel und dachte, er gewinnt. - Es lagen 200 Taler auf dem Spieltisch! Er tat das nicht nur für sich. Er will doch nur mit aller Gewalt, dass ihr beide wieder nach oben kommt. Blankes Schuften steht ihm dabei im Wege... Piet ist erfinderisch und ideenreich. Er kann sich bei uns ausleben und endlich seinen Weg finden. - Der Junge fühlt sich unendlich schuldig! - Vergib ihm doch bitte und auch mir... derweil ich ihm aus dieser Misere helfen wollte.«

»Das alles ist aber kein Grund einen anderen Menschen schlecht zu machen, Pavel. Du hast den Oberst bei mir als eine Art Dieb hingestellt. Das war ungeheuerlich! Ich begegnete ihm nur zufällig bei den Ruges, als ich dort für Piet etwas in Erfahrung bringen wollte.

Dieser Mann war nur höflich zu mir. Wieso müsst ihr ihn vor mir so gehässig abstrafen?!«, erwiderte Elisabeth bestimmend und Pavel suchte nach Rechtfertigung.

»Nein, das war... das hat sich nur so ergeben. Piet aber sagte mir, dass dieser Herr Oberst wohl recht ausgiebig mit dir geplaudert hätte. Ich hoffe, es ist dir klar, was diese... beeindruckenden schwedischen Offiziere damit erreichen wollen. Selbst ein Kommandant ist ein Mann mit gewissen Begierden!« Elisabeth schwieg und Pavel legte nach.

»Schön, dann kommen wir zu dem Punkt, den *ich* Dir gerne unterbreiten möchte: Ich weiß, Dein Vormund benötigt noch Zeit für eine Zustimmung zu unserer Verbindung. Als frischer Witwer steht ihm im Moment gewiss auch nicht der Sinn danach, fröhliche Familienfeiern zu planen. Außerdem ist es mir ebenso wichtig, dass du mit vollem Herzen einwilligst, denn mit mir hättest du das beste Leben, das du dir wünschen könntest! - Ich zeige mich also bereit, dir und Streeck diese Zeit zum Jawort zu lassen. Außerdem werde ich aus Piet den nächsten Gesellen unserer Zunft machen.

Doch genau dies unterliegt einer einzigen strikten Bedingung meinerseits, die ich mir erlaube auszusprechen: *Unterlasse bitte jeglichen Kontakt zu diesem*

Herrn Oberst oder anderem schwedischen Soldatengesinde!!

Du - wir alle - könnten dadurch in Teufels Küche geraten! Niemand in unserer Stadt achtet eine verarmte Näherin, die sich heimlich mit einem schwedischen Offizier verabredet, egal wer er ist und was dahinter steckt! Es würde dir vielleicht nicht das Herz brechen, wenn ich dich nicht mehr umwerben würde, aber um meinen guten Ruf zu schützen, würde ich Piet sofort aus der Ausbildung nehmen!”

Elisabeth merkte, wie ihr die Glut in die Wangen stieg. Das war die raffinierteste Erpressung, die Pavel sich hatte ausdenken können! Nicht sie wollte er abstrafen, sollte er erfahren, dass sie sich erneut mit dem Komandanten treffen würde, sondern Piet. Sie fühlte einen nie empfundenen Zorn und eine ebensolche Verachtung, versuchte aber ruhig zu bleiben.

»Aus welchem Grunde sollte ich mich mit dem Oberst oder einem schwedischen Soldaten treffen wollen?! Für Letzteres müsstest du wohl eher meinen Bruder rügen, Pavel Korden! - Und was den Oberst angeht: Was gesagt werden musste, ist gesagt«, versuchte sie schlicht zusammen zu fassen.

»Das wäre sehr weise von dir. Ich werde es ab heute erfahren, wenn du gewisse Briefe aufgibst oder abholst. Ich werde erfahren, ob du zum Kommandantenhaus oder gar zum Tribunal gehst... Ich möchte damit nicht nur meinen Namen sondern auch deinen Namen und deine Ehre schützen und: Piets Ausbildungsplatz!«

»Danke Pavel, das ist sehr ehrenvoll von dir.«

»Weiß der Teufel, wieso du mich mit diesem beschwichtigenden Ton nicht überzeugen kannst, Elisabeth!« Ihre Antwort kam ruhig.

»Ich denke, das ist nicht meine Sorge. Ich muss von nun an auch damit klar kommen, dass man mir gerade eine Erpressung androhte. Also haben wir in naher Zukunft noch viel zu verarbeiten.« Pavel schüttelte den Kopf und fuchtelte mit den Händen.

»Bei Gott – nein! Ach, Heiland hilf! - Ich glaube, wir kommen heute nicht weiter. Besser, dass ich gehe.« Elisabeth war zwischenzeitlich aufgestanden, um einige Stücke Holz auf das Kaminfeuer zu legen.

»Ja, das denke ich auch«, sagte sie kurz und ließ aber sogleich einem »Nein halt! - Pavel, nimm Piet unter deine Fittiche! Er vertraut und folgt dir! Gib ihm einen Lebensweg und sorge dich nicht um mich. Ich werde nichts tun, was deinem Namen oder meiner Ehre schadet. Das verspreche ich dir hoch und heilig – heute, am letzten Tag des Jahres!«

Pavel empfand Elisabeths Worte wie ein Bad in einer warmen Quelle. Nun wäre er doch noch gerne geblieben, aber sie stimmte nicht zu.

»Nein, lass mich jetzt besser alleine. - Wir sehen uns morgen.«

»Ach, beinahe hätte ich es vergessen, Elisabeth.« Er blieb nochmals vor der Tür stehen.

»Piet und ich, wir waren - nachdem wir heute Nachmittag von hier weg gingen - bei Bertel! Hannes Lübke arbeitet heute nicht. Ich habe Bertel gesagt, was ihm vom Kommandanten aus blüht, wenn er nochmals solche Dinge über dich äußern würde. Ich sagte ihm auch, dass Du in meinem Auftrag im Kommandantenhaus persönliche Unterlagen an den Oberst abgegeben hast. Das hätte mit der nächsten königlichen Auszeichnung unserer Seifen zu tun! Piet hätte von all dem natürlich nichts gewusst. Damit habe ich mich schon viel zu weit aus dem Fenster gelehnt. Ich hoffe, du erkennst das an!«

Elisabeth nickte und drehte sich mit einem kurzen »Ich danke dir« wieder gegen den Kamin, um die Glut mit dem Eisenhaken näher an das Feuer zu schieben.

»Ja, im gemeinsamen Lügen seid ihr zwei wirklich unschlagbar«, hätte sie gerne noch gesagt, aber sie hielt sich zurück.

Als sie wieder alleine war, wusste sie, dass sie in den letzten Stunden des alten Jahres über vieles nachzudenken hatte. Die unangenehmen Angelegenheiten mit Paul Streeck sowie dessen unerwartetes Erscheinen schienen sich tatsächlich nach Charlottes Tod zu verflüchtigen. Das beruhigte sie sehr. Es blieb ihr nur noch sehnlichst zu hoffen, Streeck möge sie weder Pavel noch sonst einem anderen Freier als Ehefrau versprechen. Elisabeth schmiedete an ihren eigenen Plänen. Ein Unterfangen, das man keinem Mädchen, keiner Frau in jener Zeit zugestand. Frauen hatten zu gehorchen, sich zu unterwerfen. Sie hatten nicht einmal ein Anrecht auf Träume. Aber gerade dies würde sie sich von niemandem nehmen lassen. Sie wollte ihrem Herzen folgen - so wie der Krähenmann ihr befahl!

Deshalb würde es ihr auch kein Mensch auf der Welt verbieten können, Liam erneut zu kontaktieren! Nur die nächste Zeit müsste sie noch vorsichtiger sein und die kommenden Tage auf dem Postamt um noch mehr Verschwiegenheit bitten.

*

Dienstag, der 3. Januar 1708

Erfreulicherweise wurde die Nacht der Irren nicht zur Nacht des Jammers. Man merkte sogar an, dass es weniger Rabatz, Schießerei und Unfälle als in den vergangenen Jahren gegeben hätte. Die einen schoben es auf die Kälte und den einsetzenden Schneesturm aus

Nordost, andere wiederum auf den neuen Kommandanten, der seinen Soldaten angeordnet hätte, für Ordnung zu sorgen. Außerdem hätte er offiziell verboten militärische Güter, wie Schießpulver oder Gewehrkugeln für den Neujahrsunsinn zu verschwenden.

Bei der heutigen Vorlesung der ersten Zeitung des neuen Jahres im Postkontor, musste sie lächeln, als man genau diese Notiz vortrug.

Dass Liam jene Befehle erlassen hatte, konnte sie sich nur all zu gut vorstellen, und sie war sich sicher: Wismaria hatte mit ihm den besten schwedischen Kommandanten seit Jahrzehnten!

Zusätzlich wurde Oberst Liam Lindkvist in der neuen Ausgabe des »Nordischen Postreiters« dafür gelobt, dass er eine sehr gute Beziehung zu dem Bürgermeister Wismarias aufgebaut hätte. Auf diesem Grundstein sollte nicht nur gemeinsam für Recht und Ordnung gesorgt werden, sondern auch für bessere Lebensbedingungen der Bürger. Der Handel mit Schweden sowie den befreundeten Ländern wollte man zusätzlich vestärken. Kurzum: In verschiedenen Fragen würde man nun enger zusammenzuarbeiten.

Die beiden hohen Herren galten bereits als befreundet, was vielen Bürgern ein gutes Gefühl vermittelte, da es dem Gesicht der schwedischen Militärregierung den Schrecken nahm.

Elisabeth ging ein Licht auf: Dies war also der Grund, weshalb es Liam so leicht fiel, an die Daten ihrer Familie zu kommen. Der Bürgermeister hatte ihm den Einblick gewährt!

Welch großartiger Gedanke, als Garnisonskommandant die Zusammenarbeit mit den Obrgkeiten der Stadt zu suchen! Ihr Bürgermeister hätte diesen Schritt von seiner Seite aus niemals gewagt, da war sie sich sicher…

Weiter wurde berichtet, dass das schwedische Heer nach viermonatlicher Ruhepause in den letzten Tagen des Jahres die zugefrorene Weichsel passiert hätte, da der Frost die Wege begehbar gemacht hatte. Sie wären allerdings nicht der verwüsteten Spur der russischen Armee gefolgt, sondern durch das unpassierbar geltende Masuren marschiert, um die Verteidigungslinien der Russen zu umgehen...

Berichte über jenen großen Krieg bedrückten Elisabeth. Sie hoffte darauf, dass jenes schwedische Heer rasch siegen möge, um den Gegnern nicht die Chance zu geben, ihre Angriffe erneut gegen ihr Land und ihre Stadt zu richten. Rasch und ohne Schwierigkeiten sollten sie siegen, um nicht weitere Soldaten und Offiziere ins Feld berufen zu müssen... Sie alle und ihre Stadt gehörten nun einmal zum großen schwedischen Reich.

Wenn dies dem Frieden dienen sollte, dann war es ihr - wie vielen anderen Bürgern - mittlerweile auch recht.

*

Seit zwei Tagen hatte es nicht mehr geschneit und es schien, als wollte die Sonne ein wenig hervor kommen und einen Fleck strahlendblauen Winterhimmel zeigen. Elisabeth hatte erneut ihre fertigen Arbeiten zu Meister Borg getragen und einen Herrenrock - der vollständig zu nähen war - in ihren Korb gepackt, als sie sich vornahm, auf dem Rückweg die Seifensiederei zu besuchen.

Gerne wollte sie sich von dem ersten großen Treiben ein Bild machen. Es war ein ausgiebiger Fußmarsch bis zum Mühlenteich, aber der lange Spaziergang tat ihr gut. Sie musste dazu durch das Altwismar Tor - das Stadtor gen Osten - wo man sie ohne Aufwand passieren ließ und war sehr rasch in der Siederei am Mühlenteich zwischen Stadtmauer und Bastion.

Der Rauch aus drei Schornsteinen war schon von weitem und sogar bereits in der Stadt zu erkennen. Im Frühjahr und Sommer grünte und blühte um den Teich eine wunderschöne Wiesenlandschaft. Nun schlummerte sie versteckt unter einer hohen Schneedecke.

Elisabeth stieg die kleine Treppe zu dem abschüssigen Gebäude hoch.

Nein, es empfing sie kein angenehmer Geruch, als sie die Tür des ansehnlichen Fachwerkhauses öffnete. Gestank allerdings gab es auch innerhalb der Stadt, also hätte sich der Seifensieder Walter Block nicht so weit hinter die Mauer setzen müssen. Hier aber hatte man eben auch den Teich, der ein kleines Wasserrad antrieb. Alles hatte seinen Sinn. Sofort wurde Elisabeth aufs allerherzlichste begrüßt. Der Raum war riesig, weshalb die Decke mit vier starken Pfeilern gestützt war. Drei enorme Behälter kochten über Feuerstellen, die sich innerhalb einer kleinen Steinmauer befanden.

Fässer mit Holzasche, Salz sowie mit Schweineschwarten und weiteren Abfällen aus tierischen Fetten standen an den Wänden. Pavel zeigte ihr auch die Behälter mit Nuss- und Samenölen. Die ersten kleinen Schalen mit destillierten Kräueressenzen und Gewürzen, waren ebenfalls zu bestaunen. Deren Duft war natürlich eine Wohltat. Piet hatte sich gleich nach der Eröffnung der Siederei an das Destilieren gewagt und beste Ergebnisse erziehlt. Er lachte stolz und Elisabeth konnte nicht anders, als ihn in den Arm zu schließen.

Es war lange her, dass Elisabeth ihm Herzlichkeit gezeigt hatte. Sie wünschte sich, dass dies von nun an öfters geschehen sollte. Piet zeigte ihr weitere Einrichtungen.

»Es stinkt nur so lange das Fett ausgekocht wird. Fügen wir die Holzasche hinzu, wird es besser«, erklärte Pavel mit lachendem Gesicht und roten Wangen.

Ja, das war verständlich. Aber leider wurde eben immer Tierfett ausgekocht und von daher blieb die Luft auch stets recht unangenehm.

Piet war begeistert über Elisabeths Interesse. Er erklärte ihr fachmännisch, dass man den gekochten Seifenleim mit Kochsalz versetzen müsste. Bei diesem Aussalzen würde sich der Kern der Seife von der überschüssigen Lauge trennen. Diesen müsste man dann mit Wasser und wenig Lauge erneut aufkochen, damit er von allen Abfallstückchen gereinigt wäre.

Hier hätte wohl auch der Fehler des vorhergehenden Meisters gelegen. Er hätte nicht sauber ausgekocht und von daher schlechte Seife geliefert.

Erneutes Einsalzen der sauberen Lauge führte dann zur Kernseife, die in Blöcken trocknen musste. Diese konnte man zuschneiden und mit einem Schmuckstempel versehen. Das war der einfachste Weg und jener, den Walter Block gewählt hatte. Sie hingegen würden diese Blöcke nochmals mahlen und Duftstoffe hinzufügen.

Piet zeigte Elisabeth die Walzstühle, auf dem das Mahlgut geglättet wurde. Diese gewalzten Seifenbänder kamen dann in die sogenannte Heißpresse, damit man aus ihnen Formen stanzen konnte.

So sah also Pavels neue Idee aus und Elisabeth zweifelte nicht daran, dass dies zu einem großen Erfolg für ihn führen könnte. Es gab auch noch einen schmalen Nebenraum, in dem der Destillator stand, Kräuter, Gewürze und Bücher auf den Wandregalen lagen, und auch ein Fass Bier hinter einem kleinen Tisch zu sehen war. Einige Trinkbecher und eine Pritsche mit vielen Kissen als Sitzgelegenheit, die wohl irgendwann einmal ein Bett gewesen sein musste, standen ebenfalls in dem bescheidenen Raum.

»Sehr gemütlich«, lächelte Elisabeth und Renata reichte ihr eines ihrer Kräuterbücher.

»Hier, das ist doch bestimmt eine Lektüre für dich. Du wirst viel Interessantes finden! Ich habe vor, ein paar heilende Tinkturen herzustellen. Aber ich werde deinen Rat befolgen und mich nicht nur mit unserem Apotheker am Markt besprechen, um meine Arbeiten lizenzieren zu lassen, sondern auch mit unserem Pastor! Ich will keine Unanehmlichkeiten.«

Renata fand Elisabeths volle Zustimmung. Sie hatte die schmale Tür aufgelassen und hörte weitere Stimmen. Es musste wohl noch ein Besucher gekommen sein, dachte sie, und so war es auch.

Es war der Gerbermeister Zeidel mit seinem Sohn Christian! Jenem jungen Herrn, dem man Renata bereits so gut wie versprochen hatte. Renata strich ihr Haar aus der Stirn, drehte ihren Zopf hoch, steckte ihn mit zwei Haarklammern fest und richtete ihre Kleidung, wobei sie über den eingetroffenen Besuch nicht wirklich große Freude zeigen wollte.

Elisabeth hatte es nicht mehr in Erinnerung, dass Christian sogar leicht hinkte. Er schien etwas fülliger in seinem bleichen Gesicht, wirkte aber trotzdem schmächtig und kränklich. Die noble Winterkleidung aus bestem Tuch und die kostbare gebleichte Echthaarperücke wertete seine Erscheinung nicht auf. Renata tat ihr leid. So eine Verbindung konnte Pavel doch nicht wirklich begünstigen! Christian mochte ja ein guter Mensch sein, aber... es gab gewiss in Wismaria noch andere junge Männer aus gutem Hause, als diesen Unansehnlichen.

Zu allem Unglück schien er auch noch recht eingebildet. Er streifte ohne Gruß an Elisabeth vorbei und ging mit besitzergreifendem Gehabe auf Renata zu. In diesem Moment fiel Elisabeths Blick auf ihren Bruder Piet.

Sie glaubte noch nie in ihrem Leben einen solch feindseligen Ausdruck in seinem Gesicht gesehen zu haben. Er beäugte diesen Christian mit höllischer Verachtung und Elisabeth hatte den Umstand blitzartig erkannt: Piet schwärmte nicht nur von Renata, er hegte ernste Absichten! Elisabeth atmete tief durch und ging zu ihm an den Walztisch.

»Wenn du reden möchtest, kannst du das heute Abend gerne tun«, sagte sie leise. Piet nickte.

»Ja... Danke Else!« Dabei drückte er die Walze so fest, dass das Seifenband zerbrach. Es entfloh ihm ein scharfes »Schiet!«, worauf hin Christian sich ihm mit entrüstetem Blick entgegen drehte.

»Welch unangenehme Manieren!« Elisabeth packte Piet am Arm, sodass dieser sich zu keiner Äußerung hinreißen ließ. Die unverhoffteste Anmerkung kam allerding von Renata.

»Sorge dich nicht, Christian, es gibt Menschen, bei denen klingt selbst ein Schimpfwort liebenswürdig. Ich muss Peter Hennings nichts nachsehen.«

Piet drehte sich um und grinste genüsslich über beide Backen. Elisabeth fand die Situation ebenfalls amüsant und ging zu Renata, die immer noch neben Christian stand.

»Kenne ich den charmanten Herrn?«, fragte sie übertrieben freundlich. Die Antwort kam von Christians Vater, der abseits bei Pavel stand und auf sie zukam.

»Elisabeth Hennings! Natürlich kennen wir uns!« Elisabeth antwortete nur mit einem verschmitzt lächelnden »Ach?! Ja stimmt – Gerbermeister Zeidel!«, wobei sie dessen Sohn den Rücken zudrehte.

»Hennings... Das war doch einmal ein großer Name in Wismaria, wenn ich mich nicht irre«, hörte sie Christian hinter sich sagen und schon hatte Pavel das Wort.

»Du irrst, bester Christian. Hennings ist immer noch ein großer Name und das wird er auch bleiben!« Auch wenn er kauzig dabei lächelte, so war sein Tonfall doch sehr bestimmt.

Milozs kam herbei und versuchte Elisabeth abzulenken, in dem er ihr die Lichtzieherei am anderen Ende des Raumes zeigen wollte, aber Elisabeth bat sich dafür ein anderes Mal aus. Sie wollte den Besuch nicht stören und verabschiedete sich. Pavel brachte sie zur Tür.

»Du hast mir eine große Freude gemacht, indem du mich besucht hast!« Elisabeth nickte. Wie immer sah er sich im Mittelpunkt, aber das war ihr schon lange gleichgültig.

»Pavel, es geht mich zwar nichts an aber... dieser Christian ist kein Mann für diese blühend schöne Renata! Das darfst du ihr nicht antun.« Sie hielt den Kopf schief, wie Liam, als er mit ihr gesprochen hatte. Pavels Antwort hatte sie erwartet.

»Das kannst du nicht verstehen, Elisabeth. Sie werden schon zusammenfinden!« Elisabeth schüttelte den Kopf.

»Du hast recht Pavel, DAS kann ich wirklich nicht verstehen!« Sie verabschiedete sich lächelnd und trat den Heimweg an.

Kapitel 3

Elisabeth wusste, dass Piet spätestens kurz nach 21 Uhr zuhause sein müsste, da um diese Zeit alle Stadttore geschlossen wurden. An seinem zweiten Arbeitstag war es genau ein Viertel nach neun Uhr Abends. Er hatte kaum Hunger, da die Kordens ihn gut zu verköstigen schienen und widmete sich bald einer weiteren, von Pastor Sprengel geliehenen Zeitung. Elisabeth überlegte sich eine angemessene Form ihrer Frage, die ihr in den Gedanken brannte.

»Piet, darf ich wissen, was zwischen Dir und Renata vorgeht?«, kam es dann doch sehr direkt. Der Bruder zeigte sich nicht erstaunt.

»Nichts, Else«, antwortete er ruhig und hob nur kurz den Blick von der Zeitung ab. Nach einigen Sekunden schlug er allerdings das Blatt zu und sah durch das Fenster hinaus in die Dunkelheit.

»Denkst du, Pavel könnte annehmen, ich sei nicht gut genug für seine Schwester?!« Elisabeth rutschte nach Piets Frage das Schneidebrett aus der Hand. Sie hatte Piets neues Problem begriffen. Er hegte wirklich ernste Absichten und würde gewiss verärgert reagieren, sollte man ihn aus Standesgründen abweisen.

»Wie denkt Renata darüber?«, kam ihr als erste Gegenfrage in den Sinn. Piet nickte und streifte seine schulterlangen Locken hinter die Ohren.

»Renata mag mich. Das habe ich bemerkt.«

Was sollte sie ihm antworten? Dass ein Mögen gewiss nicht ausreichen würde? Dass er aufhören sollte, sich in etwas zu verbeißen, auf dem kein Segen lag? War hier bereits das nächste Drama vorbestimmt? Er sah Pavel nicht nur als seinen Meister, sondern in erster Linie als seinen Freund. Hier könnte ganz rasch etwas in die Brüche gehen, das ungeahnte Folgen haben könnte.

»Ist sie nicht mit diesem... Christian so gut, wie verlobt?«, folgte Elisabeths Frage.

»Sie will ihn nicht, Else! Sie ekelt sich vor ihm und will mit Pavel reden.«

Elisabeth ging zu ihrem Bruder, umfasste ihn bei den Schultern und drückte ihn an ihre Seite.

»Bei Gott, versuche dich abzulenken Piet! Lass diese Gedanken nicht deinen Tagesablauf bestimmen. Zeige den Kordens, wie großartig du arbeiten kannst und lasse den Dingen ihren Lauf!« Er nickte fest.

Von diesem Abend an überging man das Thema Renata. Piet schien erneut von Tag zu Tag, von Woche zu Woche ausgeglichener. Pavel gab ihm nur die besten Bewertungen und war voll des Lobes über seine Arbeit.

Bereits Ende Februar begann die Ausfuhr seiner Seifen nach Schweden und ins nahe Umland. Sogar das verwöhnte Frankreich zeigte Interesse an den Erzeugnissen des Seifensieders aus Wismaria.

Auch Elisabeth hatte genügend Arbeitsaufträge. Alle schienen hochbeschäftigt und zufrieden. Doch die Sehnsucht, die Elisabeth mindestens zweimal pro Woche zum Postamt trieb, um nach einem an sie adressierten Brief zu fragen, blieb bestehen. Bis zu jenem Morgen im März, als es an ihre Tür klopfte...

*

Dienstag, 20. März 1708

Elisabeth traute ihren Augen nicht, als sie bereits durch die kleinen, gefassten Glascheiben der Eingangstür einen Herrn in der ihr bekannten militärischen Uniform erblickte. Sie öffnete sehr vorsichtig, und der Mann in dem Rock eines schwedischen Wachmannes grüßte mit einem Kopfnicken.

»Seid Ihr Elisabeth Hennings?«, fragte er in perfektem Deutsch. Sie nickte wortlos und erkannte, dass der Mann ein Päckchen hielt, welches nicht größer als eine Kinderhand war.

»Ich habe eine Sendung unseres Stadtkommandanten für Euch! Ihr müsst hier nur den Empfang mit Eurer Unterschrift bestätigen.« Er zog einen dunklen Lederordner unter seinem Arm hervor. Elisabeth zeigte sich zutiefst verwirrt.

Eine Sendung von... Liam? Direkt ins Haus?!, durchschoss es sie siedendheiß. Noch immer fand sie zu keinem Wort, ließ aber den Boten mit einer Handbewegung zur Wohnküche hin eintreten, denn ein Unterzeichen vor der Tür war nicht möglich.

Mit vor Aufregung verunsicherten Händen suchte sie nach ihrer Schreibfeder und dem Tintenglas. Der Wachmann aus dem Kommandantenhaus legte das Päckchen und die aufgeklappte, tiefdunkle Ledermappe auf den Tisch und zeigte sich äußerst zurückhaltend. Mit viel Umstand schaffte es Elisabeth ihren Namen zitternd und in kaum leserlicher Schrift auf die vorgesehene Stelle des Papieres - das tatsächlich Liams Siegel trug - zu setzen.

Der Soldat schloss daraufhin sogleich den Ordner, verabschiedete sich, und Elisabeth fühlte sich in ihrem Verwirrtsein wie zu Stein erstarrt. Gerade war ein schwedischer Soldat in ihrem Haus! Etwas, das Großmutter gewiss erschüttert hätte! – Dazu kam er als Bote von der obersten Stelle der Stadtverwaltung: Vom Kommandanten der Garnison – *ihrem* Liam Lindkvist. Einem Schweden, den sie ins Herz geschlossen hatte! Doch wollte sie zum ersten Mal der Großmutter kein Flehen um Vergeben senden, sondern auschließlich eine tiefe Bitte, um Verständnis.

Bevor sie das blutrote Siegel brach und das Papier von dem Päckchen so vorsichtig ablöste, als befände sich leicht entzündbares Schießpulver darin, wollte sie sich sicherheitshalber hinsetzen. Als Erstes fand sie einen weiteren, versiegelten Brief, der mit ihrem Namen versehen war. Sie erkannte die Handschrift und öffnete diesen mit zitternden Fingern.

Teuerste Elisabeth

Die letzte Zeit habe ich oft an Euch denken müssen und hoffe sehr, dass es Euch gut geht.

Leider brachte ich in Erfahrung, dass man auf unserem Postkontor jede eintreffende militärische Sendung an Euch - außer gegebenenfalls Eurem Vormund - auch einer weiteren Person melden würde. Diese unzulässliche Forderung wird zurzeit gründlich untersucht und der Verantwortliche zur Rechenschaft gezogen.

Aus diesem Grund sehe ich es als angebracht, Euch meine Post direkt vom Kommandantenhaus zuzustellen.

Somit wird nun auch diese wichtige Angelegenheit zu einem raschen Ende finden, denn von nun an nehmen die Untersuchungen ihren militärischen Rechtsweg und Ihr könnt wieder aufatmen.

Trotzdem werde ich Euch weiterhin zur Verfügung stehen. Wann immer Ihr meine Hilfe benötigt, gleich wann und weshalb: Ihr wisst, wo Ihr mich findet.

Mit herzlichem Gruß
Liam

Kein Dienstgrad, kein militärisch königlicher Stempel. Es war ein sehr persönlich gehaltener Brief mit offiziellem Inhalt. Trotzdem verstand Elisabeth kaum seine Bedeutung, oder wollte nicht wahr haben, was sie im ersten Moment vermutete. Sie zupfte vorsichtig das feste Papier auseinander und war froh zu sitzen, sonst hätten gewiss ihre Beine versagt: In zusätzlich feines Seidenpapier gewickelt kam tatsächlich das silberne Familiensiegel des Vaters zum Vorschein! Sie schlug beide Hände vor ihr Gesicht und schluchzte auf.

Er hatte es tatsächlich geschafft! Dieser wunderbare Mensch hatte ihr Siegel wiedergefunden und fast formlos an sie zurück gesandt!

»Ich muss dich wieder sehen, Liam - ich muss es, egal, was es mich kostet!«, sagte sie recht laut zu sich selbst.

Dass man ihr dies aber weiterhin verwehren wollte, sollte ihr recht bald bewusst werden.

In der Zwischenzeit kippte Elisabeths Stimmung um. Die Tage waren noch immer kalt und ein steter, von der See her ziehender Bodennebel wurde zur alltäglichen Gegebenheit. Er schien sie bei ihrem Gang durch die Straßen von der Wirklichkeit abzuschirmen und in eine fremdartige Welt zu versetzen. Oftmals fühlte sie sich beobachtet, ohne jemanden zu sehen. Manchmal spürte sie die Nähe oder den Flügelschlag einer Krähe, was sie erneut verunsicherte aber nicht zu beängstigen schien. Nur wenn das klare, kräftige Abendrot die riesigen Backsteinfronten der Stadtkirchen zum orangeroten Glühen brachte, fühlte sie sich wieder geborgen.

*

Elisabeth hatte in Erfahrung gebracht, dass ein Postbediensteter von einem Bürger mit Geld bestochen wurde, damit dieser Auskunft über eingegangene militärische Briefe an ihn weiter gab. Dieser nahm auch das Geld zwar an, meldete den Vorfall aber danach für ein entsprechend höheres Entgeld dem Kommandantenhaus. Kurze Zeit später kam es zu einer derben Strafanzeige von Seiten des Kommandanten gegen das ehrlose Handeln jenes Postmannes. Er wurde festgenommen. Allerdings kam es zu keiner Anzeige gegen den, der ihn zu dieser Tat genötigt hatte...

Elisabeth tat, als hätte sie von all dem keine Ahnung, obwohl sie wusste, wer der jenige war, der diese Bestechung tätigte und weswegen der Kommandant ihn verschonte...

Pavel zeigte sich in jenen Tagen nervös und redete mit niemandem über jene Vorkommnisse, die bereits zum städtischen Tagesgespräch wurden.

Noch vor diesem Postverruf schrieb Elisabeth ein paar Zeilen des Dankes an Liam, die sie ohne Scheu dem Wachmann vor der Eingangspforte der militärischen Einrichtung aushändigte. - Von da an ging keine Post mehr ein, was sie erneut bedrückte.

Das Familiensiegel hatte sie unter den Holzdielen des Fußbodens gut versteckt und weder Pavel noch Piet davon erzählt. Elisabeths Sehnsucht nach Liam wuchs ins Unermessliche, aber sie getraute sich nicht, irgendetwas zu unternehmen. Die Befürchtung, Pavel könnte ihre Wege bespitzeln lassen und Piet deshalb seinen Ausbildungsplatz verlieren, war mindestens ebenso groß.

Der Frühling tat sich schwer mit seinem sonnigen Erwachen, und als es endlich etwas freundlicher werden wollte, war bereits der Mai verflogen...

*

Montag, 4. Juni 1708

Elisabeth hatte Pavel versprochen, Renata und Piet beim Auswalzen sowie bei dem Heißpressen der Duftseifen zu helfen, da Pavel und Milozs erneut zwei Tage mit ihrer Ware unterwegs sein würden. Die Seifen mussten zu einem Händler nach Lübeck gebracht werden. Sie hatten ein gutes Geschäft vereinbart.

Elisabeth wollte gegen Mittag in die Siederei kommen, war aber schon früher mit ihrer Näharbeit fertig und machte sich bereits gegen zehn Uhr auf den Weg.

Es war einer der ersten warmen Sonnentage und gewiss sehr heiß in der Seifensiederei, dachte sie für sich, als sie auch sah, dass die Fenster des Gebäudes offen standen und die Eingangstür nur angelehnt war. Elisabeth trat ein. Nur ein großer Kessel war angeheizt, und es befand sich niemand im Raum.

Auf dem Weg zum Nebenzimmer konnte sie jedoch Stimmen vernehmen. Auch hier stand die Tür etwas offen. Um keine wichtigen Gespräche zu stören, schlich sie so dicht heran, dass sie in das kleine Zimmer blicken aber selbst nicht gesehen werden konnte.

Augenblicklich hielt sie den Atem an und lief flinken Schrittes wieder zur Eingangstür zurück. Im Nebenraum waren Renata und Piet! Beide halbnackt bei innigem Geschmuse. Sie hatte gesehen, dass ihr Bruder mit seinem Mund Renatas Brüste liebkoste, ihren Rock nach oben gerafft hatte und deren Leib mit beiden Händen an ihrem nackten Hinterteil gegen seinen Körper drückte. Diesem war erkennbar die Culotte zu den Füßen entglitten. Renata ließ Piet mit geschlossenen Augen und dem Ausdruck höchsten Glücksempfinden gewähren!

Es war eine Darbietung, die Elisabeth nur durch das Beschreiben jenes Treibens in den Badestuben und Bordellen kannte. Ausgerechnet Piet hatte ihr immer solche Dinge mit aufgesetzer Empörung angedeutet, da sein Freund Bertel dies mit den Soldaten bei den Huren angehen würde.

Elisabeth zitterte vor Schreck, konnte nicht glauben, was sie gerade wahrgenommen hatte und versuchte ihre Kontrolle wieder zu erlangen, klopfte fest mit der Faust an die Eingangstür und rief ein kräftiges »Guten Morgen, ist schon jemand wach?!« Es kam keine spontane Antwort. Erst nach etwa fünf Sekunden hörte sie Renatas etwas angespannte Stimme.

»Natürlich, komm herein Elisabeth. Schau mal die neuen Seifen auf dem Walztisch, Fliederduft! - Sind die nicht wunderschön?!« Elisabeth hatte verstanden und ging behäbigen Schrittes zu jenem Tisch.

»Ja, ich schaue sie mir sofort an«, ließ sie verlauten, in der Hoffnung, das dieser unselige Spuk ein Ende genommen oder sogar nie stattgefunden hatte.

Wenige Sekunden später war Renata bei ihr. Ihre Wangen glühten, ihr Haar war notdürftig gerichtet, aber sie war zumindest wieder vollständig angekleidet.

»Piet hat sich gerade ein Bier aus dem Fass eingelassen, möchtest du eins mit uns trinken? Er schuftet ja auch schon seit sechs Uhr. Da darf er sich dies auch erlauben... Anschließend müssen wir wieder Fett auskochen«, berichtete, entschuldigte und fragte Renata reichlich verlegen und Elisabeth glaubte, in den aus Backstein gemauerten Boden versinken zu müssen.

»Nein danke, aber ich schaue gerne mal, was Piet macht«, versuchte sie beiläufig zu klingen und betrat den kleinen Raum. Piet saß auf der Pritsche und zog an einer weißen Tonpfeife, die er sich gerade gestopft und angezündet hatte.

»Du bist früh, Else«, sagte er äußerst verlegen. Die roten Flecken an Hals und Wangen, verrieten ihn zusätzlich.

»Jetzt rauchst du sogar? - Na, aus dir ist ja wirklich in kurzer Zeit ein richtiger Mann geworden!« Die leicht spitzfindige Bemerkung verunsicherte Piet noch mehr. Aber er antwortete nicht, sondern legte seine Pfeife wieder in den Steinbecher.

»Nein, wir sollten wirklich wieder mit der Arbeit anfangen. Wenn du schon so früh gekommen bist«, bemerkte er im geschäftlichen Tonfall und folgte seiner Schwester in den großen Arbeitsraum, wobei er sein Hemd eiligst in die nun schlecht geknöpfte Culotte schob. Elisabeth wurde es flau im Magen.

»Hatten die beiden tatsächlich? Oh mein Gott, sie hatten!«, rief es in ihren Sinnen. Elisabeth war sich nicht mehr sicher, irgendeine Tätigkeit richtig ausführen zu können und sah bereits die Gesamtfolgen dieses irrsingen Treibens zweier Hirnloser auf sich und ihren Bruder zukommen. Sie konnte nicht umhin und musste während des freundlich banalen Plauderns, Renata eine Frage stellen, die sie sehr beschäftigte.

»Pavel sagte, du würdest dich bald verloben. Stimmt das?« Unfassbarerweise lachte Renata sie an.

»Ja, Pavel wollte das bereits vergangene Pfingsten. Nun redet er vom August. Ich hingegen möchte das hinausziehen, lange hinausziehen. Am besten gar nicht dran denken!«

Elisabeth versuchte sich ein Lächeln abzuringen. In Piets Grinsen erkannte sie bittere Häme. Der kleine Gauner hatte sich tatsächlich vorgenommen, Renata für sich zu gewinnen, dachte sie, und das auf eine Weise, die nichts als Ärger einbringen würde. Es machte sie wütend. Gerade auch, weil Renata bei diesem Treiben mit Freuden zuzustimmen schien. Sie wollte Renata nicht als anstandslos und unsittlich betrachten, aber sie tat mit dieser Bereitwilligkeit gewiss weder sich noch Piet auf lange Sicht einen Gefallen.

Gerne wäre sie bis in den Abend geblieben, aber sie musste noch wegen einer umfangreichen Anprobe zu Meister Borg und verließ Piet und Renata gegen 19 Uhr. Man hatte viel gearbeitet und wunderbare Ergebnisse erzielt. Zwischenzeitig schienen auch die Grundduftstoffe der destillierten Kräuter, Blüten und Gewürze die Luft in der Seifensiederei eindeutig verbessert zu haben. Elisabeth ging mit bedrücktem Herzen und stellte sich sogleich vor, was die beiden anstellen würden, nachdem sie die Seifensiederei verlassen hatte. Sie war tief erschüttert und schämte sich unendlich für ihren Bruder aber auch für Renata.

Ihr banges Leiden um Piets verlorene Moral, Sitte und Anstand dauerte noch die folgenden Stunden an. Sie hatte Mühe sich in der Schneiderei zu konzentrieren, was Meister Borg aber übersehen wollte. Auch ihm waren Elisabeths häusliche Plagen bekannt.

Piet kam an jenem Tag sehr spät nach Hause. Es schlug bereits die erste Tagesstunde, aber Elisabeth wollte auf ihn warten. Als der Bruder schließlich kurz vor halb Zwei ankam, schien er - im Gegensatz zu den üblichen Abendstunden - nicht angetrunken, sondern eher übellaunig.

»Du bist ja noch wach?«, entfuhr es ihm, anstatt eines Grußes. Elisabeth reagierte nicht sofort. Sie erkannte, dass Piet an der rechten Kinnseite verletzt war. Er hielt spontan die Hand dagegen.

»Es ist nichts, Else, ich hab mich nur gestoßen!« Sie glaubte ihm nicht, ließ es aber gut sein.

»Mach dir keine Sorgen, Piet. Ich werde dir keine Fragen mehr stellen. Nur, wenn du freiwillig mit mir reden möchtest, werde ich dir weiterhin gerne zuhören«, bemerkte sie ruhig und erhob sich, um zu Bett zu gehen. Es schien offensichtlich, dass ihn etwas Gewichtiges bedrückte, was er aber erneut nicht kundtun wollte.

Elisabeth wunderte sich, dass Piet noch eine Weile in der Wohnküche verbrachte, wobei er wohl öfters zum Schrank ging. In der Hoffnung auf einen besseren Tag und besonders darauf, dass sie den an diesem Montagmorgen erlebten Vorfall nur geträumt hätte, schlief sie schließlich ein.

*

Dienstag, den 5. Juni 1708

Elisabeth war mit ihrer Näharbeit gut in der Zeit und hatte sich von daher dazu entschlossen den ganzen Tag in der Seifensiederei zu helfen. Sie ging gegen sechs Uhr in der Früh mit Piet los. Er war selbst nach seinem Frühstück noch nicht gesprächig und Elisabeth hatte verstanden, dass alles, was sie gestern erlebt hatte, doch kein Albtraum war, sondern eine Wirklichkeit die erneut mit einer unbehaglichen Zukunft schwanger ging. Aber sie wollte ihre Gedanken zerstreuen.

Auf den Straßen zum östlichen Stadttor war um diese Zeit viel Betrieb. Ochsenkarren, Pferdekutschen, Reiter und Nutzvieh-Treiber zogen den Toren entgegen, ob zum Hafen hinaus, oder zur Weide. Viele waren auch unterwegs zum Marktplatz, um ihre Frühjahrsware aus den Stadtgärten und Wiesen anzubieten. Radau, vielfacher Gestank und laute Stimmen füllten wieder die Stadt. Das kleinere Nutzvieh rannte erneut - von der Stadt Besitz ergreifend - über Straßen und Wege. Gerne machte es sich auch mitten auf den Fahrwegen in der Sonne gemütlich. In kurzer Zeit würden die ersten Schausteller erneut auf den Plätzen erscheinen. Feste würden wieder im Freien gefeiert werden, die Bänkelsänger nebst anderen Stadtmusikanten und Schausteller um Aufmerksamkeit bitten und der eine oder andere Fremde einem auf dem Marktplatz unverhofft in die Tasche greifen.

Es wurde Sommer und Elisabeth liebte den Sommer. Draußen vor den Toren Wismarias vor dem Mühlenteich war es ruhig. Hier regierte das frische Grün der weiten Felder, das vielfache Blühen der Wiesen sowie eine Vielzahl an bunten Insekten und Feldtieren.

In der Seifensiederei ließ man einen neuen Bottich Fett aus und hatte damit ein hartes Tageswerk zu bewältigen. An jenem Morgen war die Atmosphäre in der Werkstadt bedeckt. Zwar redete man freundlich und interessiert miteinander, dennoch benahm sich Renata verhaltener, als am Vortag. Sie wirkte blass und schien müde. Elisabeth nahm wahr, dass Piet und Renata sich öfter verstohlen miteinander unterhielten oder zu einem kurzen Plausch in dem kleinen Raum verschwanden. Mehr schien an diesem Tag allerdings nicht überschäumen zu wollen, denn man musste sich auch mit der Arbeit sputen. Pavel und Milozs wollten gegen Abend wieder zu Hause sein. Deshalb sollte auch das an Arbeit abgeschlossen werden, was man versprochen hatte zu erledigen.

Renata hatte zum Mittagessen Grützensuppe mit etwas Schweinefleisch mitgebracht. Sie nahmen das Mahl in jenem kleinen Raum ein. Nur Renata mochte nichts zu sich nehmen. Sie klagte über Magenschmerzen und Übelkeit.

Nach der Mittagspause waren alle Drei weiterhin sehr fleißig und gegen 19 Uhr mit dem Tageswerk fertig. Man wollte keinen neuen Kessel anheizen und entschied sich zum Feierabend. Nun schien es auch Renata etwas besser zu gehen.

Elisabeth und Piet verabschiedeten sich vor dem neuen, hübsch anzusehenden Bürgerhaus der Kordens von ihr. Dieses stand direkt hinter der Stadtmauer.

Die Geschwister nahmen den Heimweg über den Marktplatz, als sie kurz nach Sankt Marien - vor dem Tordurchgang zum Tribunal - auf mehr Tumult trafen, als sonst um diese Zeit. Einige Personen redeten mit aufgeregter Gestik, andere rannten über die Straßen, als hätten sie spontan etwas Wichtiges zu erledigen.

Schwedisches Militär war unterwegs - Militär zu Pferde! Elisabeth blieb einen Moment stehen, beäugte die Situation aufmerksam und hoffte auf einen wundersamen Zufall, welcher allerdings aus blieb. Piet zog sie am Ärmel.

»Komm Else, vergiss es...« Sie schüttelte sich los.

»Denk an dich!«, entwich ihr spontan. Piet schien ihre Andeutung zu verstehen, atmete tief und antwortete nicht.

Kurz vor dem Sankt Georgen Kirchhof standen einige Bekannte, die sich ebenfalls angeregt unterhielten. Einer davon war Elisabeths Bäcker aus der Lubekerstrate. Der große stattliche Mann kam ihnen entgegen.

»Guten Abend, Jungfer Lisbeth, Piet... Hab ihr schon gehört?!« Die Geschwister blieben mit ähnlich überraschtem Gesichtsausdruck stehen, und der Bäckermeister erntete von ihnen nur einen fragenden Blick.

»Na, man hat gerade Bertel Ruge erschossen! Kurz vor seinem Haus - gegenüber, am Eingang des Heiligengeistkirchhofs!« Elisabeth hielt sich den Magen und rang ungläubig nach Luft. Piet gestikulierte wild und schrie ein lautes: »Das kann doch nicht sein!«

»Doch Piet, angeblich war es einer der schwedischen Söldner! – Da muss etwas Krummes gelaufen sein. Man spricht von Betrug, Geld- und Glücksspiel!«

Elisabeth schaffte es nur zu einem ergriffenen »Oh Gott, das ist ja schrecklich!«, während Piet losplapperte.

»Das ist doch unmöglich, wir waren doch noch gestern Abend...« Er spürte Elisabeths festen Tritt auf seinem Fuß.

»Es ist besser den Mund zu halten, Peter Hennings!« Dann wandte sie sich sogleich mit ruhigem Ton an den Bäcker.

»Wie schnell wird man in etwas reingezogen mit dem man nichts zu tun hat!« Dieser war viel zu aufgeregt, um zu verstehen, was sie meinte, gab ihr aber recht.

»Die werden heute Nacht noch die Stadt durchkämmen und jeden verhaften, der da mitgemacht hat, da bin ich mir sicher!«

»Wir sollten alle nach Hause gehen und uns nicht nervös machen, das nützt doch niemandem«, entgegnete Elisabeth, verabschiedete sich und schubste Piet an. Dieser verlor sich bis ins Haus hinein in nicht enden wollende Stoßgebete.

»Großer Gott - allmächtiger Gott - Herr Jesus im Himmel...«

»Nun lass es gut sein, Piet! Das Flehen und Beten fällt dir wohl ein bisschen spät ein, oder?« Piet sackte auf den Stuhl und verkrallte sich die Hände im Haar.

»Else, was soll ich denn machen? Ich war doch gestern Abend auch dort, und...« Sie setzte sich zu ihm.

»Dann erzähl mal!« Piet berichtete mit stockender Stimme, dass sie sich am gestrigen Abend zu einer neuen Spielrunde im Haus der Ruges getroffen hätten. Ohne dass Elisabeth einen Einwand hegte, beschwichtigte er sie sofort mit der Entschuldigung, dass er mit dem Gewinn das Siegel wieder einlösen wollte. Nur so lange hätte er noch spielen wollen.

Am Vorabend wären seine Würfel gut gewesen. Sehr gut, und er hätte nicht nur die Summe zusammen gehabt, um das Pfand zurück zu kaufen, sondern noch viel mehr an Talern gewonnen! Der Soldat aber, bei dem er das Siegel eingesetzt hatte, hätte dieses bereits veruntreut - und der, dem er es verkauft hatte, ebenfalls.

Es wurde bekannt, dass die, die es letzendlich besaßen, verhaftet wurden und ihnen militärische Strafen wegen *Hehlerei und Veruntreuung von Pfandmaterial aus unerlaubtem Glücksspiel* drohten.

Bertel rief, dass dies richtig wäre, aber einer der Söldner schrie dagegen, dass man den Verräter finden würde, der dies im Kommandantenhaus angezeigt hätte ... Danach sei es zur Prügelei gekommen. An dem Punkt hätte Piet seinen Gewinn in die Kleidung gesteckt und wäre nach Hause gerannt.

»Du Unglückseliger! - Wie kannst du nur mit diesen Missetätern weiter solche Glücksspiele treiben?«

»Ich wollte nur das Siegel zurück! Es war doch Bertel, der mich gezwungen hatte, es zu setzen. Dadurch hatten wir beide höhere Gewinnchancen, verstehst du?!«

Elisabeth sagte nichts. Sie bückte sich zu dem losen Bodenbrett neben dem Kamin, zog dieses hoch, holte das in Papier eingeschlagene Siegel heraus und legte es vor Piet auf den Tisch. Der schien einer Ohnmacht nahe, als er es erkannte und schaffte es nicht, eine Fragestellung zu formulieren.

»Der Kommandant, Oberst Lindkvist persönlich hat sich dafür eingesetzt, es suchen lassen und gefunden!«

»Du hast ihm... dort *alles* erzählt?«

»Das musste ich wohl!«

»Aber damit hast du uns alle in Gefahr gebracht, Else!«

»Nein, IHR habt euch mit diesen unseligen Glücksspielen in Gefahr gebracht, Piet! Ich wollte nur das zurück, was UNS, unserem Vater, unserer Famile gehört!«

»Ich kann es nicht fassen... dass ausgerechnet du dahinter steckst, dass diese überraschenden militärischen Durchsuchungen stattfanden! Weißt du überhaupt, was einem Soldaten droht, wenn man ihn solch einer

Schuld bezichtigt?! – Klar, dass da einer ausrastete und Bertel nun erschossen hat, weil er ihn als den Verräter vor dem Kommandanten ansieht! Schließlich war auch bekannt, dass er mit Meister Hannes dort arbeitete, also im Kommandantenhaus ein und aus ging.«

»Für das, was ihm droht, ist der Soldat selbst verantwortlich – genau so, wie Bertel Ruge!«, kommentierte Elisabeth hart.

»Und ich? Wenn sie mich jetzt festnehmen, weil ich gestern Abend auch dabei war? Sie wissen das sicherlich! – Lässt du mich dann auch eiskalt aburteilen?«

Elisabeth stand auf und holte sich ein Glas Wasser aus dem tönernen Krug.

»Das Militär wird keinen *Peter Hennings* verhaften!«, sagte sie gerade heraus, mit dem Blick in den kalten, gesäuberten Kamin. Piet reagierte nicht. Dann entwich ihm ein ruhiges: »Hat *er* das gesagt? Dein... Oberst?!«

»Hör auf, Piet. Er ist nicht *mein* Oberst!« ‚versuchte Elisabeth ruhig zu bleiben. Piet spitzte die Lippen und bemühte sich nachdenklich zu wirken.

»Weißt Du Else... vielleicht wäre das alles gar nicht so schlecht. Ich meine, dein guter Kontakt zu dem Kommandanten! – Der könnte uns Tür und Tore öffnen.« Elisabeth versuchte Piets Bemerkung zu überhören, zündete die Abendkerzen an, setzte sich wieder zu ihrem Bruder und hatte die nächste Frage auf den Lippen.

»Wo ist das Geld? - Dein Gewinn!« Piet verzog den Mund und stützte sich die Stirn.

»Unten im Schrank - im kleinen Schmalztopf.« Sie sprang auf und kniete bereits in der folgenden Sekunde vor dem aufgerissenen Küchenschrank, während sie die Töpfe zur Seite schob. Der Schmalztopf war aus schwarz glasiertem Steingut und sie spürte bereits das enorme Gewicht, als sie ihn hervor zog. Beim hurtigen Abziehen des Holzdeckels glaubte Elisabeth an einen Tagtraum: Er war randvoll mit blanken und weniger blanken Talern!

»Wieviel? – Gütiger Himmel...«

»213 - auf den Taler genau!«, kam Piets unfassbar ruhige Antwort.

»Wie gewinnt man 213 Taler, Piet? Wie ist das möglich?!« Elisabeth erhob sich nicht vom Boden, und Piet schien ausdruckslos, gefasst und auf unerklärbare Weise erneut sehr selbstsicher.

Spontan erinnerte sich Elisabeth an den Tag im November, an dem er ihre vier Taler entwendet hatte und vor Totensonntag mit 25 Talern Spielergeld nach Hause kam. Damals benahm er sich, wie ein unschuldiges, verführtes Lämmchen. Es lagen Welten zwischen dem Gesicht damals und dem, das sie jetzt vor sich sah.

Kaum mehr als ein halbes Jahr war seitdem vergangen und Piet hatte sich nicht nur zum Mann sondern auch zu einer undurchschaubaren, durchtriebenen Person gewandelt. Er hatte seinen eigenen Kopf und verpackte letztendlich immer wieder aufs Neue alles so, dass man Nachsicht mit ihm haben musste. Doch dieses unschuldige Jungengesicht hatte bereits eine sorgenbeladene Längskerbe über der Nasenwurzel bekommen und unruhige, nervöse Augen.

»Leere die Taler auf den Boden, Else, dann weißt du alles«, kam seine Antwort, während er die Finger der rechten Hand in die Tischkante krallte und sich auf die Lippen biss.

Elisabeth tat, wie er ihr auftrug. Zwischen der Unsumme an Münzen kam ein kleiner Lederbeutel zum Vorschein, der ihr bekannt schien. Sie wollte nicht wahr haben, was sie ahnte, nahm den Beutel und befühlte ihn vorsichtig.

Nein, sie hatte sich nicht geirrt. Fassungslos sah sie zu Piet, der ihrem Blick wortlos auswich. Es waren die gezinkten Würfel! Piet hatte sie damals nicht in den Kamin geworfen, so, wie er es angegeben hatte! Er behielt sie und spielte seelenruhig damit weiter!

Sie konnte keine Frage formulieren, es war einfach alles nur noch entsetzlich.

»Jetzt klebt Blut an den Würfeln, das ist dir hoffentlich bewusst!«, sagte sie leise und hätte ihm am liebsten im gleichen Moment den Beutel samt Inhalt mit voller Wucht an den Kopf geworfen.

Piet blieb stumm. Er hatte zumindest verstanden, dass Elisabeth nun nichts mehr richten konnte. Sie selbst saß weiterhin entmutigt auf dem Fußboden, zwischen dieser enormen Welle an Münzen...

»Wir werden beide in der Hölle landen. - Welch eine Schande für unsere Familie!« Nach dieser Äußerung seiner Schwester sprang Piet auf und kniete sich neben sie.

»Hör auf damit Else und beginne endlich zu leben! Jetzt ist es nun einmal so, wie es ist, und niemand kann zurück. Unser Kommandant wird sich nie ernsthaft um dich bemühen! – Also lass Streeck die Heirat mit Pavel absegnen und es wird uns allen gut gehen! Du wirst 23 Jahre alt und kannst doch nicht bis du krumm und grau bist, hier sitzen und für die Gesellschaft Kleider nähen! Du bist diejenige, die endlich wieder in die Gesellschaft gehört! Du solltest wieder Feste feiern dürfen, anstatt in der wenigen freien Zeit, die dir als Näherin bleibt, nach Sankt Georgen zu gehen! - Dieses Geld ist zumindest der Anfang für ein neues Leben.«

Sie sah ihren Bruder kurz an und konnte nicht fassen, was er ihr vorschlug. Wer oder was hatte seine Seele verführt, ihn auf einen so schlechten Weg gebracht?! Spontan fielen ihr die Worte des alten, unheimlichen Mannes ein, der bereits bei ihrer ersten Begegnung am Hafen von Verführung und Vorsicht gesprochen hatte...

Elisabeth räumte die Taler wieder in den Topf, legte den Beutel mit den verwunschenen Würfeln darauf, schloss denselben und stellte ihn wieder in den Schrank.

»Das ist für heute genug Piet, ich werde morgen darüber nachdenken«, bemerkte sie sachlich und war sich sicher, dass die nächsten Tage nichts Schlimmeres bringen könnten.

Man hatte Bertel erschossen! - Diese Gewissheit breitete sich erneut über ihr Bewusstsein. Mit wieviel Irrsinn konnte das Schicksal doch zuschlagen. Nur, weil er im Kommandantenhaus arbeitete, war er für die anderen der Verräter. Was dachte Liam wohl über all dies? - Sie schüttelte den Kopf. Nein, auch er war schließlich Soldat, wenn auch ein Offizier mit hohem Rang. Doch gewiss gab ihm dies eine andere Sichtweise der Dinge.

»Wusstest du davon, das Pavel einen Postbediensteten bestochen hatte, um herauszufinden, ob ich Post vom Kommandantenhaus bekommen würde?«, wollte sie trotzdem noch wissen, während sie ihre

Schürze ordentlich zusammengefaltet über den Stuhl legte.

»Leider war dieser Mitarbeiter genau so wenig klug wie verschwiegen, denn er dachte, dass man mit solch einer Neuigkeit bei den Schweden auch etwas dazu verdienen konnte. - Du kannst auch gerne raten, weshalb man Pavel deshalb nicht verhaftet hat.«

»Ja, ich wusste davon, Else. Was sollte ich denn tun? Er glüht vor Eifersucht auf diesen... *Oberst Liam*. Er nimmt sogar an, dass es zwischen ihm und dir bereits zu mehr kam, als nur zu einem schlichten Wortwechsel. Pavel dürfte deshalb nicht einmal wissen, dass du dich für ihn bei diesem Kommandanten eingesetzt hast. - Pavel weiß, was er will.« Piet empfing Elisabeths Dolchblick.

»Und du glaubst ernsthaft, *dieser* Pavel würde zulassen, dass du seine Schwester bekommst? - Außer dem Helden aus der Geschichte vom Teufelsgitter bekam noch niemals ein Lehrjunge oder Geselle die Tochter oder Schwester seines Meisters!«

»Es gab auch noch keinen schwedischen Kommandanten, der jemals eine einfache Näherin aus Wismaria heiratete!« Piets Antwort klang herablassend und gemein. Elisabeth fragte sich, wieso sie sich erneut diese Seitenhiebe gefallen ließ, und dem Bengel nicht einfach eine Ohrfeige gab, aber selbst dafür fehlte ihr im

Augenblick die Kraft. Sie ließ ihn ohne Gruß in der Küche zurück und begab sich zum Schlafen in die Stube.

Kapitel 4

Mittwoch, 6. Juni 1708

Elisabeth hatte Renata am Vorabend versprochen, dass sie an dem folgenen Morgen ein weiteres Mal zur Seifensiederei kommen und Hand anlegen würde. Viele noble Duftseifen mussten einzeln verpackt in Kisten und Fässer gelagert werden, um sie zum Hafen transportieren zu können. Elisabeth und Piet waren bereits gegen sechs Uhr dort, Pavel und seine Geschwister schon eine Stunde früher, um alle Feuerstellen anzuheizen und Fett auszukochen.

Der Meister schien hektisch und trieb seine Mitarbeiter an. Einige Zentner frische Seife musste ausgearbeitet werden und noch diese Woche fertig sein. Elisabeth bemerkte, dass Piet jener Kommandoton nicht passte. Elisabeth selbst gefiel diese Anspannung eben so wenig. Nicht einmal über das, was Bertel passiert war, konnte man an diesem Morgen miteinander reden. Sie hoffte, auf Piets innere Ruhe, während sie die Seifen einpackte und eine erneut bleiche und krank aussehende Renata erkannte, die mit aller Kraft am Walztisch und an der Heißpresse arbeitete.

Gerade kam es Elisabeth in den Sinn, Pavel in der Pause einen Vorschlag zu unterbreiten. Um der ansteigenden Produktion Herr werden zu können, wäre es gewiss geschickter, einen weiteren Lehrling anzustellen. Sie hatte all dies noch nicht vollständig durchdacht, als Renata die Walze los ließ und sich, von einem heftigen Krampf gepackt, mit beiden Händen an den Unterleib fasste. Sie torkelte einen Schritt zur Seite.

Mit Bestürzung sah Elisabeth, dass sich unter Renatas Rock eine Blutlache gebildet hatte und sie diese mit dem Saum über den Boden verteilte.

»Pavel, schnell!«, rief Elisabeth aus, als der genervte Bruder auch bereits herbeigerannt war. Mit einem lauten »Was ist das denn?!« nahm er die zusammenbrechende Renata auf den Arm und brachte sie sofort in den kleinen Raum zur Pritsche.

»Guckst du bitte nach ihr? Ich denke, das sind Angelegenheiten, die nur Frauen betreffen«, rief er Elisabeth zu, und sie glaubte seinen Gedankengängen folgen zu können. Er schickte Piet und Milozs sofort aus dem Raum und schloss die Tür hinter Elisabeth. Dennoch konnte man sein Fluchen hören und die Bemerkung, dass so etwas jetzt noch gefehlt hätte...

Renata hatte die Beine angezogen und schien sich vor Schmerzen zu winden. Als Elisabeth ihren Rock zurück schlug, hatte sie erneut das blanke Entsetzen im Gesicht. Renata schien ohne Unterlass zu bluten. Hier passierte etwas, das nicht nach einem normalen monatlichen Unwohlsein aussah. Als die Geplagte mehrfach husten musste, war das, was zwischen ihren Beinen zum Vorschein kam, nicht nur reines Blut, sondern auch kleine und mittlgroße Klumpen aus blutigem Schleim.

»Mein Gott Renata, was... was ist dir passiert?«, fragte Elisabeth vollkommen hilflos, riss sich ihre Schürze vom Leib und versuchte das austretende Blut zu stoppen.

»Bitte, die Tinktur, dort oben... schnell«, röchelte Renata und deutete auf das Wandregal mit dem kleinen irdenen Fläschchen. Elisabeth reichte es ihr, ohne lang zu fragen, und Renata trank geradezu gierig den Inhalt aus. Sie ließ das Fläschchen zu Boden fallen und verzog das Gesicht schmerzvoll. Elisabeth hob es auf und las den kleinen Zettel, der auf dem Flaschenboden geklebt war. Es war eine Flüssigkeit aus den Kräutern: Hirtentäschl, Frauenmantel und Blutwurz. Nichts Besonderes, denn diese Kräuter dienten ausschließlich zum Stillen einer zu starken Monatsblutung.

»Hilf mir Elisabeth. - Das Sitzbad aus Eichenrinde... Schnell!« Elisabeth hatte das Gefühl in einem Albtraum zu stecken. So viel Blut hatte sie noch niemals auf einmal gesehen. Nicht einmal als Kind, als die Straßen von Wismaria nach der Explosion von Leichenteilen übersät waren. Sie wusste in welchem Gefäß die ausgekochte Eichenrinde stand und dass sie wundschließend und somit ebenfalls blutstillend wirkte.

»Schnell einen flachen Bottich mit heißem Wasser!«, schrie Elisabeth durch die Tür und erntete den Schrecken der Männer, als sie sich mit blutverschmierten Händen zeigte. Sie hatte das Gefühl, sich selbst mit aller Kraft vor einer Ohnmacht retten zu müssen und war froh, dass man ihren Wunsch sofort verstand und erfüllte.

Pavel trug den Bottich herein und forderte mit entsetztem Blick nach einer Erklärung. Elisabeth zog die Holzwanne an die Pritsche.

»Ist in Ordnung Pavel – lass uns alleine!« Pavel tat, wie ihm angeordnet, zeigte aber keinen beruhigten Ausdruck.

Elisabeth kippte die dickflüssige Birkenrindenmasse in das Wasser, zog Renata den Rock und die Leibwäsche vom Unterkörper und half ihr, sich in die dunkle

Brühe zu setzen, wobei sie ihren Körper aufrecht hielt. Das braune Wasser färbte sich zusehends roter.

»Halte, halt durch! Um Gottes Willen, was...« Renata versuchte zu antworten.

»Meine Tinktur: ... Berberritze... Schöllkraut... Arnikawurzel. - Es war ein bisschen zu viel Arnika...«

Elisabeth wurde es augenblicklich übel. Sie hatte das Gefühl, selbst einen brennenden Schmerz im Unterleib zu spüren. Das, was Renata gerade an Kräutern aufgezählt hatte, diente der Abtreibung! - Sie hatte es in dem Buch, dass sie ihr zu Lesen gab, unterstrichen!

»Renata, NEIN! Sag, dass das nicht wahr ist!« Elisabeth versagten die Nerven und Renata krallte sich in ihren Arm. Tränen liefen über ihr erschöpftes totenbleiches Gesicht.

»Doch, Elisabeth! - Es ist so... « Ihr Körper konnte nicht mehr in der dunkelroten Brühe gehalten werden. Mit hoher Kraftanstrengung legte Elisabeth den fast schon ohnmächtigen Körper der Freundin auf die blutgetränkte Pritsche zurück. Sie versuchte weiterhin, das noch immer austretende Blut mit Renatas Rock zu stoppen und deckte zusätzlich deren nunmehr rotbraun gefärbte Blöße ab.

»War es... « Sie wollte nicht fragen aber es doch wissen und glaubte mit Renata sterben zu müssen, würde ihr diese die Ahnung bestätigen. Renata nickte mit geschlossenen Augen.

»Sag es niemals Pavel, wenn ich es nicht überleben sollte! Bring Piet nicht in Schwierigkeiten! - Sag, man hätte mich... vergewaltigt! Ein Soldat... auf dem Weg zur Seifensiederei!« Elisabeth verlor die Nerven. Was sagte sie, verlangte sie da von ihr?

»Du brauchst sofort einen Arzt!«, konterte Elisabeth.

»Nein, nein, keinen Arzt!« Doch Elisabeth sprang hoch und riss die Tür auf.

»Pavel – Ein Arzt! Schnell!« Pavel stieß an die Heißpresse, sodass eine ganze Ladung an Seifenbänder zu Boden fiel und zerbrach. Er warf einen Blick auf seine Schwester und sah, dass der kleine Raum mittlerweile einer Schlachterstube glich.

»Was hat das zu bedeuten, Elisabeth?«, rief er laut und entnervt aus, aber sie konnte ihm nicht antworten. Er blickte entgeistert auf die leichenblasse Schwester und rannte augenblicklich aus der Seifensiederei zu dem geliehenen Fuhrwerk. Als Piet eintrat, sackte er vor Renata auf die Knie und legte aufschluchzend seine Stirn an ihre Schulter.

»Was ist los, Renata? - was passiert hier mit dir?« Elisabeth riss ihn zurück, als Milozs ebenso erschüttert in den Raum eilte und sich neben Renata bückte.

»Sie muss zu sich kommen und etwas trinken. Sie verliert immer mehr Blut!« Dem jungen Milozs hob sich der Magen, er rannte in den Arbeitsraum und übergab sich durch das Fenster. Elisabeth blickte ihren Bruder mit großen entsetzten und fragenden Augen an.

»Du hast von all dem nichts gewusst, stimmts?« Piet schien noch nicht einmal ihre Frage im Geringsten zu verstehen.

»Gut, dann sei jetzt einfach still, und sage keinen Ton. Hörst du?« Elisabeth befeuchtete Renatas Stirn und versuchte sie aufzurichten.

»Gib mir einen Becher Wasser!«, befahl Elisabeth. Piet reichte ihn ihr und Elisabeth versuchte Renata zum Trinken zu bewegen, was ihr nicht gelang. Sie hatte das Bewusstsein verloren. Nun mochte Elisabeth auch Piet nicht mehr anordnen, dass er sich umdrehen sollte, als sie nach Renatas Unterleib sah. Der gesamte Stoff hatte sich erneut mit Blut voll gesaugt. Jetzt war es hellrot, fast orangefarben und es hörte nicht auf zu fließen. Piet begann, wie ein Kind zu weinen und Elisabeth hätte am liebsten aus unendlicher Verzweiflung und Ohnmacht laut aufgeschrien.

»Sie sagte mir nur, sie müsse etwas unternehmen, da ihre... Tage nicht eintreten würden. Was zum Teufel hat sie... «. Piets Worte erstickten, bevor er sie aussprechen konnte.

Renatas Lippen wurden grau, ihre Hände kalt und Elisabeth begann mit zitternder Stimme das Vaterunser zu beten. Milozs stand schluchzend in der Tür.

»Sie darf doch nicht einfach so sterben! Elisabeth, tu doch was!«

»Helft mir einfach beim Beten - mehr kann ich im Moment nicht tun.«

So beteten sie zu Dritt, ohne die Zeit zu messen und als Pavel mit einem der Stadtärzte in die Siederei geeilt kam, war es jenem vom ersten Moment an offensichtlich, das hier jede Hilfe zu spät kam. Renata war unter den Augen der drei Wache haltenden verstorben.

Der Arzt legte viel Sorfalt darauf, sich nicht durch das überall befindliche Blut zu verschmutzen und wollte Renatas Unterleib begutachten. Pavel befahl mit einem hysterischen Aufschrei, dass Milozs und Piet sofort den Raum zu verlassen hätten. Elisabeth, die mittlerweile mindestens genau so bleich war, wie die Verstorbene, wurde es kalt. Sie hatte ihr Zittern nicht mehr unter Kontrolle. Der Arzt stocherte mit einem langen Metallstab in den blutverschmierten Stoffen, inspizierte die schleimigen Absonderungen sowie das letztendlich ausgetretene hellrote Blut am Leib der Toten.

Er nahm sein Einglas ab, kratzte sich am Auge und stellte sich auf.

»Kann ich offen sprechen?« Pavel nickte hektisch.

»Diese Frau hat abgetrieben! - Sie war wohl schon über den zweiten Monat schwanger!«

Obwohl Elisabeth es bereits wusste, schwanden ihr die Sinne, sie sackte auf dem Schemel zusammen. Pavel schrie, wie von Sinnen.

»Was sagt ihr da? Abgetrieben? Renata?- Renata hatte bis dato keinen Mann gekannt!- Elisabeth! Weißt du davon?« Elisabeth schaffte es nicht einmal Luft zu holen. Erst als Pavel erneut ihren Namen rief, versuchte sie zu antworten.

»Sie sagte - sie sei auf dem Weg zur Seifensiederei von einem Fremden mit Gewalt entehrt worden... Irgendwann Ende März...«, log sie, wie ihr Renata aufgetragen, ließ aber den vorgegebenen Garnisonssoldaten außen vor. Pavel gebar einen Ausruf der einem Schmerzensschrei gleich kam.

»Was? Und du... du wusstest die ganze Zeit Bescheid?«

»Nein, Pavel, sie sagte es mir... heute, hier im Raum.«

»Wie? - Sie konnte doch gar nicht mehr reden!«

Der Arzt richtete derweil sein scharfes Augenmerk auf die sich im Raum befindenden Gegenstände.

»Ihr habt gebadet mit Eichenrinde - habt der kranken Tinkturen zur Blutstillung gegeben, die wohl nicht einmal eine Lizenz haben?« Es kam keine Antwort und er fuhr fort.

»Dem Hantieren mit Kräutern liegt in unserer Stadt zwar seit alters her ein gewisser Brauch zugrunde, aber es bleibt ein gefährliches, zweischneidiges Schwert! Denn nicht alles, was angewandt wird, kommt aus dem Offizin eines christlichen Apothekers!«

»Ich tat das, wonach Renata bat. Ich weiß auch selbst, dass dies helfen kann!« Der Arzt nickte.

»Wohl nicht!«, entgegnete er herablassend und drehte sich zu Pavel.

»Ich nehme an, dass hier auch mit Kräutern abgetrieben wurde. Aus wessen Hand, das sollte man dann klären!«

Bei all der bereits an Schrecken nicht zu überbietender Sachlage verstand Elisabeth nicht, auf was der Arzt hinaus wollte.

»Meister Korden, fasst hier nichts an. Bevor die Tote weggebracht wird, muss untersucht werden, wer diese Straftat begangen hat. Eure Schwester selbst, oder eine Person, die ihr hierbei behilflich war! Hier muss schleunigst ein Notar hinzu gezogen werden. Ich bleibe so lange hier und sage alsdann meinen Teil aus.«

Pavel blickte, als hätte er den Verstand verloren. Man forderte ihn auf, ein weiteres Mal in die Stadt zu fahren, um einen Notar zum Protokollieren des Vorfalls zu holen. Es würde unverkennbar eine Schuldfrage offen stehen, meinte der Arzt. Man könnte von daher selbst eine Strafanzeige nicht ausschließen. Ob nun wegen des Fehlens der Lizenz zu drogenähnlichen Mitteln sowie unerlaubter Anwendung derer oder wegen Beihilfe zur Abtreibung mit Todesfolge.

»Abgesehen davon, dass man noch immer in den Verdacht und zu der Anklage einer Schadenszauberei geraten kann. - Also, erledigen wir dies so schnell es geht!«, bestimmte der Arzt und Pavel rannte erneut aus dem Raum.

»Nehmen Sie doch wenigstens eines der Tücher und decken sie die Verstorbene ab!« flehte Elisabeth, aber der Arzt strafte sie nur eines kühlen Blickes. Sie stand auf und verließ den Raum.

Auf dem Schemel neben der Heißpresse konnte sie endlich den Tränen ihres Entsetzens freien Lauf machen. Milozs war mit Pavel losgefahren und Piet saß in der Ecke. Er rührte sich nicht vom Fleck. Das Fett setzte sich und brannte an, da ihm kein Wasserdampf zugefügt wurde. Es stank fürchterlich. Der schmierige Dunst setzte sich im gesamten Arbeitsraum ab und mindestens zehn Zentner Frischseife waren von einem zum anderen Moment verdorben. Elisabeth bemerkte, dass das verdunstende Fett sich als klebriger Belag auf ihrer Haut niederlassen wollte. Die öligen Rauchschwaden nahmen ihr zusätzlich den Atem. Piet griff die Schaufel neben dem Kessel und gab damit so viel Sand in das Feuer, bis es erstickte. Daraufin führte er Wasser in den Kessel, um den Dampf zu löschen.

Bis Pavel mit dem Notar - der für fragwürdige Todesfälle zuständig war - ankam, vergingen weitere 40 Minuten.

Alle wurden sie in den blutig verschmutzten Raum gebeten. Der schnauzbärtige Herr von der Stadtverwaltung schrieb alle Einzelheiten auf, die sich im Raum befanden sowie des Arztes ausführlichen Bericht.

Elisabeth war es, als könnte sie langsam begreifen, aus welchem Grund Renata keinen Arzt wollte. Sie war sich dieser Vorgänge bewusst und auch, dass Elisabeth hierbei in einen dummen Verdacht geraten könnte.

Der Notar musste Elisabeth ebenfalls mehrmals ansprechen, bis diese ihn überhaupt wahrnahm und reagierte.

»Elisabeth Hennings – wir wohnen in der Baustraße, genau gegenüber der Georgenkirche... «, antwortete sie wie in Trace.

»Verheiratet?«, wollte der Notar wissen. Sie schüttelte den Kopf.

»In welchem Haus lebt Ihr denn?«

»Im Hause meines Vaters, Johann Hennings – unsere Eltern sind 1699 verstorben.«

Der Notar schien zu verstehen.

»Also habt ihr als Vollwaise und lediges Weib einen Vormund?« Elisabeth fasste den Notar mit festem Blick ins Auge. Sie hasste den Ausdruck »Weib«.

»Der Kaufmann Paul Streeck ist unser Vormund!«, entgegnete sie sichtlich aufgebracht. Der Notar zog eine Grimasse, die gewiss eine Form von Anerkennung ausdrücken sollte.

»Paul Streeck, aha!«, wiederholte er und schrieb Elisabeths Namen samt allen zusätzlich angegebenen Daten auf.

»Dann müssen wir schleunigst Paul Streeck darüber informieren, dass wir hier sein Mündel verhören!«, wandte er sich an Pavel. Dieser schien über jene Anordnung genau so erschrocken, wie Elisabeth.

»Das ist nicht vonnöten, Herr Notar!«, kam Pavels rasche Antwort.

»Ich bin... mit Elisabeth Hennings so gut wie... verlobt! Von daher kann ich in diesem Falle als Vertreter des Vormundes fungieren.«

Elisabeths Schockstarre wollte durch Pavels Worte erneut zurückkehren. Sie bat den Himmel, dass dieser jene Äußerung nur deshalb von sich gab, um sie vor Streecks Gegenwart bewahren zu wollen und nicht, um sich durch das augenblickliche Drama eine Position anzueignen, auf die er kein Recht hatte.

Pavel nickte Elisabeth ernst entgegen und nachdem diese vom Notar gefragt wurde, ob jene Worte der Wahrheit entsprechen würden, antwortete sie mit beiläufigem Tonfall.

»Wenn Paul Streeck dies so entschieden hat, wird es so sein!«

Der Notar nickte kommentarlos und forderte von Pavel eine Unterschrift, während Elisabeth kaum merkbar den Kopf schüttelte. Sogleich wurde sie aufgefordert den Ablauf der Geschehnisse zu schildern. Ihre Aussage konnte von allen Anwesenden als richtig bestätigt werden.

»Wusstet Ihr von der Schwangerschaft der Toten?«

»Nein, das wusste ich nicht.« Piet der ebenfalls anwesend war, stieß einen Laut der Bestürzung aus. Der Herr von der Verwaltung fragte weiter, ohne auch nur eine Regung zu zeigen.

»Wusstet Ihr, dass die Verstorbene mit einem Mann Beischlaf ausgeübt hatte?«

»Sie... vertraute mir an, dass man ihr auf dem Weg zur Seifensiederei aufgelauert und ihr Gewalt angetan... sie entehrt hätte”, druckste Elisabeth hervor.

»Wer soll das gewesen sein?«

»Ein Fremder, sie kannte ihn nicht.«

»Sie muss doch etwas gesagt haben. War er alt oder jung? Ein Soldat der Garnison?«

»Sie sagte nichts. Sie schämte sich. Ihre Familie sollte nichts davon erfahren«, entgegnete Elisabeth dieses Mal etwas gefasster.

»Das muss nicht stimmen. Hatte sie vielleicht einen Liebhaber?«

»Zum Teufel, so eine Frage muss ich mir nicht bieten lassen«, brüllte Pavel mit hochrotem Kopf.

»Renata war anständig und so gut wie mit Christian Zeidel verlobt, der sie bis zum heutigen Tag nicht anfasste!«

»Mitarbeiter?«, der Notar ließ sich nicht aus der Ruhe bringen.

»Nur mein Bruder und Piet, mein Lehrling. Für den lege ich meine Hand ins Feuer!«, rief Pavel aus. - Elisabeth wurde es schwarz vor Augen. Sie griff nach einem Becher und verschüttete mehr Wasser, als sie eingoss. Der Notar fuhr fort, während er zu Pavel blickte.

»Natürlich wäre es von Nutzen zu wissen, wer dieses schändliche Unheil über Eure Schwester brachte, dass sie zur Abtreibung nötigte, Meister Korden. Doch ich denke, ohne Angaben ist hier keine Ermittlung möglich.« Er wandte sich erneut Elisabeth zu.

»Habt Ihr, Jungfer Hennings, der Verstorbenen Schadenskräuter verabreicht, sodass es zu einem Abort kommen sollte?«

»Nein – ich hatte doch keine Ahnung!« Dann wurde Piet nach seinen persönlichen Daten gefragt.

»Ah, *du* bist also Elisabeths Bruder? - Ich werde veranlassen, dass euer Haus heute noch nach Schadenskräutern durchsucht wird! Das soll keine vorgefasste Beschuldigung sein, sondern nur der klärenden Ermittlung dienen!« Der Notar befragte Pavel.

»Wir haben eine zusätzliche Lizenz für die Destillation, aber noch nicht für die Tinkturen. Renata - meine Schwester - war noch am Ausprobieren, am Gestalten ihrer Rezepte. Doch sie sprach schon mit dem Apotheker und der Verwaltung. Hier wurde nichts unrechtmäßig verkauft oder verheimlicht!«

»Aber im Haus an gefährteten Personen ausprobiert?!«

»Es war ein Notfall! Verstehen sie doch!«, schrie Elisabeth mit verzweifelter Stimme dazwischen, sodass Piet sie an der Weste packte. Der Untersuchungsbeauftragte blieb unbeeindruckt. Milozs wurde kaum befragt. Der sich wichtig fühlende Bedienstete der Stadt schloss sein Buch und fasste zusammen.

»Es handelt sich hier offensichtlich um einen ungeklärten und mit Gewalt herbeigeführten Tod. Die Mittel hierzu sind nicht nur rechtswidrig, sondern gegebenenfalls sogar... *magisch.* Der Verdacht liegt hier eindeutig bei der Zeugin Elisabeth Hennings! Ob dieser sich verhärtet, wird sich nach der Durchsuchung ihrer Wohnung feststellen.

Ihr könnt dies sofort veranlassen, Meister Korden, dann mache ich dies - dank meiner Befugnis - noch heute Abend.«

Elisabeth sah Pavel mit einem nach unendlicher Hilfe schreienden Blick entgegen. - Dieser nickte.

»Ja, ich denke, Elisabeth Hennings hat nichts zu verbergen. Sehen sie nach. Damit dieser Verdacht so schnell wie möglich erlischt.«

Natürlich hatte sie nichts zu verbergen. Aber diese, von Pavel gebilligte Anordnung, machte ihr Angst. Auf der einen Seite gab er sich offiziell als ihr Verlobter aus, auf der anderen ließ er es zu, dass man ihr Haus durchsuchte?

Erneut musste Pavel zurück in die Stadt, um beide Herren nach Hause zu bringen. Der Notar hatte sich gegen 15 Uhr bei Elisabeth angemeldet. Die Kordens sollten bis dahin zusehen, dass weder Piet noch Elisabeth ihr Haus betraten, um nichts zu beeinflusssen.

Wieder fuhr Milozs mit, und Elisabeth war mit Piet und der toten Renata alleine. Piet ähnelte zwischenzeitig einem lebenden Leichnam. Sein rundliches Gesicht war eingefallen, seine Haut fahl und seine Augen gerötet.

»Ist das wirklich wahr, Else? - Renata wurde... Gewalt angetan?« Elisabeth stand auf und legte eines der großen Leinentücher, die dem Schichten der feinen Seife dienten, über Renata. Sie bat Piet, ohne ihm zu antworten, das blutige Wasser zu leeren, wischte mit Renatas Rock das Restblut von dem Boden und warf diesen in den Abfallbottich. Danach blieben beide weiterhin bei der Toten sitzen. Piet konnte sein Jammern nicht unterdrücken.

»Wie konnte dieser Notar es wagen, sogar mich in Verdacht zu ziehen. Es... «

»Bei Gott und allen Heiligen - sprich nicht weiter Piet!«, schrie Elisabeth ihn an. Sie war an jenem Punkt angekommen, an dem sie keine Beschwichtigungen mehr hervorbringen konnte.

»Sogar hier, vor ihrem toten Leib musst du weiter lügen?- Es wäre DEIN Kind geworden, Peter Hennings, das Renata tötete! DEIN KIND!! – Oder glaubst du, ich bin so dumm und weiß nicht, was mit euch los war?!«

Piet raufte sich im selben Moment die Haare und stieß einen Klageschrei aus.

»Gott, warum?«

»Weil du Dinge erzwingen willst, die nicht zu erzwingen sind! Immer wieder aufs Neue... und es wird von Mal zu Mal schlimmer! Wieso erkennst du das nicht?«, schrie sie ihm in gleicher Lautstärke entgegen. Piet begann sich erneut vor Tränen zu schütteln, sank neben Elisabeth auf den Fußboden und umklammerte ihre Taille.

»Else, hilf mir - das stehe ich nicht durch!« Sie nickte mit verbittertem Ausdruck.

»Keine Angst, Piet, *du* stehst absolut wegen gar nichts unter Verdacht. – Schlimmstenfalls werde nur ich als Täter und Schadenszauberin verurteilt.«

»Nein, Pavel wird das nicht zulassen! Sieh doch, Streeck gab ihm bereits das Recht sich als dein Verlobter ansehen zu dürfen!« Elisabeth packte den knienden Piet an den Schultern.

»Entspricht das etwa der Wahrheit? Weißt du davon?«

»Nein, aber du hast es doch soeben gehört, Else! Oder denkst du etwa... er hat dies nur so gesagt?« Elisabeth ließ ihn wieder los und wischte sich mit beiden Händen über das Gesicht.

»Ich hoffe es innigst, dass er geschwindelt hat.« In einer geradezu krampfhaften Starre verharrten die Geschwister, bis die Kordenbrüder erneut eintrafen.

Dieses Mal kamen sie zurück mit einer Totenfrau, einer Tragebahre und sogar einem Prediger von Sankt Marien. Die Verstorbene wurde auf die Karre geladen und dazu ein Gebet gesprochen. Pavel wirkte verstört und suchte nach klaren Worten.

»Ihr kommt jetzt besser mit. Ich weiß zwar nicht, wie ich das heute und die kommenden Tage durchstehen kann... aber wir sollten sofort zum Pastor gehen und die Beisetzung besprechen. - Meinen Auftrag von über 100 Talern habe ich ebenfalls verloren. Und wer weiß, wie viele andere noch. - Jetzt, da ich stets mit Grauen diese Siederei weiterführen werde .«

Elisabeth spürte, dass der Moment gegeben war, Pavel zu umarmen, um ihm Trost zu spenden. Doch es widerstrebte ihr und sie konnte sich nicht dazu entschließen. Ihr selbst schien all das, was sich die letzten Stunden zugetragen hatte, wie ein entsetzlicher Spuk. Sie befanden sich alle noch in dem Augenblick des Schreckens, wirkten und redeten verstört, konnten aber seltsamerweise trotzdem vernünftig reagieren.

Wie würde es aber morgen oder die Tage danach aussehen? Dann, wenn allen das Drama und das Ausmaß des Verlustes wirklich bewusst wäre?

Nicht einmal über ihre eigene verfahrene Lage konnte Elisabeth nachdenken oder über die anstehende Untersuchung des Hauses, da man sie schon des Schadenszaubers verdächtigte...

Elisabeth wollte nicht einmal eine Auseinandersetzung mit Pavel wegen dessen Äußerung, er sei ihr Verlobter, anstreben. Es wurde ihr alles zu viel.

Pavel befragte Piet, ob er im Frühjahr irgendwelche auffallenden Personen draußen vor dem Tor und in der Nähe der Seifensiederei gesehen hätte. Natürlich hatte er dies nicht. Wer sollte sich auch im kalten März hier, zwischen Stadtmauer und Bastion, herumtreiben, außer einem der Soldaten? Auf jeden Fall wollte Pavel dies vor dem Rat zur Anzeige bringen.

»Elisabeth, du sagst dort genau das aus, was Renata dir anvertraut hatte. Jede Einzelheit. Ist das klar?« Ihr gefiel Pavels Ton nicht, aber im Anbetracht der Dinge verzieh sie ihm diesen. Nun musste Elisabeth vor allen Dingen wach bleiben und sich eine Aussage zurecht legen, die glaubwürdig genug klang, aber keinen Soldaten der Garnison belasten sollte.

Sie fühlte sich noch elender, als die Stunden zuvor. Zu allem Übel und bei ihrer völligen Unschuld musste sie seit Monaten Lügenmärchen erfinden, um in Verruf geratene Familienmitglieder oder Freunde vor Strafen zu schützen oder um deren guten Ruf zu wahren. Ihr eigener wollte dabei an Farbe verlieren, und es schien niemand zu geben, der ihr in der Zukunft zur Seite stehen und sie schützen wollte.

»Liam...«, alleine der kurze Gedanke an ihn, schien ihr Kraft zu geben. Ja, nun hatte sie sich eine Last aufgebürdet, für die sie gewiss Hilfe benötigen würde. Doch wie sollte *er* ihr in jener Lage beistehen können? Nein, sie wollte ihn damit nicht belästigen.

Erneut rollte das Fuhrwerk los und brachte mit seiner Ladung eine weitere Tragödie durch die Pforten Wismarias. Renata wurde sogleich vor der Stadtmauer in das Haus der Kordens gebracht und von der Totenfrau versorgt. Alles musste in gewissenhafter Stille vor sich gehen, denn der bettlägerige Vater sollte von dem unglücklichen Geschehen noch nichts erfahren. Pavel fuhr daraufhin mit Elisabeth, Piet und dem Prediger zum Pastor von Sankt Marien. Ganz in der Nähe befand sich auch das Haus des Bauern, bei dem er das geliehene Fuhrwerk wieder abgeben konnte. Milozs blieb zu Hause.

Dass ausgerechnet heute die Vögel vielstimmig sangen und ein Duft von Blüten in der Luft lag, wollte absolut nicht zur gefühlten Stimmung passen. Das Sinnen und die Seelen derer, die zum Pastor unterwegs waren, lagen in einem tiefen, grauen Nebel. Elisabeth erwartete unwillkürlich das Auftauchen der geheimnisvollen Krähe und des alten, düsteren Mannes, aber nichts dergleichen geschah.

Der Pastor erwartete sie im Archidiakonat, dem prächtigen Gebäude hinter dem Chor der Marienkirche und hörte sich in einem ebenso prunkvollen Empfangsraum an, was Pavel über das Unglück, welches seiner Schwester zustieß, zu berichten hatte. Dabei tat dieser sich erkennbar schwer mit der Schilderung von Renatas Entehrung, ihrer Schwangerschaft sowie deren Abbruchsversuch.

»Ich erkenne, dass diesem Tod ein Verbrechen zugrunde liegt, bester Pavel«, begann der Pastor mit etwas träger, nasaler Stimme. Er stockte und es war unschwer zu erkennen, dass er hier einen Einwand geltend machen wollte.

»Es geht nicht darum, dass man nun denjenigen, der Renata entehrte, suchen und die Gemeinde somit erfahren wird, was ihr zustieß - sondern vielmehr darum, ob sie sich selbst getötet hat, oder es auch hierzu einen Schuldigen gibt!« Nach diesen Worten lief jedem Anwesenden erneut ein weiterer eiskalter Schauer über den Rücken.

»Ihr wisst Pavel, wie sehr eine Selbsttötung die Ehre der Verstorbenen und deren Familie belasten kann. Für eine christliche Beisetzung wäre es vonnöten, auch hier einen Schuldigen zu finden, der - sozusagen - Renatas Leben auf dem Gewissen hat.«

Das neue Schreckgespenst nahm Formen an: Eine Selbstmörderin erhielt bei der Beerdigung keinen Segen der Kirche, auch nicht der einer evangelischen! Pavel protestierte, aber die Lage schien klar dargestellt: Selbst wenn Renata ihren Tod nicht beabsichtigt hätte, so nahm sie es doch in kauf, dass sie sterben könnte, wenn sie eigenmächtig den Kindstod herbeiführen würde.

Es war eine fahrlässige Handlung gegenüber ihrem eigenen Leben. Das Motiv, das dies aus reiner Verzweiflung geschah, machte der Pfarrer nicht geltend, da diese Haltung widerum zeigte, dass sie nicht gottesfürchtig genug gewesen sei. Das Leid, ein uneheliches Kind zu gebären, hätte sie als Christin ertragen müssen.

»Vielleicht hatte sie sich jemanden anvertraut, der ihr zu dieser Handlung geraten oder sie gar verführt hat, Pavel. Ihr solltet dies genau untersuchen lassen. Sollte solch ein Tatbestand an Form gewinnen, steht Renatas christlicher Beerdigung nichts im Wege!«

Pavel nickte, aber für Elisabeth klangen die Worte des Pastors bereits wie die versteckte Drohung auf eine geplante Hinrichtung. – Wer, außer ihr, sollte hier den Sündenbock spielen, würde Pavel die christliche Beisetzung um jeden Preis erzwingen wollen? – Gewiss würde er dies auch tun, denn schließlich hatten sie in Sankt Marien ihr Familiengrab, in dem bereits die, zum evangelischen Glauben gewechselte Mutter der Geschwister Korden ruhte. Es schien von daher selbstverständlich, dass selbst der Priester es Pavel Korden geradewegs in den Mund legte, einen Schuldigen suchen zu müssen - auch bei der Gewissheit, dass es keinen gäbe.

Pavels Gesichtsfarbe wurde grau. Er nickte ausdruckslos. Piet und Elisabeth konnten immer nur aufs Neue betonen, dass sie keine Ahnung davon hatten, zu wem Renata sonst noch Kontakt hielt. Zumindest beruhigte es Elisabeth ein wenig, dass Piet die Fassung nicht erneut verlieren wollte. Vielleicht aber sah er sich im Augenblick gar nicht mehr als Hauptschuldigen, sondern eher als zusätzliches Opfer. Eine Haltung, die seinem Charakter entsprechen würde.

Jeder spürte, dass bis zu diesem Punkt alles gesagt war und man sich nur noch ohne entscheidendes Vorwärtskommen mit ausgesprochenen oder gedanklichen Vermutungen, Befürchtungen und Ahnungen im Kreise drehte.

Es schlug bereits die letzte Viertelstunde vor 15 Uhr. Aus diesem Grunde verabschiedete man sich vom Pastor und ging in Richtung Sankt Georgen zu dem Henning´schen Haus in der Baustraße.

»Vielleicht sollten wir doch umgehend Streeck über diese furchtbare Sache in Kenntnis setzen. Er müsste bei der Hausdurchsuchung dabeisein!«, wollte Elisabeth noch vorschlagen, da die Lubekerstrate und somit das Haus des Vormundes nicht weit war. Außerdem wollte sie Pavel damit zu einer Erklärung auffordern. Dieser wies ihren Vorschlag sofort zurück. Er erklärte sich mit hektischen Gesten.

»Ich habe unsere Verlobung vor dem Notar genau aus diesem Grund vorgeschoben! Paul Streeck war dir und Piet nie als Vormund dienlich und bald wird er seine Vormundschaft sowieso an mich abgeben! Also lasse ihn aus dieser Sache heraus.«

»Ist dir eigentlich klar, dass Paul Streeck sehr wütend werden könnte, wenn er herausbekommt, dass du ihm in seinen Entscheidungen vorausgreifst?« Pavel schüttelte auf Elisabeths Bedenken hin den Kopf.

»Er sagte zu mir, ich solle ihm erst einmal beweisen, ob ich dir außer Geld, auch Schutz bieten könnte. Und mir ist nun einmal jedes Mittel recht, um ihn von meinem ernsthaften Interesse überzeugen zu können. - Renata braucht ein christliches Begräbnis, Elisabeth - und meine Familie muss ihre Ehre behalten! Dies zu bereinigen ist für mich augenblicklich das Wichtigste! - Und sollte man Dir irgendeinen Verdacht unterstellen, werde ich der Einzige sein, der dich davon befreit und auch deine Ehre wiederherstellt. Dies wird Streeck mir gewiss in hohem Maße anerkennen!«

Elisabeth schien es sehr eigenartig, mit wie viel frostigem Kalkühl Pavel hier ein Spiel zur Wiederherstellung verschiedener Ehren und zum Eigennutze anstrebte. War sein Schockzustand dafür verantwortlich, und keimten bei ihm somit bereits schlimme Pläne, falls seine Rechnungen nicht aufgehen sollten?

Sie sollten, laut dem Notar, vor der Tür warten. Bis jener eintraf, dauerte es nicht lange. Er erschien überpünktlich mit einem weiteren, jüngeren Kollegen.

Elisabeth war es äußerst unangenehm, da sie noch das Geschirr im Holzbottich liegen hatte und auch die Kleidung über den Stühlen und der Küchenbank lag. Dies wiederum interessierte die Herren wenig.

»Wieso muss ich das alles akzeptieren, Pavel? - Meine Herren? Ich habe auch ein Anrecht auf einen Rechtsbeistand!«, entfuhr es Elisabeth spontan, als sie sah, dass die Notare sogleich die Schränke öffneten und auch die Schlafstube betraten.

»Das ist richtig, Jungfer Hennings - würde aber wieder einen Tag länger andauern. Wenn Ihr Euch keine Vorwürfe zu machen habt, seid Ihr besser bedient, wenn wir das hier so schnell, wie möglich erledigen«, meinte der Herr im dunklen Rock und dem sorgfältig geschnittenen Spitzbart.

Von Amtswegen trugen beide naturfarbene Echthaarperücken mit gepressten Wellen, was natürlich einen erhabenen Eindruck schinden sollte. Durch Pavels »Dem stimme ich auch zu, Elisabeth. Lass sie diese Untersuchung sofort erledigen!« fühlte sie sich allerdings nicht ruhiger.

Als Piet mit einem einzigen Blick gleichzeitig auf den Unterschrank und Elisabeth ansah, hatte sie seine Gedanken sofort verstanden und hielt die Luft an. Der Schrank wurde von einem der Herren gründlichst untersucht. Töpfe und Bratpfannen wurden geschoben. Wobei der Herr vom Amt natürlich auch zu dem schwarzglasierten Schmalztopf kam. Elisabeth kämpfte mit sich, wollte schweigen, sprach es aber trotzdem aus.

»Bitte lassen sie das, darin ist mein Geld!« Es war zu erwarten, dass der Topf auf den Tisch gestellt und der Holzdeckel geöffnet wurde. Der Herr vom Amt betrachtete kurz das Lederbeutelchen und schüttete die Taler auf den Tisch.

»213!«, versuchte sie kurz und ruhig hinzuzufügen, während Pavel vor Sprachlosigkeit der Mund offen stand.

»Euer Meister scheint Euch gut zu bezahlen, Jungfer Hennings!«, war eine weitere Bemerkung, die Elisabeth lieber nicht gehört hätte. Sie versuchte sachlich zu klingen.

»Meister Borg zahlt den in der Stadt üblichen Lohn.«

»Und woher kommt dann das viele Geld?«, kam die spontane Gegenfrage, aber auch hier hatte Elisabeth sofort eine passende Antwort.

»Ich nähe, seit ich 18 bin, mein Herr. - Ich werde nächsten Monat 23 Jahre alt. Ich versuchte jeden Monat einen Taler zu sparen... Sie können dies gerne ausrechnen.« Der Notar überlegte...

»Sparen, für was?«

»Ich möchte nicht als mitgiftlose, arme Näherin in die Ehe gehen!« Der Notar zeigte zum ersten Mal ein anerkennendes Nicken und Elisabeth wunderte sich über die Leichtigkeit, mit der sie Schwindeln konnte.

»Und Ihr lasst dies hier in Eurem Küchenschrank?«

»Wer sucht schon Geld in einem Schmalztopf?«

Der Herr vom Amt atmete tief und geräuschvoll durch die Nase, und Piet schaffte es nicht, sein hinterhältiges Grinsen zu verbergen. Noch nie hatte er seine Schwester so zügig und gekonnt lügen gehört. Dieses ungeahnte Talent schien ihn zu begeistern.

Nun allerdings war der Moment gekommen, in dem der Notar in das Lederbeutelchen blickte. Eine Tatsache, die die soeben erdichtete, geniale Erklärung über die Unsumme an Talern sofort wieder ins Schwanken bringen würde.

»Spielerwürfel?«

»Die gehören mir – ich habe sie gestern Abend hier rein gelegt. Elisabeth weiß nichts davon!« Niemals hätte sie geglaubt, dass Piet so rasch reagieren würde. Elisabeth sah ihn mit einem Blick an, der den Notar nicht daran zweifeln ließ, dass der junge Hennings soeben die Wahrheit sagte.

»Ihr spielt?«

»Nur... zur Unterhaltung.« Schon glühten Piets Wangen und Pavel war am Zuge.

»Wir spielen nach Feierabend öfter bei uns zu Hause - nur zum Spaß, nie um Geld!«

Der Notar legte sein Buch auf den Tisch, holte Feder und Tinte aus seinem ledernen, kastenförmigen Koffer und nahm einige Eintragungen vor. Zwischenzeitig hatte keiner ein Augenmerk darauf gelegt, dass dessen Kollege den Schlafraum sowie den kleinen Garten durchsuchte.

Er kam mit einigen Bündeln getrockneter Kräuter sowie kleinen Steintöpfen mit Salben zurück und schien über seinen Fund äußerst beeindruckt.

»Erklärt, um was es sich hierbei handelt, Jungfer Hennings!«, befahl er kühl.

»Das... das sind Teekräuter, nichts weiter! Und dies sind Salben aus Pflanzenfetten, die unsere Haut vor der strengen Luft des Winters schützen.«

»Ihr gebt also zu, dass Ihr mit Kräuter hantiert?«, kam die Frage des Älteren, der sich mittlerweile gesetzt hatte und weiter seine Einträge in das wichtige Buch schrieb. Elisabeth sah entsetzt in die Gesichter der Anwesenden.

»Wie? - Was soll diese Frage? - Meine Großmutter, Elisabeth Stolterfoht, hat mich darin unterwiesen! Sie hatte ihr Wissen von einem Geistlichen aus dem Schwarzen Kloster!« Sie deutete auf das Wandregal neben dem großen Fenster.

»Dort stehen ihre Eintragungen! Sie war auch aus diesem Grunde sehr angesehen. Niemand hatte ihr dies jemals angekreidet!« Pavel trat an ihre Seite.

»Sei nun besser still, Elisabeth«, meinte er mit besorgter Stimmlage.

»Du redest dich um Kopf und Kragen!« Ihr Aufschrei »WAS?« schien die aufkeimende Missgunst nicht abbremsen zu wollen.

Elisabeth erschlich eine spontane Furcht vor Pavels irrwitzigen Plänen. War er am Ende am Durchdrehen? Wollte er sie erst ins eisige Wasser stürzen, um sie daraufhin vor dem Ertrinken retten zu können?

Man griff in das besagte Wandregal. Ihre Bibel lag hier, ein Gesangbuch, zwei Bücher über das Schneiderhandwerk, Piets Bücher über die Seifensiederei, Großmutter Elses Kräuterbuch und... Renatas Kräuterbuch, das sie Elisabeth ausgeliehen hatte. Leider schien es so, dass nur Letzteres das Interesse der Herren finden wollte.

Derjenige Beamte, der sich gerade als besonders wichtig zu halten schien, blätterte in dieser Schrift und hatte sofort entdeckt, dass einige Absätze unterstrichen waren. So auch jener über die Kräuter, die man zur *Entfernung der Leibesfrucht* benötigen würde. Er legte das Buch auf den Tisch.

»Sie haben *das* hier unterstrichen, Jungfer Hennings?« Elisabeth reagierte blitzschnell.

»Nein, das Buch gehört Renata! Sie lieh es mir aus. Ich würde mir nicht anmaßen, darin etwas zu unterstreichen!« Dann bemerke sie auf die Sekunde, dass sie sich gewiss mit jedem weiteren Wort ihren eigenen Strick drehen könnte. Pavel kam herbei und nickte.

»Ja, das Buch gehört meiner Schwester. Das kann ich bestätigen!« Doch es schien, als hätte ihr diese Aussage nicht wirklich aus ihrer, sich zuspitzenden, misslichen Lage geholfen.

»Arnika!«, sagte der Herr.

»Arnika ist giftig! Wenn Eure Schwester diese Mixtur über Tage eingenommen haben sollte, kann sie nicht nur verblutet, sondern auch an einer... *Vergiftung* verstorben sein!« Elisabeth erkannte ihre erneut aufkeimende Verzweiflung.

»Ich habe keine Ahnung ob und was sie genommen hat...und... «

»Wir haben Arnika in der Seifensiederei, das weiß ich!«, unterbrach sie Pavel mit fester Stimme. Der interessierte Notar hob die Augenbrauen.

»Wart Ihr die letzten Tage in der Siederei mit der Verstorbenen?«, richtete man sich erneut an Elisabeth. Sie kam zu keiner Antwort, da Pavel dies für sie ein weiteres Mal erledigte.

»Ja - zwei Tage mit absoluter Sicherheit. Da ich mit meinem Bruder Milozs eine Fuhre Seife nach Lübeck bringen musste.« Elisabeth wollte dies nicht leugnen, fühlte aber, dass Pavels Worte einer bewussten Anschuldigung gleich kam.

Piets »Ich war doch auch dabei! Elisabeth und Renata haben nichts Verdächtiges getan!« war gewiss gut gemeint, schien aber nicht zu helfen.

»Junger Mann - Ihr seid der Bruder der *Verdächtigen*, Eure Aussage ist von daher nicht erforderlich!« Piet schnaubte.

»Verdächtigen? Verdächtig weshalb und warum?«, und Pavels scharfes »Halt den Mund, Piet« schien sich dieser nicht gefallen lassen zu wollen. Dennoch war er so schlau und griff Pavel nicht an. Schließlich hatte ihm dieser gerade in Bezug auf seine Spielerwürfel aus einer misslichen Lage geholfen.

Da sich allerdings nicht spontan nachweisen ließ, wer die Rezeptur zu jener verhängnisvollen Abtreibung in dem Kräuterbuch unterstrichen hatte, schien Elisabeth nicht frei von belastenden Vorwürfen. Zumal zusätzliche Kräuterzusammenstellungen für weitere wüste Zwecke mit einer Tintenlinie hervorgehoben waren. So ging es auf einer Seite um einen Trunk, der die Schwangerschaft verhüten half sowie auch die Manneskraft herabsetzen oder diese erhöhen sollte. Alles Rezepturen, die nicht zur Herstellung eines alltäglichen Kräutertees dienten.

Jede Einzelheit wurde fein säuberlich protokolliert und Elisabeth musste sich zwischenzeitig setzen.

Der jüngere Notar, der bereits schon vorher in der Schlafstube war - brachte doch tatsächlich im gleichen Moment die schwere Familientruhe aus dem Kleiderschrank in die Küche und stellte sie ebenfalls zu den Talern, den Kräutern und Büchern auf den Tisch.

»Um was dreht es sich bei den Dingen hierdrin?«, wagte er noch zu fragen, als Elisabeth die Nerven verlor.

»Lassen Sie ihre Finger davon! Das sind Erinnerungsstücke an unsere Familie!" Sein älterer Kollege bremste ab.

»Ich denke, das ist unwichtig. Der ehrenwerte Kaufmann Johann Hennings und seine Frau kamen 1699 ums Leben. Dies hier sind ihre Kinder.« Der tüchtige Notar nickte und schloss erneut die Truhe.

»Und dies hier ging an Euch?« Er hatte Liams erstes Antwortschreiben in der Hand, welches Elisabeth unter der Truhe versteckt hatte. Pavel kam einen Schritt herbei und nahm das Schreiben blitzartig an sich, faltete es auf und begriff den Absender im Fluge. Elisabeth reagierte entsetzt. Sie entriss Pavel das Papier noch in der darauf folgenden Sekunde aus den Händen.

»Was fällt dir ein?«, zischte sie zornig, während sie Pavels verächtliches Grinsen erkannte. Sein »Also doch - na gut!«, hörte sich für Elisabeth wie ein festgelegtes Todesurteil an.

»Es war eine geschäftliche Klärung mit dem Oberst, den Kommandanten von Wismaria. Sie können ihn gerne fragen!«, schlug sie den Herren unerwartet ruhig vor.

»Beileibe, nein! Das erübrigt sich. Hier soll man nicht mehr ausschweifen, als es der Sache dienlich ist. Wenn ihr Geschäfte mit dem Kommandanten führt, ist dies eure persönliche Angelegenheit!«, bekam sie zur Antwort und merkte den Spott im Gesicht des jüngeren Notars, der die Truhe tatsächlich wieder zurück an ihren Platz brachte. Der ältere Notar richtete sich an Pavel.

»Meister Korden, ich möchte Euch nahe legen, eine Anzeige bei dem Rat zu veranlassen. Hier ist genug Material, das erdrückt und Klärung bedarf. Eine Anzeige würde augenblicklich - egal, wie die Verhandlung ausgehen sollte - das Mitverschulden Eurer Schwester tilgen, wäre somit dienlich für die kirchliche Beisetzung und Eurem guten Ruf.«

Pavel schien sichtlich Genugtuung in den Worten des Notars zu sehen, und Elisabeth starrte ihm mit Entsetzen entgegen. In diesem Augenblick war es ihr, als sei Pavel bereits der Richter, der in der nächsten Minute über ihr Leben oder Sterben zu entscheiden hätte. Das Entsetzen nahm ihr die Luft, als Pavel nickte. Bei seiner Antwort: »Ja, veranlassen Sie bitte die Strafanzeige!«, schienen sich die Konturen ihres Umfeldes zu verwischen, sich in Dunst zu hüllen und sich zu verfinstern. So, als hätte ihr jemand die letzte Kerze am späten Abend ausgepustet.

Piet tobte und holte sie aus der sich einstellenden Ohnmacht zurück. Elisabeth wollte verstehen, was gerade in Pavels Kopf vorging. Lag sein anfängliches Sinnen noch darin, ihr einen gefälligen Schutz gegen die anstehenden Klagen bieten zu wollen, um damit vor allem Paul Streeck zu imponieren, kippte durch Liams Brief blitzartig der Hebel seines Vorhabens von der einen zur anderen Seite.

Sie wollte nicht fassen, was sich gerade über ihr zusammenbraute und noch weniger, dass Pavel von nun an gewiss keine Verteidigung mehr für das übernahm, in das er sie hineingestürzt hatte.

Auch Piet dachte ähnlich über Pavel, wenn auch mit einem recht beruhigendem Gefühl darüber, dass man ihn selbst in keiner Weise für irgendetwas zu verdächtigen schien.

»Wie kannst du so etwas tun, Pavel? Wie kannst du Elisabeth so etwas antun! Du weißt doch, dass sie unschuldig ist!«, griff Piet seinen Meister an.

»Ich weiß gar nichts, Piet. Aus dem Grund muss ich so handeln!«, schrie Pavel zurück. Piet hielt seine Zunge nicht im Zaum.

»Das ist einfach nur dreckig von dir!«, und erntete hierauf eine scharfe Retourkutsche.

»Sei vorsichtig, Freundchen! Ich bin immer noch dein Meister, vergiss dieses nicht... und auch nicht so einiges andere, *dass gewiss noch dreckig ist! - Genau so wenig halte ich übrigens von Näherinnen, die sich heimlich mit dem Kommandanten der Stadt verabreden, obwohl sie so gut wie verlobt sind!«*

Mit diesem zornigen Wortergusss hatte Pavel Elisa beths Vermutung besiegelt! Aber aus irgendeinem, ihr unbekanntem Grund, wollte sie ihm zu dem Geäußerten keine Antwort geben, nicht im Geringsten darauf eingehen.

»Lass bitte gut sein, Piet«, sagte sie stattdessen leise, stützte ihre Stirn auf und hoffte erneut, dass dies alles nur ein Albtraum sei. Eine unverhofft beschwichtigende Bemerkung kam von dem älteren Notar.

»Was immer Ihr auch damit sagen wollt, Meister Korden, Ihr solltet bei solchen Anspielungen den Hinweis auf den Kommandanten der Garnson vermeiden. Man kann damit sehr schnell in große Schwierigkeiten geraten – von daher handelt eher mit Vernunft: Eine Verlobung ist immer rascher zu lösen, als eine Scheidung!«

Was Elisabeth anfänglich an den Worten des Notars gefiel, empfand sie bei dessen letztem Hinweis als tiefe Demütigung. Hier wurde allgemein angenommen, dass es sich um ein unsittliches Treffen mit dem Kommandanten gehandelt habe. Man drückte dies allerdings so geschickt aus, dass niemanden dafür verklagt werden konnte.

Piet und Pavel standen sich immer noch, wie zwei streitbare Hähne gegenüber, die für den nächsten Angriff auf eine falsche Bemerkung des Gegenübers warteten. Aber es blieb alleine bei der angespannten Haltung.

»Ich denke, dass wir damit für heute abschließen sollten. Kräuter, Salben und das Buch mit jenen garstigen Rezepturen werden hiermit beschlagnahmt. Der Apotheker am Markt wird alles näher untersuchen und uns sein Protokoll einreichen«, verkündeten die städtischen Obrigkeiten.

Die Herren packten ihre Schreibutensilien sowie das angegebene, beschlagnahmte Material ein und verabschiedeten sich zügig mit den Schlussworten: »Ein Amtsdiener wird Euch die Ladung zur Ratslaube persönlich vorbeibringen, Jungfer Hennings. Verhaltet Euch bis dahin unauffällig. Es sei Euch auch geraten, nicht an der Beisetzung von Renata Korden teilzunehmen. Lasst euch aus Krankheitsgründen entschuldigen! Einen Anwalt könnt Ihr ab heute hinzu ziehen. Auch ein guter Leumund ist ratsam. Besonders, wenn er ein Ansehen genießt.«

Die beiden Notare gingen und Elisabeth befand sich in einem Dämmerzustand in dem sie nur noch ausdruckslos nicken konnte.

»Einen guten Leumund mit hohem Ansehen«, schallte es in ihren Gedanken nach.

Hier käme gewiss außer Ältermann Paul Streeck und Pastor Sprengel niemand infrage. Gegebenenfalls noch Meister Borg, aber der gehörte nur zur Schneiderzunft.

»Ich glaube, Elisabeth muss nicht viel nachdenken. Sie hat gewiss den besten Leumund, den Wismaria bieten kann!«, versuchte Pavel eine indirekte, böswillige Bemerkung. Elisabeths Antwort kam ruhig.

»Warum sagst du solche Dinge, Pavel? Reicht es dir noch nicht, dass du mich den Wölfen zum Fraß vorwirfst?«

»Ich habe dich gewarnt! - Ich sagte, Du solltest den Kontakt zu diesem Schweden unterbinden! Aber du bist immer wieder zu dem hohen Herrn gegangen, um dich letztendlich doch nur bei ihm lächerlich zu machen und mich zu hintergehen!« Elisabeth wurde nach Pavels Unterstellungen sehr laut.

»Schluss Pavel! Ich verbiete dir hiermit jede weitere, diesbezügliche Anspielung, Behauptung und... Beleidigung!«

»Du hast mir überhaupt nichts zu verbieten! Du bist nur... *eine kleine Näherin!*«

»Geh nach Hause Pavel, du hast heute deinen Verstand verloren!«

»Nein, heute ist mir ein Licht aufgegangen. Du bist nicht die brave Deern, die du spielst und Piet? - Das hier ist niemals dein Verdienst, Elisabeth!« Pavel deutete auf die Münzen.

»Das hat Piet mit seinen gezinkten Würfeln erschwindelt, da bin ich mir sicher. Und wer weiß? Vielleicht sogar am vorgestrigen Tag, als der Streit bei den Ruges dazu führte, dass man Bertel erschossen hatte! Hat das dein Oberst nicht untersucht, Elisabeth?« Sie antwortete nicht, dafür aber schrie Piet los, während er seine Taler verärgert vom Tisch raffte und zurück in den Schmalztopf warf.

»Geh doch endlich nach Hause, Pavel und lass uns einfach in Ruhe!«

»Natürlich gehe ich nach Hause und ich möchte keinen von euch zur Beerdigung sehen! - Auch dich nicht Piet. Weder auf der Beisetzung, noch in der Siederei! Ich schicke dir morgen deine Papiere zurück, du bist gekündigt! Ich werde keine Falschspieler und Badestubenbesucher ausbilden! – Und ich werde gewiss keine... *Jungfer* mehr umwerben, die Geheimnisse mit schwedischen Offizieren hegt! - Ihr beide habt mir und meiner Familie Unglück gebracht!«

Der Seifensiedermeister verließ mit wütendem Geschnaube das Haus, wobei er die Tür so fest zu warf, dass zwei kleine Scheiben aus der Bleifassung sprangen.

Piet glühte vor Zorn.

»Schiet di wat!«, schrie er Pavel hinterher, als dieser allerdings schon weg war.

Es dauerte eine Weile, bis Elisabeth einen von Pavels Vorwürfen fragend wiederholte.

»Badestubenbesucher?!«

»Ja, glaube ihm nur! Er schert mich nun mit Bertel über einen Kamm! Wenn Bertel und die Soldaten sich in den Badstaven herumtrieben, so tat ich dies für ihn wohl auch.« Piet setzte den steinernen Geldtopf geräuschvoll an seinen Platz im Schrank zurück. Er versuchte abzulenken.

»Außerdem hätte ich so wieso keinen Fuß mehr in die Siederei gesetzt! Pavel alleine hat Renata ins Unglück gestürzt. Er wollte sie zu einer Heirat zwingen, die für sie... «

»Piet, das ist doch jetzt vollkommen gleichgültig«, unterbrach ihn Elisabeth, während sich ihre Gedanken immer noch an die Badestuben krallten.

»Sie ist tot, du hast erneut einen Ausbildungsplatz verloren und ich komme als Verantwortliche dafür vor

Gericht. Lass uns zu Pastor Sprengel gehen... heute noch!« Ihre Stimme verlor an Kraft.

»Ne, Else, keiner hier in der Stadt wird zulassen, dass man dir so etwas Unseliges anhängt. Dafür bist du viel zu beliebt! – Ich habe hier 200 Taler! Dafür würden eine Menge Zeugen für dich aussagen, überlege doch...«

»Hör auf damit! - Du treibst uns immer mehr in Teufels Küche!«

»Gewiss könnte dir dein Kommandant ganz geschwind aus dieser Lage heraus helfen. Du müsstest ihm nur sagen, dass Pavel über ihn lästert...« Piets Worte verärgerten Elisabeth aufs Neue.

»Liam Lindkvist ist nicht *mein* Kommandant! – Ich hatte mit ihm niemals eine persönliche Unterredung, sondern wurde nur dieses eine und einziges Mal offiziell ins Kommandantenhaus geladen! Von daher werde ich ihn auch mit diesem ganzen Unsinn verschonen!«

Piet entgegnete nichts auf Elisabeths Rechtfertigung, ging an den Oberschrank und holte die Branntweinflasche hervor, die Pavel Elisabeth zu Weihnachten für deren Früchte geschenkt hatte. Wohl kaum aus purem Versehen griff er zu einem Kaffebecher und goss sich ein. Sie wunderte sich nicht mehr über die Unverfrorenheit ihres Bruders.

»Schietegal, ob es fünf kleine Gläser oder gleich eine Tasse voll ist«, sagte er dabei mehr zu sich selbst und trank das Ganze mit der Anmerkung »Welch ein elender Misttag!« auf einen Zug leer. Dann goss er nach und reichte es Elisabeth.

»Schütte es rein, Else, es tut dir gut!« Sie verneinte, nahm aber trotzdem den Becher an und trank einen kleinen Schluck. Piet leerte auch diesen.

»Betrinke dich jetzt nicht, ich bitte dich... «, hörte er sie flehen.

»Wenn Pavel morgen kommt, um deinen Lehrvertrag aufzulösen, dann gib ihm 100 Taler - wegen des Verdienstausfalles. Er soll nicht meinen, dass er nun auch Dir etwas nachsagen kann!«

Piet reagierte auf Elisabeths Vorschlag mit Entsetzen. Ausgerechnet Pavel sein Geld geben - das wollte er nun überhaupt nicht! Dennoch konnte Elisabeth ihn davon überzeugen, dass ihr Vorschlag seinem guten Ruf dienen würde. Schließlich hätte er jenen um einiges mehr aufzupolieren, als sie.

Piets Anmerkung: »Hättest du Pavels Werbung sogleich erhört, wärst du jetzt nicht in dieser Lage«, verschlug Elisabeth erneut die Sprache. Doch sie musste ihren Bruder nur daran erinnern, dass sie Pavel mit dem gleichen Widerwillen geheiratet hätte, wie Renata jenen Christian, und schon war auch dieses Thema erschöpft.

Auch konnte Elisabeth sicher sein, dass Pavel seine spitze Bemerkung über ihr angebliches *Geheimnis mit einem schwedischen Offizier* nicht öffentlich gegen sie benutzen würde.

Wollte er den Garnisonskommandanten verleumden, könnte er sich auch gleich selbst den Strick um den Hals legen. Mit diesem Gedanken lag nicht nur Piet richtig. Solche Angriffe würde Pavel auch nur wagen, wenn er Elisabeth alleine vor sich hätte, aber sie würde dies auch weiterhin überhören wollen.

Piets Beteuerung, er hätte Renata wirklich nur ein einziges Mal angefasst - damals Ende März - traf sie allerdings erneut hart. Auch wenn sie seine Zusatzbemerkung, Renata hätte es auch gewollt, nicht anzweifelte: Der kleine Unhold log sie weiterhin mit aller Dreistigkeit an.

Elisabeth beendete kommentarlos das Gespräch. Gewiss war er auch mit Bertel und den Soldaten schon einige Male zuvor in den Badestuben bei den Huren, so wie Pavel angedeutet hatte. Anders konnte sie sich Piets zügellos triebhaftes Benehmen Renata gegenüber nicht erklären.

»Ziehe dich um, wir gehen sofort zu Pastor Sprengel«, wies sie kurz an, holte sich saubere Kleider aus dem Schrank und schickte Piet in die Stube. Ihr Haar klebte und alles an ihr roch nach verbranntem Fett. In diesem Moment aber konnte sie nur den blutverschmierten Rock, ihr Hemd und ihre Weste wechseln.

Kapitel 5

Der Pastor musste informiert werden, bevor es andere taten und vor allen Dingen, bevor Streeck davon erfuhr. Pavel würde ihn nicht besuchen, da konnte sie sich sicher sein, denn, wehe Streeck würde erfahren, dass sich der Seifensiedermeister unerlaubt als Elisabeths Verlobter ausgegeben hatte...

Es war kurz nach 16 Uhr. Um diese Zeit waren die Bürger noch auf ihrem Arbeitsplatz, auf dem Feld oder bei einer weiteren wichtigen Nachmittagsbeschäftigung. Die Frauen hatten eingekauft und gingen ihren Tätigkeiten im Haus, in den Handwerksstuben, in den Gärten oder ebenfalls auf den Feldern nach. Elisabeth und Piet würden gewiss auf dem kurzen Weg zu des Pastors Haus keinen Menschen antreffen, der an einem Gespräch interessiert wäre.

Frau Sprengel zeigte ein überraschtes Gesicht, als sie den Geschwistern öffnete. Da sie aber durch Elisabeths kurze Erklärung verstand, dass es sich um eine äußerst dringliche Sache handeln musste, bat sie die beiden einzutreten. Die Frau des Pastors informierte ihren Mann, der zum Glück in seinem Arbeitszimmer war, um die Totenpredigt für Bertel Ruge vorzubereiten.

Pastor Sprengel war ebenso erstaunt, stellte sich aber sofort zur Verfügung, als er Elisabeths verstörten Ausdruck sah.

Dieses Mal saßen die Geschwister zusammen vor seinem Schreibtisch und Pastor Sprengel hörte sich mit anschwellendem Entsetzen an, was Elisabeth zu berichten hatte.

»Beim Namen unseres Herrn Jesus Christus! - Elisabeth, kein Mensch wird es sich wagen, dir so etwas unterstellen zu können! Ich werde für dich vor dem Rat meine Hand ins Feuer legen! Keiner wird es wagen, deine Ehrhaftigkeit anzuzweifeln! - Morgen früh werde ich nicht nur sofort zu eurem Vormund gehen, sondern auch zu Richter Coch, um auch ihn über diese unfassbare Geschichte in Kenntnis zu setzen. Er soll dir den richtigen Anwalt empfehlen. Möglich, dass auch ein anderer Richter diese Sache übernehmen wird, aber einer sollte schon wissen, in wie weit hier ein böses Spiel mit der Wahrheit getrieben wird!«

Elisabeth spürte die ersten Tränen der Erleichterung hochsteigen, und der Pastor sprach mit besänftigender

Stimme weiter. Er betonte anzugeben, dass die Kräuterkunde ihrer Großmutter auf einem geheiligten Wissen der Mönche aus dem Schwarzen Kloster beruhte. Sie selbst hätte Elisabeth darin unterwiesen, niemals Schindluder damit zu treiben.

»Außerdem ist es nicht unbekannt, dass Renata Korden mit Kräutern sehr gerne waghalsige Versuche unternahm und sich deshalb oft bei dem Apotheker am Marktplatz aufhielt. Es wurde sogar schon einmal getuschelt, dass Renata in den Apothekersohn verliebt gewesen wäre und dieser ebenfalls ein Auge auf sie gehabt hätte. Renatas Familie allerdings wäre gegen diese Verbindung gewesen, da der gutaussehende Alexander ein wahrer Frauenheld sei.«

Diese Aussage ließ Piet mit nervösem Ausdruck aufhorchen aber er meldete sich nicht zu Wort. Der Pastor schien etwas bemerkt zu haben.

»Peter Hennings, ich hoffe dieses Mal warst du nicht in irgendeiner Weise der Auslöser zu all dem Übel.« Es war Elisabeth, die spontan antwortete, um jede weitere, diesbezügliche Frage im Keim zu ersticken.

»Nein, Herr Pastor, das war er nicht.« Pastor Sprengel nickte.

»Lass die Kordens ihre Schwester erst einmal unter die Erde bringen - danach wird sich keiner mehr ernsthaft um das kümmern, was man dir heute vorwarf, da es einfach nur höllischer Unsinn ist!«, fügte Pastor Sprengel mit fester Stimmlage hinzu und schloss mit einem überzeugten »Wer die Stimme von Sankt Georgen hat, der benötigt im Grunde keine weitere Verteidigung!«

Er sollte sich täuschen, denn wie so oft, nehmen Verhandlungen unwillkürlich einen ganz anderen Verlauf an, als man angenommen hatte.

Es verging kaum ein weiterer Tag, bis sich das Entsetzen des neuen Dramas in der Stadt verbreitet hatte. Die Familie Korden sprach offiziell von einem »tragischen Todesfall«, ohne Umstände bekanntzugeben. Dies ergab natürlich genug Stoff für die Gerüchteschmiede und nach kurzer Zeit wurde bereits allerlei Unsinn erzählt.

Piet und Elisabeth kamen darüber überein, nirgendwo einen Kommentar zu der Geschichte zu hinterlassen. Sie gaben nur zur Kenntnis, dass sie zu jener dramatischen Stunde nicht anwesend waren und somit von nichts eine Ahnung hätten. Pavel, der Arzt und auch die Notare verbreiteten zum Glück keine Einzelheiten. Zu Hause erwartete man mit Bangen den Besuch des Vormundes, Paul Streeck.

*

Donnerstag, 07. Juni 1708

Erst am zweiten Tag nach Renatas Tod und zur Beerdigung von Bertel Ruge erschien Pavel am frühen Morgen in der Baustraße. Paul Streeck hatte sich immer noch nicht blicken lassen und die Geschwister waren dabei, sich für die Messe zu richten, als Elisabeth ihren Bruder aus der Stube rief, selbst hineinging und von innen abschloss. Sie wollte kein Wort mit Pavel wechseln. Piet allerdings sollte mit höflichem Ton die Auflösung seines Ausbildungsvertrages unterzeichnen, genau so, wie er es bereits bei Meister Hannes gemacht hatte, Pavel die 100 Taler überreichen und ihn sofort verabschieden.

Dass dies wieder länger andauern würde, als sie es vorgesehen hatte, war Elisabeth klar.

Pavel kam erneut ins Haus gepoltert, als sei er der Eigentümer.

»Hier, Piet«, rief er ohne einen Gruß und eilte durch die Tür zum Tisch.

»Wie angekündigt, die beiden Blätter zur Vertragsauflösung. Unterschreibe sie und wir haben nichts mehr miteinander zu tun!«

Elisabeth lauschte angespannt an der Stubentür. Spontan folgte Piets Reaktion mit ebenso fester Stimme.

»Du benimmst Dich gerade so, als hätte ich Renata etwas angetan! Na klar: Elisabeth hat sie vergiftet und ich ihr ein Kind gemacht! Willst du das nicht auch bei dem Rat anzeigen?«

Elisabeth wurde es siedendheiß. Was erlaubte sich Piet da für Worte? Er machte sich einen Spaß damit, mit nackten Füßen auf Messers Schneide zu tanzen!

»Piet, ich könnte dir dafür eine Ohrfeige geben, aber ich sage dir etwas: Du magst wohl mit den kleinen Huren in den Badehäusern deinen Jünglingsspaß treiben, aber an eine Frau, wie Renata wärst du niemals heran gekommen!«, folgte Pavels hitzköpfige Antwort.

Elisabeth glaubte, dass ihr das Atmen versagen würde. Waren die Beiden verrückt geworden?

»Piet, bleib still«, flehte sie lautlos, aber Piet blieb nicht still, sondern antwortete erneut kaltschnäutzig.

»Na, dann hoffe ich mal, dass der *Apothekerssohn* sich besser anstellte!«

Jetzt lief das Fass über. Elisabeth befürchtete das Schlimmste - womit sie wohl auch recht hatte - und riss die Tür genau in dem Moment auf, in dem Pavel mit einem bösen Fluch auf Piet zustürzte, um ihn am Hemdkragen zu packen.

»Aufhören! – Augenblicklich!«, schrie sie mit verzweifelter Wut und Pavel erschrak heftig. Elisabeth griff nach einem der Papiere auf dem Tisch sowie dem

Stoffbeutel, in dem die 100 Taler eingeknotet waren und drückte Pavel beides vor die Brust, so dass dieser schnell zufassen musste.

»Nimm deinen Zettel und... diese Entschädigung und geh! - Und du, hau ab in die Stube und ziehe dich an!«, befahl sie beiden mit wütender Stimme.

»Keiner von euch zeigt Respekt vor der Verstorbenen. - Ihr seid eine Schande!«

Pavel blinzelte und fuhr sich mit der linken Hand durch die offenen, schwarzen Locken. Er versuchte ruhig zu antworten.

»Elisabeth, ich...«

»Spare dir jedes Wort! Rede mich nie wieder an, hast du verstanden, Pavel Korden? Und jetzt verlasse *mein* Haus!« In Pavels Mundwinkel zuckte es, dennoch drehte er sich wortlos zur Tür und verließ mit stolzem Schritt die Wohnung, ohne sich nochmals umzudrehen. Piet kam aus der Stube.

»Schrei mich nicht so an, Else! Ich habe auch meinen Stolz!«

»Tatsächlich? Na, dann erkläre mir mal, auf was *du* stolz sein willst!« Elisabeth wusste, dass Piet diese Antwort verletzend fand, aber sie mochte sein Getue nicht mehr hören.

In Piet war kein Funken Demut, Ehrfurcht oder Bescheidenheit geblieben. Anstatt auf eine Ausbildung

Wert zu legen, schien er es für wichtiger zu halten, ausgekocht und herausfordernd durch sein Leben zu spazieren. Er wartete auf ein Wunder, das ihm zur Größe verhelfen würde und versuchte diesem Gedanken gnadenlos nachhelfen zu wollen.

Wenn etwas schief ging, war es kein großes Problem. Schließlich war sie ja diejenige, die ihm auf eigene Kosten immer wieder aus der Misere half. Nun war der Punkt erreicht, an dem sie es müde wurde, den steten Sündenbock spielen zu müssen.

Seinetwegen vor dem Rat angeklagt zu werden, war das Schlimmste, was mir passieren konnte, dachte Elisabeth. Damit aber sollte sie nicht recht behalten, denn es war erst der Anfang eines schicksalgeplagten Weges, dessen Ausmaß sie zu jenem Zeitpunkt niemals ermessen konnte.

Am Abend hörte man das anschwellende Grollen vorbeiziehender Gewitterwolken. Dieses Mal allerdings blieb die Küste und somit Wismaria verschont. Doch die in der Luft liegende Spannung, wollte Elisabeth nichts Gutes ahnen lassen. Sie hatte sich bereits wieder in ihre Näharbeiten vertieft und es schien ihr selbst, als wollte sie mit jedem Nadelstich, jedem Heranziehen des Fadens ihre beklemmende Gedanken erstechen oder diese mit dem Henkersseil erwürgen.

Es war gegen 19 Uhr. Von Sankt Georgen hatte es erst wenige Minuten zuvor das letzte Viertel der Stunde geschlagen, als es an der Tür klopfte und sie dem Vormund Paul Streeck öffnete, der in Begleitung eines ebenso düster gekleideten Herren mittleren Alters war. Im Gegensatz zu Streeck trug dieser eine ansehnliche weiß gepuderte Perücke, was ihr gewiss verraten sollte, dass es sich um eine wichtige Person handelte. Paul Streeck begrüßte Elisabeth mit übertrieben vorwurfsvollem Blick.

»Elisabeth, dies ist mein Rechtsanwalt und Freund, Eberhard Groß! - Da Pastor Sprengel mir von deiner unseligen Geschichte erzählt hat, ist es wohl angebracht, wenn *ich* hier entscheide, wer dich vor Gericht vertreten soll.« Sie nickte mit einem ergebenen »Guten Abend, tretet ein.«

Streeck stieß geräuschvoll die Luft aus den aufgeblasenen Backen und hantierte mit seinem neuen Gehstock – der ausschließlich der Zierde diente – ehrerbietend durch den Raum.

»Liebstes Mündel, ich bin doch schwer enttäuscht, dass du dich bei mir seit Charlottes Tod nicht ein einziges Mal hast blicken lassen, und dass ihr beide unsere Unterhaltung nach dem Kirchgang stets auf einen kurzen Gruß beschränkt, ist auch nicht sehr freundlich.« Elisabeth blieb gefasst.

»Piet und ich - wir arbeiten beide hart, Meister Streeck, und aus diesem Grund blieb und bleibt uns keine Zeit für Plauderstunden!«

Streeck musterte Elisabeth mit schrägem aber wohlwollendem Blick.

»Gut, zumindest aber dürfte Piet nun erneut genug Zeit finden, um jene Plauderstunden ausgiebig angehen zu können. Es ist ein Jammer mit dem jungen Mann. Wo steckt er?!«

»Er ist zum Marktplatz, um das Trinkwasser aufzufüllen«, entgegnete sie knapp. Streeck ignorierte ihre Antwort.

»Die Geschichte ist äußerst unschön und meinem Ansehen nicht dienlich, Elisabeth. Gewiss bin ich mir sicher, dass man dich hier verleumdet, aber ich will in meinen Kreisen kein unnötiges Aufsehen wegen derart widerwärtigen Angelegenheiten.«

Der Rechtsanwalt legte seine schwarze Ledermappe auf Elisabeths Tisch, während sie rasch die Leinenbluse, an der sie die Tage nähte, auf die Küchenbank schob.

»Sorge dich nicht Paul, es wird eine Kleinigkeit sein, die Klage dieses Seifensieders zu ersticken. Zumal sein Anwalt kein großes Licht ist. Dennoch bräuchte ich von deinem Mündel noch ein paar Informationen.«

Elisabeth hatte verstanden. Ihre Anklage wurde zu Streecks persönlicher Angelegenheit. Er schritt hier nicht ein, um an oberster Stelle sie - sein Mündel - verteidigen zu lassen, sondern einzig und alleine, um sein Ansehen vor einem Makel zu bewahren.

Dass Streecks Anwalt sie nicht persönlich ansprach, musste Elisabeth nicht als herabwürdigend empfinden, owohl der Vorgang dies mit Sicherheit ausdrücken sollte. Nicht nur eine unverheiratete Frau hatte sich unterzuordnen, sondern auch in keinem Bereich des Lebens ein Recht auf Gleichstellung oder gar freie Entscheidungsgewalt. Zumal gehörte sie als Näherin einem recht niederen gesellschaftlichen Stand an. Dass ein Anwalt oder Notar sie direkt verhören durfte, darüber entschied einzig und alleine der Vormund.

Elisabeth nahm an dem entgegengesetzten Tischende Platz, während ihr Vormund im Raum stehen blieb und sich sichtlich gelangweilt umblickte.

»Man sollte mir ganz einfach in allen Einzelheiten und von Anbeginn die Geschichte genau so erzählen, wie sie sich zutrug«, wandte sich der Anwalt erneut an seinen Freund, den Ältermann Paul Streeck und dieser nickte Elisabeth zu. Sie verstand und tat, wie von ihr verlangt.

Elisabeth redete ruhig und sachbezogen ohne sich hinreißen zu lassen. Auch genaue Uhrzeiten konnte sie stets hinzufügen. Für einen Moment hielt der Rechtsanwalt inne und sah sein Gegenüber direkt an.

»Dein Mündel überrascht mich, Paul. Hier haben wir eine junge Frau mit sehr viel Verstand und einem recht gebildeten Umgangston.« Paul Streeck nickte mit hochgezogenen Brauen.

»Ich sagte dir doch, Eberhard. Sie ist die Tocher von Johann Hennings. Beide Kinder hatten eine Bildung genossen. Ein wahrer Jammer, dass ihnen durch das Unglück die Privilegien ihres Standes genommen wurden.«

Eberhard Groß nahm Streecks Worte mit dem Ausdruck der Zustimmung entgegen.

»Das sind gewiss wahre Worte!«

Kommentarlos setzte Elisabeth ihre Schilderung fort, bis sie zu dem Punkt kam, an dem sie das Eintreffen des Notars erwähnen musste und wusste, dass nun ein Pulverfass explodieren könnte. Sie versuchte es zu umgehen, dass Pavel sich als ihr Verlobter ausgab, aber Streeck unterbrach ihre Rede..

»Halt an, Elisabeth! Wie kommt der Notar dazu, dich zu vernehmen ohne mich zu verständigen?«

Plötzlich wollte es ihr leicht fallen, die unvermeidbare Wahrheit auszusprechen.

»Pavel sagte, ihr hättet mich ihm bereits versprochen und er dürfte somit als Verlobter die Vormundschaft übernehmen.« Zu Elisabeths Erstaunen lachte Streeck nur kurz auf.

»Das ist ja interessant. Hätten wir da nicht sofort eine kleine Gegenklage?«

»Seht es ihm bitte nach, Meister Streeck. Er war nach Renatas Tod nicht mehr ganz bei Sinnen«, hörte sie sich sagen und fragte sich, wieso sie Pavel nun wieder genau so plötzlich verteidigen wollte.

Der Anwalt des Ältermannes grinste in den Bart. Es fiel daraufhin auch kein weiteres Wort mehr über den angeblichen Verlobten.

Nach Elisabeths Aussage hatte der Rechtsanwalt des Vormundes keine Fragen mehr an sie, jedoch schien er weiterhin beeindruckt über ihre genauen Formulierungen und ihrer gebildeten Ausdrucksweise.

Die Herren hielten sich danach auch kaum länger auf, als es nötig war. Streeck drehte sich zu Elisabeth, als diese von ihrem Platz aufstand und blieb äußerst dicht vor ihr stehen.

»Beste Elisabeth, Pfarrer Sprengel wird dir ein Leumund sein - mein Anwalt dein Verteidiger. Ich denke, wir können dieser unsinnigen Verhandlung mit Ruhe entgegen sehen. Schicke mir Piet vorbei, wenn du den Termin erfährst!«

Elisabeth versuchte Streecks durchdringendem Blick auszuweichen. Diese erschreckend direkte Nähe schien ihr die Luft zu nehmen. Wieder hielt er sie - wie so oft - an beiden Schultern und ließ seine Hände abwärts über ihre Arme gleiten. Es überlief sie erneut ein Schauer des Widerwillens, aber sie versuchte ihre Abneigung zu unterdrücken.

»Danke, Meister Streeck«, presste sie kaum hörbar und ohne den Blick vom Fußboden anzuheben, hervor.

*

Donnerstag, 21. Juni 1708

Bertel Ruge und Renata Korden waren bereits seit 14 Tagen mit christlichem Segen - je auf dem Sankt Georgen- sowie Sankt Marienkirchhof - unter der Erde, als der Bote vom Rat Elisabeth das Schreiben zur ersten Vorladung brachte. Der Termin war für den Folgemontag, um zehn Uhr früh angesetzt. Dieser Bescheid hing von jenem Tag im Rathaus aus und würde am kommenden Sonntag in den Stadtkirchen von den Pastoren verlesen werden.

Elisabeth wusste nicht, ob sie vor Verzweiflung aufschreien oder vor Schande in den Boden versinken sollte. Sie entschied sich dazu, nicht mehr aus dem Haus zu gehen und bat Piet, die Einkäufe zu erledigen sowie die Nachricht dem Vormund zu überbringen. Was er auch noch am gleichen Tag tat.

Da sie nicht einmal mehr den Mut fand, ihre persönlichen Gebetsstunden in Sankt Georgen zu zelebrieren, kam Pastor Sprengel zu Besuch, um sie zu beschwichtigen. Er versprach ihr, die Nachricht über die Verhandlung in einem angemessenen Rahmen zu halten. Niemand sollte es wagen, schlecht über sie zu denken. Sie bat den Pastor um Nachsicht, da sie selbst die Sonntagsmesse in ihrem angespannten Zustand nicht besuchen könne und er versicherte ihr sein Verständnis.

Dass Piet nicht alleine zur Messe nach Sankt Georgen gehen würde, war zu erwarten. Stattdessen machte er sich an dem folgenden Sonntag bereits frühmorgens auf den Weg zum Hafen, zu seinem Freund Roland. Roland Ackerholm war 26 Jahre alt und befreundet mit dem Schmiedegesellen Gustav Diel, ein 35jährigere, robuster Kerl. Gustav war nicht verheiratet, genoss aus diesem Grund das Leben in vollen Zügen und hatte dementsprechend viel Erfahrung in gewissen Bereichen des Lebens gesammelt.

Obwohl Elisabeth ihren Bruder darum bat, in den Tagen vor dem Gerichtstermin keinen Unfug zu treiben und Stillschweigen zu wahren, konnte sich Piet nur schwer an den ersten Wunsch seiner Schwester halten. Nein, er machte niemanden Auslegungen über die

Geschehnisse im Seifensiederhaus. Dennoch versuchte er wieder einmal, durch die neuen Freundschaften in eine Gesellschaft zu kommen, in denen er etwas bewirken konnte.

Auch hatte er seine Spielerwürfel weder verbrannt, noch am Hafen ins Meer geworfen. Nichts war so, wie Piet es erneut vorgab. Er trug entweder den Lederbeutel an seinem Körper oder versteckte ihn bei Roland.

Dass er weiterhin hier und da ein paar Leute mit seinen gezinkten Würfeln das Geld aus der Tasche zog, fand er seit einiger Zeit als rechtens. Denn endlich konnte er das erledigen, was Bertel ihm vorgeworfen hatte: Er bezahlte seine Schuld am Taufbecken in der Marienkirche!

Damals, als angeblich ein altes Weib, einen zwielichtigen Segen über die Würfel gesprochen hätte, sodass diese auch wirklich funktionieren würden, hätte sie auch je zwei Taler von Bertel und Stoffer verlangt. Es war aber Piet, der die Würfel nach Stoffers Unfalltod abholte und nur einen einzigen Taler zurück ließ.

Nun wollte er dies in den vergangenen Tagen mit aller Großzügigkeit rechtens erledigen und gab ganze zehn Taler in das Bronzebecken, obwohl er sich nicht einmal sicher war, ob die Geschichte mit der Alten stimmte.

Der Fluch machte ihm Sorgen. Stoffer und Bertel hatten bereits das Zeitliche gesegnet, und da wollte er doch jetzt - wo er etwas Geld hatte - lieber freigiebiger sein, als gefordert wurde.

Ob diese Alte wirklich existierte, das würde er nun wohl nicht mehr erfahren. Dennoch war es besser, einem Schadenszauber zu entfliehen. Seine Furcht, dass die Toewersche - welche damals den Vater verflucht hatte - zurückkommen könnte, wurde er nie los. Nun aber war er sich zumindest sicher, dass er bestens bezahlt hatte und sogar noch etwas gut haben könnte, würde die Geschichte mit der Toewerschen stimmen.

Auch traf er sich weiter mit den schwedischen Söldnern Malte und Yorick, die immer noch mit sieben Kameraden - darunter die Glücksspielerfreunde Niels, Olaf, Jörg - bei den Ruges wohnten. Diese waren vor allen Dingen stets darauf bedacht, dass es bei den Zusammenkünften nur bestes Bier geben durfte.

Einer dieser Zusammenkünfte, fand an jenem Sonntagnachmittag vor dem Gerichtstermin am Hafen bei Roland statt. Dort erzählten die beiden schwedischen Soldaten nach einigen Krügen Bier ihre Neuigkeiten. Unter anderem verplauderten sie, dass fünf ihrer Kameraden ernsthaft die Flucht aus Wismaria mit einer der städtischen Handelsschiffe planen würden. Das Ganze sollte schon die kommenden Tage stattfinden.

Jene Soldaten hätten sich hier und da mit Hehlerware ein bisschen was dazu verdienen wollen und sollten dafür demnächst ins Strafbattaillon kommen. Eine Maßnahme des neuen Garnisonskommandanten.

Wem es in der Stadt im Frieden zu langweilig sei, der könne gerne hinaus zu den Truppen, hätte *der Neue* gemeint. Unbekannt sei er ihnen ja nicht, der neue Kommandant, wäre er doch an einem Tag im letzten Jahr dort als unerwarteter Besucher aufgetaucht!

Piet hatte verstanden. Es musste demnach jener Tag gewesen sein, in dem Elisabeth den Oberst Lindkvist dort antraf. Doch Piet kommentierte nichts.

*

»Das nächste Handelsschiff soll sie raus bringen«, nickte Yorick.

»Na, wenn das mal gut geht! – Der neue Kommandant soll ja nicht so schnell mit dem Strick sein, sagt man, aber der schickt sie ohne Umwege in die vorderste Linie gegen den Russen!«

»Haltet ja mal dicht!«, brachte Malte hervor, ehe ihn der Schluckauf verärgerte.

»150 Taler für einen gefassten Deserteur! Das würde sich in dem Fall echt lohnen!«

Man lachte was das Zeug hielt, war aber fern jener bösen Absichten. Auch wenn Piet insgeheim schon mal ausrechnete, dass dies bei fünf Deserteuren schon ein hübsches Sümmchen ergäbe.

Elisabeth hatte noch ein wenig in der Bibel gelesen, als Piet gegen 22 Uhr nach Hause kam. Sie fragte ihn nicht, wo er gewesen sei und was er getan hätte, sondern stellte ihm die warmgehaltene Grütze auf den Tisch. Er holte sich dazu noch etwas Schinkenspeck, Brot und einen Krug Bier. Seine Schwester ging in die Stube, sie wollte versuchen zu schlafen.

*

Montag, 25. Juni 1708

Piet war aufgestanden, hatte das Kaminfeuer angemacht und Tee gekocht. Das hausgemachte Pflaumenkompott stand auch schon bereit, als Elisabeth sichtlich unausgeschlafen in die Wohnküche kam. Geistesabwesend setzte sie sich an den Tisch, während Piet ihr den heißen Tee in den Becher goss.

»Komm Else, iss und trink! Du brauchst heute deine Nervenkraft!« Sie bedankte sich und seufztze tief.

»Ich kriege keinen Bissen runter, Piet, iss du erst einmal. Wenn ich heute Mittag noch lebe, dann kochen wir uns etwas Gutes.«

Den Tee allerdings trank Elisabeth in einem Zug aus und schenkte sich noch einen zweiten Becher ein.

Wie aufmerksam er doch sein konnte, dieser kleine Wendehals, dachte sie. Gewiss war auch sein stetes »Ich hab dich lieb, Else! Ich will dich nie verlieren!« keine Phrase ohne ehrliche Begründungen. Doch hiervon war gewiss die Wichtigste: *Er brauchte sie.*

Elisabeth mochte sich nicht sommerlich kleiden. Davon abgesehen, dass es noch nicht wirklich warm war, widerstrebte ihr ein freundlich buntes Kleid. Sie entschied sich für das Dunkelblaue mit den weißen Punkten und dem ebenso kleinen weißen Spitzen-einsatz an dem hochgeschlossenen Halsausschnitt. Dazu passte der silbergraue Umhang. Ihr Haar würde sie zusammendrehen und hoch stecken. Die beiden Stirnzöpfe steckte sie erneut um den Kopf. Piet betrachtete sie mit einem geradezu mitleidigen Ausdruck.

»Du siehst ja so hinreißend aus, wie Großmutter!«, wagte er zu sagen, aber Elisabeth ließ es gelten. Sie wollte weder den Richter noch Pavel oder Paul Streeck mit einem hinreißenden Äußeren beeindrucken.

Als Paul Streeck sich an der Haustür bemerkbar machte, griff Elisabeth noch geschwind ihre schriftlichen Ladung und eilte mit Piet - der es sich nicht nehmen ließ, seinen besten Rock sowie den schwarzen Dreispitz zu tragen - aus dem Haus.

Paul Streeck begrüßte Elisabeth mit bedeckter Höflichkeit und Piet erntete sogar eine Anerkennung über sein strammes Aussehen. Zusammen ging man ruhigen Schrittes den, sich unendlich lang anfühlenden Weg zum Rathaus.

Bei dem Gang über den fast menschenleeren, riesigen Marktplatzflecken fühlte sich Elisabeth nicht nur, wie von tausend unsichtbaren Augen beobachtet, sondern auch wie auf einer enormen Zielscheibe, auf die gewiss in jeder folgenden Sekunde aus irgendeiner Richtung ein tödliches Geschoss treffen könnte.

Ihre Ängste aber waren umsonst, denn nichts dergleichen geschah. Nur vor dem Rathaus selbst befanden sich bereits genügend Schaulustige, die mit neugierigem Blick zum Gruße nickten.

Elisabeth präsentierte bei der Wache an der Eingangspforte zur Gerichtslaube ihre Ladung. Sofort wurde ihr, Streeck und Piet der Zugang in die unteren Räumlickkeiten des Rathauses genehmigt.

»Dann sehen wir mal zu, dass diesem Meister Pavel der Schuss nach hinten losgeht!«, bemerkte Paul Streeck in herablassendem aber recht lautem Ton und gebot Piet, er solle seine Schwester im Arm in die Gerichtslaube führen. Er selbst ging vorweg - um dummes Geschwätz zu vereiteln - wie er sagte. Man gewährte ihnen Einlass, denn auch Pastor Sprengel und Eberhard Groß, der Anwalt, waren bereits im Verhandlungsraum anwesend.

Der Saal ihrer Verhandlung war durch gotische Kreuzgewölbe unterteilt und mit beeindruckenden Wandgemälden geschmückt. Fast wirkte er wie der Innenraum einer Kirche. Eine Tatsache, die Elisabeth zu beruhigen schien.

Sofort setzten sich der Pastor und Streecks Anwalt an Elisabeths Seite, die schräg zum Richterpult stand. Piet und Streeck nahmen auf den Zuschauerbänken Platz.

Nun fanden auch die übrigen Neugierigen den Weg in den Saal, darunter befanden sich der Apotheker vom Markplatz und der Arzt, der in der Siederei Renatas Tod bezeugt hatte.

Pavel und Milozs traten ebenfalls ein, begleitet durch einen langen hageren Herrn in Anwaltsrobe. Die beiden Kordensbrüder hatten sich recht elegant herausgeputzt, sahen aber blass und erschöpft aus.

Als Elisabeth sie erblickte, wurde ihr die ganze Tragödie erneut bewusst und sie musste an sich halten, um nicht auf der Stelle in Tränen auszubrechen. Alles, was sie ihnen gegenüber empfinden konnte, war unendliche

Traurigkeit. Sie nahmen einige Meter entfernt direkt gegenüber Elisabeth Platz.

Nach weiteren fünf bleischweren Minuten traten der Richter samt zwei Schreibern sowie zwei Gerichtsdienern ein, was das angeschwollene Gemurmel augenblicklich verstummen ließ. Man erhob sich und wartete auf die Anweisung des Richters, sich erneut setzen zu dürfen.

Den Vorschriften entsprechend ließ dieser als Allererstes auf die Verhaltensregel im Gerichtssaal hinweisen, und verlas den Klagepunkt. Daraufhin gebot er Pavel und Elisabeth nochmals alle Angaben zu ihrer Person zu machen und forderte Elisabeth auf, das Geschehene ein weiteres Mal in klaren Worten zu schildern, während er ihre Aussage mit dem vorhergehenden Protokoll verglich.

Der Richter nickte. Sie hatte jeden Punkt exakt wiedergegeben. Danach fragte er Pavels Rechtsanwalt, mit was sein Mandant die Vorwürfe begründen würde und bekam dessen Antwort.

»Hier muss angenommen werden, dass Elisabeth Hennings der Schwester meines Mandanten wissentlich Schadenskräuter verabreicht hat, so dass diese verblutete und auch, dass sie durch das zusätzliche Hinzufügen einer giftigen Substanz deren Tod herbei geführt haben könnte.«

Daraufhin kam die Richterfrage nach dem Besitzer des gefundenen Kräuterbuches und wer die Absätze mit jenen schändlichen Rezepturen unterstrichen hätte.

Pavel bestätigte, dass das Buch seiner Schwester gehört hätte, und Elisabeth bestritt es, die Rezepturen angemerkt zu haben.

Nun kam Pastor Sprengel als Zeuge zum Zuge und verkündete dem Richter samt den Anwesenden eine wahre Laudatio auf die Züchtigkeit, Kirchentreue und Ehre jener Elisabeth Hennings, deren Eltern und Großeltern bereits zur christlichen Gemeinde von Sankt Georgen gehört hätten.

Besonders eisern betonte der Pastor, dass Else Stolterfoht - die Großmutter der Geschwister - eine, mit dem Segen des Schwarzen Klosters versehene Heilkundlerin war, die Elisabeth nur zum besten, christlichen Nutzen dieses Wissen übermittelt hätte. Er selbst sei Zeuge dieser Angaben.

Seine Lobeshyme ähnelte einer Festtagspredigt und wurde auch als solche aufgenommen.

Anschließend nahm man den Apotheker in den Zeugenstand, der die getrockneten Kräuter aus Elisabeths Haus untersucht hatte. Er konnte bestätigen, dass es sich um Heil- oder Genusskräuter zur Herstellung von Tees handelte. Auch in den Salben wären nur Extrakte aus Blütenblättern zu erahnen. Von giftigen Beigaben keine Spur. Der Richter wollte noch mehr wissen.

»Schließt irgendetwas darauf hin, dass Renata Korden Beischlaf mit einem ihr bekannten Mann hatte, der ihr gegebenenfalls dieses Mittel hätte verabreichen können?«

Die Antwort von Pavels Anwalt kam, wie eine Kanonensalve.

»Ausgeschlossen, euer Ehren. Renata Korden lebte keusch!« Pfarrer Sprengel erbat sich das Wort.

»Werter Herr Richter. Mir ist - Kraft meines Amtes – erlaubt, folgendes ausdrücken zu dürfen: Alexander Klein, der Sohn unseres Apothekermeisters, war Renata Korden sehr zugetan und sie auch ihm. Beide hatten sie mich im letzten Jahr um eine Fürsprache gebeten, woran Pavel Korden sich gewiss erinnern kann. Pavel Korden stimmte dieser Verbindung nicht zu!

Im Namen unseres Herrn Jesu Christi: Hier soll niemand für irgendetwas beschuldigt werden. Doch wenn ein so lauer Verdacht ausreicht, um Elisabeth Hennings in ein schlechtes Licht rücken zu können, muss es mir erlaubt sein, auch diese Tatsache kund zu tun.«

Es folgte ein Schweigen von mindestens fünf Sekunden, was sehr ungewöhnlich lange schien. Pavel und sein Anwalt steckten die Köpfe zusammen. Dann kam die entscheidende Richterfrage.

»Ist das so exakt, Meister Korden?«

»So... in etwa«, kam Pavels kleinlaute Antwort. Der Apotheker vom Marktplatz wurde unruhig. Er erbat das Wort um ein rasches »Davon war mir nichts bekannt!« auszusagen, das allerdings nicht wirklich glaubwürdig schien.

Elisabeth getraute sich bei dem Richter um das Wort zu bitten. Ihr Herz raste, ihre heiße Stirn und ihre eiskalten Hände waren feucht.

»Renata Korden erzählte mir selbst, dass sie bereits um die Weihnachtszeit sehr oft bei dem Herrn Apotheker war. Sie ließ sich in Rezepturen einweisen, um recht bald die Lizenz zum Herstellen ihrer Tinkturen zu bekommen!«

»Das stimmt«, rief Piet, ohne dass man ihm ein Wort erteilt hatte. Er wurde augenblicklich verwarnt. Erneut befragte man Pavel und dieser musste auch dem zustimmen, was Elisabeth geäußert hatte. Der Richter schlug unverhofft seine Akte zu.

»Herr Rechtsanwalt Maschke, Meister Korden - in Anbetracht des sich nun völlig neu gestaltenden Sachverhaltes möchte ich euch nahe legen, die Vermutung über die Herstellung eines Giftgebräues - welches eure Schwester angeblich tötete - auf einer anderen Ebene zu suchen!

Ich, für meinen Teil, habe zu dieser Klage bereits genug gehört. Wir werden Morgen, um genau 12 Uhr das Urteil sprechen. Sollten bis dahin keine weiteren... keine *wirklich schwerwiegenden* Beweise gegen Elisabeth Hennings erbracht werden. - Ich erkläre hiermit die Sitzung für geschlossen.«

Der Hammerschlag des Richters knallte wie eine abgeschossene Pistolenkugel.

Elisabeth glaubte, im eigenen Schweiß der Angst und Anspannung zu schwimmen. Ihr Haar klebte an ihrer Kopfhaut, das Kleid an ihrem Körper. Sie spürte Atemnot und den Drang, laut losheulen zu müssen. Pfarrer Sprengel nahm sie in den Arm.

»Ruhig Mädchen, sieh doch, alles wird gut! Der Herr ist mit dir, Sankt Georg ist mit dir. Alle im Himmel, die dich lieben sind mit dir! Dir kann gar nichts passieren!« Der Rechtsanwalt, Eberhart Groß, erhob sich, nickte Elisabeth anerkennend zu und ging zu seinem Freund Paul Streeck.

Elisabeth krallte für einige Sekunden die Hände ineinander und suchte innere Ruhe. Piet kam herbei und beglückwünschte seine Schwester mit einer Umarmung, auf die Elisabeth kaum reagieren konnte. Auch einige Bürger - die bei der Verhandlung zugegen waren - drückten ihre Zufriedenheit darüber aus, dass dieser Unfug im Keime erstickt worden wäre. Sie konnte nicht antworten, aber das taten Pastor Sprengel und Paul Streeck für sie, bis einer der Gerichtsdiener auf die hohen Herren zukam.

»Mit Verlaub, Sie müssen jetzt gehen, wir haben gleich die nächste Sitzung.«

Elisabeth nickte hektisch und wollte die erste sein, die den Rückzug antrat. Doch Paul Streek hielt sie zurück. Er erwies ihr seinen Glückwunsch für ihre hervorragende Haltung, in der er ihr zum ersten Mal in seinem Leben die Hand reichte.

»Du hast mich heute mit Stolz erfüllt, Elisabeth«, kam ihm dabei mit einem geradezu ehrlich gemeintem Ausdruck der Anerkennung über die Lippen.

Pavel, Milozs, deren Anwalt und der Apotheker hatten sich sofort nach dem Verhandlungsende erhoben und den Raum kommentarlos verlassen. Elisabeth und ihre Leute waren die Letzten, die den Saal verließen, als ein weiterer Gerichtsdiener vom Vorraum direkt auf sie zu kam und vor ihnen halt machte.

»Elisabeth Hennings?« Sie nickte.

»Bitte folgt mir ins obere Ratsgebäude!«

»Weshalb?«

»Nur eine hurtige Formalität für die Akten. Die Herrschaften können im Untergeschoss warten.«

»Als Vormund habe ich Elisabeth Hennings zu begleiten!«, ließ Paul Streeck sofort wissen.

»Das ist in diesem Falle nicht vonnöten, da eine Anordnung von oberster Stelle aus dem Rathaus!« Streeck wich tatsächlich mit überraschtem Ausdruck zurück.

»Oh, vom Bürgermeister selbst? Das ist ungewöhnlich, aber sehr gut. Gehe ohne Bedenken, rege dich nicht auf und mache mir weiterhin Ehre!«, bemerkte Streeck, indem er Elisabeth mit einem Zunicken gebot, dem Gerichtsdiener zu folgen.

Doch Elisabeth regte sich auf. Sie fühlte sich, wie durchs Wasser gezogen und es war ihr speiübel.

Was, zum Himmel, sollte der Bürgermeister von ihr wollen?! Da sie sich allerdings in diesem Moment gewiss nicht einmal mehr eine weniger schwierige Frage beantworten konnte, sah sie es als sinnlos, auch nur eine weitere Sekunde darüber nachzudenken.

Sie folgte dem kleinen, witzig gekleideten Amtmann mit der weiten Culotte und dem Rock mit dem gerafften Schößchen. Die Treppe zum ersten Obergeschoss des Rathauses befand sich gleich an der Ecke der Gerichtslaube. Dort angekommen bogen sie in einen kurzen Gang, der zur vorderen Seite des Gebäudes führte. Es schien, als würde sich auf der zweiten Ebene des Hauses kein Mensch befinden. Der parfümierte Geruch von gepuderten Perücken zog sich auch hier durch die Vorräume und ließ Elisabeth zusätzlichen Ekel empfinden. Der Gerichtsdiener klopfte an eine Tür, und öffnete sie.

»Nur zu, treten Sie ein«, forderte er sie ernst auf und ging wieder von dannen. Elisabeth hatte kein Interesse daran, ihre nun wirr vom Kopf hängenden, verschwitzen Haarsträhnen zu richten. Irgendwie würde auch das hier vorbei gehen, sagte sie sich und trat zögernd in den Raum.

Kapitel 6

Da die Front des Rathauses gegen Süden lag, schickte hier die ansteigende Mittagssonne bereits ihr angenehmes Licht durch die Fenster und blendete den Raum geradezu. Elisabeth nahm auch hier die eleganten aber schlicht gehaltenen Möbel und den passenden Raumschmuck war und suchte mit innerer Anspannung nach dem ausladenden Schreibtisch des Bürgermeisters sowie nach dem selben.

Bei ihrem nächsten scheuen Blick hinter die linksseitig geöffnete Tür, schlug sich Elisabeth fassungslos die Hände vor das Gesicht und sackte leicht in die Knie. Mit einem lauten: »Oh, mein Gott«, griff sie sich ins Haar, sah zur Türöffnung zurück, legte sich erneut beide Handflächen auf die Lippen und blickte in dem herrschaftlichen Arbeitsraum wiederholt zur linken Seite.

»Liam, du? ... Ihr?« Sie konnte keinen Satz formulieren, dachte an einen irrwitzigen Tagtraum. - Doch er war es: groß, elegant, beeindruckend stand er erneut vor ihr und beobachtete sie ebenfalls für einige Sekunden mit erschrocken besorgtem Blick, ehe er direkt auf sie zu ging und nach ihren Händen fasste, um ihr diese mit aller Vorsicht vom Gesicht zu nehmen.

»Elisabeth, ich bitte Euch... Ihr habt keinen Grund euch aufzuregen! Ich bin hierher gekommen, weil ich bei dem Aushang mit den gegenwärtigen Verhandlungen Euren Namen fand und Ihr auch am Sonntag in Sankt Marien zusammen mit dieser... *Klage* und dem Gerichtstermin benannt wurdet. Euer Bürgermeister überließ mir hierfür freundlicherweise sein Zimmer! Ich musste hierher kommen, um zu erfahren, wie es Euch ergangen ist! Gerne hätte ich mich früher gekümmert, aber Ihr hattet euch ja nicht ein einziges Mal zu mir verirrt.«

Elisabeth schaffte es nicht, ihn anzublicken. Ihr war bewusst, wie sie aussah, und befürchtete, dass sie bestimmt nach all dem Schwitzen auch noch schlecht riechen würde. Sie fühlte sich entsetzlich unglücklich. Eine Situation, die ihr die Körperkräfte schwinden lassen wollte.

»Liam, ich bin... Mir ist...«, versuchte sie unter großer Verlegenheit zu erklären, und er hatte längst ihre Angst verstanden. Aber anstatt die Hände von den ihren zu nehmen und sich von ihr abzuwenden, wie sie es sich in ihrem körperlichen Unbehagen gewünscht hätte, tat er etwas, was sie restlos in Tränen auflösen ließ.Er umfasste ihr Gesicht, und streifte ihr die nassen Haarsträhnen aus der Stirn.

»Ihr seid das faszinierendste Geschöpf, das ich kenne. Daran kann nichts und niemand etwas ändern«. Seine Worte kamen ruhig und klangen aufrichtig. Dann nahm er sie spontan in den Arm.

Elisabeth umfasste ihn, als wolle sie mit jeder Faser ihres Körpers spüren, dass dieser Augenblick der Wahrheit entsprach und sie wirklich eng und fest an seiner Brust und Schulter lag.

Nach all dem, was sie an Schrecklichem durchmachen musste, und sich oftmals als der einsamste Mensch auf der Welt fühlte, war er plötzlich hier - aufgetaucht aus dem Nichts - und nahm sie, die vor Schweiß und Angst klebte, in den Arm, als sei dies das Selbverständlichste auf der Welt.

»Sagt, dass dies kein Traum ist...«, hauchte sie mit kaum hörbarer Stimme, und er umfasste erneut ihr Gesicht, um ihr die Tränen abzuwischen.

"Nein, Elisabeth, es ist kein Traum. Ich musste und wollte Euch heute sehen. Als Erstes wollte ich wissen, ob es Euch gut geht und dann... muss ich mich für eine Zeit verabschieden.«

Ihr stockte erneut der Atem, eine schlimme Vermutung kam in ihr hoch.

»Nein«, unterband er sofort ihre Befürchtung, »ich wurde nicht ins Feld gerufen. Ich muss heute... in etwa zwei Stunden, mit unserem Handelsschiff nach Stockholm zurück. Es stimmt etwas nicht mit den Lieferungen für das Zeughaus. Es kommt seit einiger Zeit weniger Ware an, als ausgezeichnet ist. Dies muss ich vor Ort klären. Ich werde spätestens in zwei Wochen wieder zurück sein, falls es zu keiner größeren Ermittlung kommen sollte.«

Elisabeth schmerzte spontan die Erkenntnis, wie unglaublich dumm sie sich doch benommen hatte, da sie ihn all die Monate nicht ein einziges Mal aufsuchte. Nun verstand sie endlich, wie wichtig er ihr war. Nicht nur beim Lösen ihrer Probleme, sondern weil sie ihn nun einmal liebte und erkennen musste, wie sehr er ihr Leben bereicherte, ihr die Luft zum Atmen zu geben schien. Welcher Irrglaube hatte sie davon abgehalten, ihrem Herzen zu folgen?

»Wenn ich zurück bin, wird vieles anders. Das verspreche ich Euch!«, sagte Liam gerade heraus. Sie verstand nicht recht, was er damit meinte, fragte aber nicht nach, weil der Moment schon alleine so, wie er sich darstellte, wunderbar war. Er schenkte ihr sein schönstes Lächeln.

»Und sorgt Euch nicht, ich komme wieder! Ich kann *meine Stadt* doch nicht einen Monat lang in die Hände eines anderen Kommandanten geben!« Liam blickte etwas ernster werdend zum Fenster.

»Wismaria, *meine* Stadt - fern meiner Heimat! Wie liebe und wie hass ich dich...«, sagte er nachdenklich zu sich selbst und wandte sich Elisabeth erneut zu.

Als sie sich so dicht, wie nie zuvor gegenüber standen und anblickten, wusste Elisabeth, dass sie in diesem Moment gegenseitig Gedanken und Wünsche in ihren Augen ablesen konnten. Aus diesem Grund blickte Liam wohl kurz unter sich und presste die Lippen aufeinander.

»Jetzt geht bitte zu Euren Leuten. Euer Vormund wird sich sorgen und bereits eine Armee zur Aufklärung losgeschickt haben.« Er lächtelte verhalten.

»Es ist besser, wenn wir uns jetzt verabschieden.«

Elsabeth nickte und war sich sicher, was er meinte. So sehr sie sich auch nach einem Kuss sehnte, jede weitere Berührung würde eine weitere nach sich ziehen, und den Abschied immer schwerer machen. Trotzdem zog er sie noch einmal in die Arme und legte ihr für einen kurzen Moment seine Lippen auf ihre Stirn.

»Adijö – nu gå med Gud... Ich werde *dir* bei jedem Sonnenuntergang einen Gedanken über das Meer senden. Fühle dich darin aufgehoben und beschützt, was immer auch bis zu meiner Rückkehr geschehen mag.

»Gott schütze dich, Liam«, entgegnete Elisabeth leise und er verstand, wieviel sie mit diesen vier Worten wirklich aussagen wollte. Doch schon mit dem zum ersten Mal ausgesprochenen »Du«, hatten sie sich mehr gestanden, als es weitere Sätze hätten tun sollen.

»Wenn es wirklich nötig ist, wende dich an Oberstleutnant Jan Haller, er übernimmt in der Zwischenzeit die Position des Garnisonskommandanten. Und er kennt auch deinen Namen!«

Sie dankte ihm nochmals, indem sie seine Hände nahm, an ihr Gesicht führte und diese mit den Lippen berührte. Doch sie schaffte es nicht mehr, ihm ein weiteres Mal in die Augen zu sehen, wandte sich ab und verließ den Raum mit schnellen Schritten.

Auf halbem Weg zur Treppe blieb Elisabeth stehen, lehnte sich an die Wand und begann still aber heftig zu weinen, während sie langsam zu Boden rutschte, bis sie auf dem rotumfasstenTeppich saß. Sie wartete auf den Moment, in dem der erste milde Sonnenstrahl sie in ihrer Stube aus dem Schlaf wecken würde. Somit könnte sie begreifen, dass das soeben Durchlebte nur ein schöner Traum zum Abschluss einer Tragödie gewesen sei.

Als nach wenigen Sekunden nichts dergleichen geschah, wurde ihr bewusst, dass sie sich erneut zusammen nehmen und zu den Herrschaften zurückkehren musste. Jene warteten auf sie im unteren Vorraum des Rathauses. Piet, Pastor Sprengel und Paul Streeck leisteten der Aufforderung - im Untergeschoss zu warten - Folge, und Paul Streeck ging als Erster auf Elisabeth zu.

»Alles in Ordnung, Elisabeth? Du siehst mitgenommen aus.« Sie nickte.

»Nein, es geht mir gut, wir können gehen... Ich sollte nur Angaben für weitere Zeugen machen... Sollte ich jene für morgen benötigen.«

»Beim Bürgermeister?«

»Nein... ich war nicht beim Bürgermeister... ich...« Elisabeth fühlte sich in Erklärungsnot.

»Ja, das musste auch dieser Seifenmeister Korden! Allerdings gleich unten in der Gerichtslaube. – Wieso musstest Du dazu ins Rathaus? «

»Man rief sie gewiss direkt zum Arbeitsraum des Richters, stimmt es?«, versuchte der Pastor eine Erklärung. Diese kam an. Elisabeth nickte und jeder bemerkte, dass sie erneut den Tränen nah war.

Man entschied sich dazu, das Rathaus rasch zu verlassen. Streecks Einladung zu einem vorbereitetem, erlesenen Mittagstisch in seinem Haus lehnte Elisabeth jedoch dankend und mit der Begründung, sie könnte jetzt nichts essen und wollte sich nur hinlegen, ab.

Piet verzog einen Mundwinkel. Eine gehobene Mahlzeit zusammen mit Streecks Freunden aus besten Kreisen einzunehmen, das wäre nach diesem Morgen genau nach seinem Geschmack gewesen. Doch da der Vormund ihm nicht nahe legte, er könne auch ohne seine Schwester kommen, musste er sich zu Hause mit Elisabeths Eintopf aus Kohl und gewürfeltem Schweinefleisch zufrieden geben.

Sie redete kaum etwas, war sie doch mit ihren Gedanken am Hafen bei einem schwedischen Handelsschiff, das in der nächsten Stunde auslief. Piet ließ sich seine aufsteigende Langeweile bedenkenlos anmerken.

»Nach dem Essen gehe ich noch eine Weile zu Roland zum Hafen. Ich kann ihm helfen und dabei ein bisschen dazu verdienen.«

Dass dieses »dazu verdienen« nicht unbedingt etwas mit ehrenvoller Arbeit zu tun haben musste, konnte Elisabeth sich vorstellen. Aber alles, was sie nun vorzubringen hätte, würde bei Piet so oder so auf taube Ohren stoßen. Demnach blieb ihr nur der sinnlose Gedanke, ihn darum zu bitten, er solle nachsehen, ob das große schwedische Handelsschiff bereits in See gestochen sei... Natürlich wusste sie, dass dies Unsinn war und sprach es von daher nicht aus.

Was sie natürlich nicht wissen konnte, war, dass Piet sich am Hafen tatsächlich über die Abfahrt des nächsten heimischen Handelsschiffes erkundigte. Anfänglich kam es ihm nur als neugieriger Zeitvertreib in den Sinn, aber er schien einen gewissen Gedanken von Stunde zu Stunde ausbaufähiger zu finden und sein vorteilssinnendes Denken nahm seinen Lauf:

Da wollten fünf schwedische Soldaten dessertieren, und weswegen? Nicht etwa, weil sie ihre Liebste oder ihre Familien vermissten - was man hätte verstehen können - sondern, weil sie Unfug getrieben hatten und der Kommandant sie dafür in den Krieg schicken wollte.

Man verstehe: Er - der Herr Oberst - hegte nicht die Absicht, die Soldaten dies mit dem Leben bezahlen zu lassen, würde die Angelegenheit auffliegen. Sondern er wollte ihnen nur eine Möglichkeit geben, um ihren dreisten Geist zügeln zu können. Sie sollten erkennen, was ihre Kameraden an der Front tun mussten, während sie in der friedlichen Garnison Unsinn trieben.

Es waren außerdem genau solche Gesellen, die auch sein Familiensiegel verhökern wollten - welches er doch im Grunde in jener Situation als ehrenhaftes Pfand gesetzt hatte.

Wieso sollte man sie eigentlich davonkommen lassen?! Diese Kerle hatten keine Ehre im Leib, und brachen die Gesetze, obwohl sie als Soldat auf diese geschworen hatten. Man konnte doch als anständiger Bürger nicht mit zusehen, dass gewissenlose Gestalten so einfach ihren Eid verraten und ihrer Strafe entkommen sollten.

Mit jenen Gedankengängen saß Piet am Hafen und rauchte seine weiße Tonpfeife, die er natürlich aus reinem Versehen bei der Seifensiederei mitgenommen hatte.

Roland, Gustav und die andern sahen die Angelegenheit, die er gerade überdachte, mit anderen Augen. Nicht etwa, weil sie ebenfalls schlecht waren, sondern gewiss nur deshalb, weil sie der Abstammung nach zu dem einfachen Volk gehörten und nicht einen Tropfen Blut der moralisch gebildeten Gesellschaft besaßen.

Piet bastelte sich sein Werk zurecht, ließ die Beine über die Kaiwand baumeln und blickte zur linken Hafenseite. Ein recht ansehnliches, mit bunten Gallionsfiguren und reichlichem Bordwandschmuck und blaugelben Flaggen versehenes Handelsschiff der Schweden lief soeben mit viel Getöse aus.

Vielleicht sollte er doch bei der Besatzungsmacht sein Glück versuchen, kam es ihm spontan in den Sinn. Viele Männer aus Wismaria waren inzwischen bei dem schwedischen Militär zu wichtigen Persönlichkeiten aufgestiegen. Zumindest eine Ausbildung im Musikkorps würde ihm immer noch sehr gefallen.

Piet drehte sich um und sah mit gefälligem Blick und provokantem Lächeln einigen jungen Damen nach, die sich kichernd abwandten und davoneilten.

Diese Frauenzimmer würden irgendwann alles dafür geben, um mit ihm in ein Gespräch treten zu dürfen, dachte er grinsend, während er seine Pfeife ausklopfte, diese in seinen Rock steckte und sich auf den Weg zu Roland machte.

*

Elisabeth war an jenem Tag zu keiner geordneten Handlung mehr fähig. Auch die alltäglichsten Dinge wollten ihr nicht gelingen. So sehr sie auch bemüht war, sich über den guten Ausgang des ersten Verhandlungstages zufrieden zu zeigen und innere Ruhe zu empfinden, es wollte ihr nicht gelingen.

Die Gedanken um Liam, jener plötzlichen Begegnung mit ihm im Rathaus sowie die Weise mit der er ihr seine Zuneigung zeigte, brachte sie immer wieder aufs Neue aus der Fassung. Sie sehnte sich nach ihrer Bank in der Georgenkirche und nach der Möglichkeit, dort für den heutigen Tag danken zu dürfen. Doch dieses Unterfangen war im Augenblick unmöglich. Elisabeth würde auf dem Weg dorthin der Neugierde ihrer Mitbürger nicht ausweichen können.

Ihr Wunsch, bei Sonnenuntergang am Hafen sein zu können, um ihre Gedanken über das Meer gen Norden zu schicken, blieb ebenfalls unerfüllt. Da sie auch dies gewiss nicht ungestört angehen dürfte, entschloss sie sich, frühzeitig mit ihrem sehnsuchtsbeladenen Sinnen schlafen zu gehen. Um welche Uhrzeit Piet nach Hause kam, entzog sich ihrer Aufmerksamkeit. Sie schlief sehr rasch ein.

*

Dienstag, 26. Juni 1708

Elisabeth ließ den Tag ruhig angehen.Kaum hegte sie noch belastende Gedanken an den bevorstehenden Prozesstermin zur Mittagsstunde. Was sollte noch Unerwartetes auf sie zu kommen? Man würde sie von der Anklage frei sprechen und Pavel gewiss keine Beschuldigung gegen den Apotheker erheben. Damit bliebe zwar ein dunkler Schatten auf dem Ansehen des

Letzteren, aber auch diesen konnte die Zeit und ein wenig finanzielle Freizügigkeit gegenüber gewissen Stellen wieder reinwaschen.

Von einer Schadensersatzklage gegen Pavel wollte Elisabeth würdevoll absehen. Das hatte sie sich bereits vorgenommen. Diese ganze dramatische Angelegenheit sollte rasch ein Ende finden. Nur das war ihr noch wichtig.

Paul Streeck ließ sich erneut mit geradezu übergenauer Pünktlichkeit in der Baustraße blicken. Er begrüßte Elisabeth auf höfliche Weise, gebot ihr aber sofort, dass sie und Piet nach der heutigen Verhandlung seine Einladung zum Mittagstisch bei ihm zu Hause annehmen müssten. Schließlich gäbe es einen Grund zum Feiern. Pfarrer Sprengel wäre natürlich auch zugegen. Das wäre Streecks Ansehen dienlich, da er schließlich erst seit einem halben Jahr Witwer sei.

»Obwohl es sich in dieser Beziehung anders verhält als wenn ein Ehemann verstirbt«, versuchte er Elisabeth ausschweifend eine Eklärung zu unterbreiten.

»Eine Witwe kann eine gute Zeit lang alleine leben und wird ihrer Ehre gerecht, sollte sie sich auch die nötige Zeit bei der Suche eines neuen Gatten nehmen. - Ein Witwer hingegen ist ein verlorener Mann!« Er machte mit beiden Armen eine übertrieben ausladende Geste.

»Gerade in einem gewissen bürgerlichen Stand ist eine Ehefrau die Blume im Knopfloch seines Rockes, die sein Ansehen hebt.« Elisabeth nickte und war froh, dass sie recht bald am Rathaus waren und jener seltsame Monolog sein Ende fand.

Auch Pfarrer Sprengel und Streecks Anwalt waren erneut anwesend sowie Pavel, Milozs, der Rechtsanwalt der Kordens. Doch an diesem Tag fehlte der Apotheker, und es waren auch weniger Neugierige auf den Zuschauerbänken. Alles deutete auf ein rasches Ende der zweiten Verhandlung hin.

Nachdem der Richter und sein Gefolge die Eröffnung kundtaten, wurde Pavels Anwalt sogleich mit dem Hinweis - er solle ausschließlich neue, handfeste Beweise für seine Klage gegen Elisabeth Henning vortragen - das Wort erteilt.

Dieser erhob sich und nickte dem Richter entgegen.

»Ja, euer Ehren, diese haben wir!« Jeder im Saal schien den Atem anhalten zu wollen.

»Ich möchte hiermit Elisabeth Hennings des *Schadenzaubers* verklagen!« Der Richter hob die Brauen.

»Eine heikle Klage, Herr Rechtsanwalt. - Hierfür müssten die Beweise noch stichhaltiger sein!« Pavels Rechtsbeistand nickte erneut und Elisabeth spürte, wie Pfarrer Sprengel ihre eiskalte Hand drückte.

»Elisabeth Hennings hat sich selbst dazu bekannt!«, sprach Pavels Anwalt mit fester Stimme weiter.

»Da sie sich sehr gut an das gemeinsame Gespräch an den Weihnachtsabenden im bezug auf den Apothekenbesuch von Renata Korden erinnern kann, wird sie auch noch wissen, dass sie erzählte, sie würde seit einer gewissen Zeit von einer zutraulichen Krähe verfolgt. Diese würde ihr gewiss etwas mitteilen wollen, meinte sie. Außerdem sprach sie von einem geheimnisvollen alten, schwarz gekleideten Mann, der ihr stets Botschaften zuflüstern würde, und der gleich darauf unsichtbar wäre! - Sie sagte auch, dass sie die Weisheit der Krähen genau so schätzen würde, wie ihre Großmutter es getan hätte!

Dennoch hatte eine Krähe ihren Bruder in der Georgenkirche - genau beim Abendmahl - attackiert! Das müsste gewiss Herr Pfarrer Sprengel auch in Erinnerung sein!« Der Anwalt der Gegenseite redete ohne Unterlass.

»Elisabeth und ihr Bruder leben nicht in Harmonie miteinander. Kann es nicht sein, dass die Krähe in ihrem Auftrag den Bruder vor dem Altar angriff? - Kann es nicht sein, dass der Krähenmann ihr riet, Renata einen Schadenszauber zu verabreichen, so, dass diese sterben sollte? – Wie vielleicht auch der befreundete

Bertel Ruge und Christopher Roth? Vielleicht fordert dieser Krähenmann Blutopfer von ihr?

Elisabeth Hennings ist eine schöne, junge Frau von 23 Jahren, die sich sträubt, zu heiraten. Ich bin mir sicher, sie lebt uns zwei Leben vor. Das eine ist das christlich Keusche, mit dem sie uns täuscht - das andere, das der geschickten Schadenszauberin, einer *neuzeitlichen Hexe!*«

Das Raunen im Saal konnte erst durch den doppelten Hammerschlag des Richters eingedämmt werden.

Elisabeth glaubte sich erneut in einer unwirklichen Welt. Natürlich hatte sie bei den Kordens vertrauensselig über ihre seltsamen Erlebnisse mit der Nebelkrähe und dem alten Mann gesprochen... War es wirklich möglich, dass Pavel dies nun so darstellte, als hätte sie einen Pakt mit dem Teufel? – Sein Anwalt war noch nicht fertig.

»Ich möchte auch noch anmerken, dass Elisabeth kundtat, sie und ihr Bruder wären an einem vernebelten Wintertag bei einem späten Besuch der Marienkirche durch seltsames Poltern und merkwürdige Stimmen aus Sankt Marien vertrieben worden. Außerdem sollte man sich in Erinnerung rufen, dass ihr Vater, Johann Hennings, wenige Tage vor dem verheerenden Unglück 1699 ein Zusammentreffen mit einer Toewersche hatte, die ihn verfluchte!«

Erneut knallte der Richterhammer.

»Es ist soweit gut, Herr Rechtsanwalt. - Lasst uns erst einmal diese ungeheueren Beschuldigungen durcharbeiten!« Auch der Richter wurde lauter. Er sah zu Elisabeth, die mittlerweile so bleich war, als hätte sie keinen Tropfen Blut mehr im Körper.

Der Richter wandte sich mit einzelnen Fragen an sie, den Kontakt mit jenem dunklen mysteriösen Mann und einer recht zahmen Krähe betreffend. Für einen kurzen Augenblick wollte Elisabeth dies alles leugnen und es Pavels hinterhältiger Fantasie zuschieben, war es ihr doch bewusst, dass man solche Dinge niemals öffentlich kundtun durfte. Doch das hätte nicht viel geholfen, denn Pastor Sprengel erinnerte sich genau an den Krähenangriff auf Piet, auch auf den Fluch von Frau Roth. Er würde dem zustimmen.

Die Lage war unausweichlich füchterlich und Elisabeth musste jeden Punkt, den Pavel vorgebracht hatte, bejahen. Ihre Erklärung, dass sie bis heute nicht wüsste, was es mit dem alten Mann und dem Krähenvogel auf sich hätte, gab man kaum Gehör. Anschließend musste Pastor Sprengel tatsächlich bezeugen, dass Piet am Totensonntag beim Abendmahl von einer Krähe angegriffen und leicht verletzt wurde.

Zwischenzeitig schien sich Pavels Anwalt durch seinen Mandanten mit erneuten Beschuldigungen aufheizen zu lasssen. So erklärte dieser dem Gericht auch, dass bei dem letzten heftigen Novembergewitter, eine Linde genau vor dem Haus der Henningsgeschwister von einem Blitz getroffen wurde und dadurch ein Astsplitter durch das Fenster in deren Zimmer einschlug! Auch, dass erwachsene Geschwister gemeinsam eine Schlafstube teilen würden, gäbe gewiss zu bedenken.

Elisabeth hatte das Gefühl, dass ihr nicht Pavel Korden, sondern der Leibhaftige gegenüber saß. Wieso konnte er plötzlich so viel Hass entwickeln? Glaubte er wirklich, sie sei für den Tod seiner Schwester verantwortlich? War es die Rache für ihren gestrigen Hinweis auf den Apotheker und darauf, dass Renata vor einem Jahr in dessen Sohn verliebt war?- Sah er damit erneut seine Familienehre verletzt? - Oder war es immer noch die Wut darüber, dass sie sich mit dem Kommandanten der Stadt getroffen hatte?

Tausend Ängste und Fragen schienen sie wie Speerspitzen, Messer und Schwerter an jeder Stelle ihres Körpers zu stechen und zu schlagen. Zumindest war die Befürchtung, Pavel könnte hier sogar ihren Briefwechsel mit Oberst Liam Lindkvist erwähnen, nicht gegeben. Auch er wusste, dass eine solche Bemerkung für ihn sehr fatal werden könnte.

Piet glühte mittlerweile vor Zorn und schwor sich, dass er Pavel dieses Theater heimzahlen würde - koste es, was es wolle!

Paul Streeck hingegen wohnte der Szenerie ausdruckslos bei. Dass es aber hinter seiner Stirn bereits fieberhaft arbeitete, erkannte keiner.

Wie zu befürchten, zeigte sich der Richter besorgt. Er meinte, dass der Fall ein vollkommen neues Gesicht bekommen hätte und eines neuen Verhandlungstermins bedürfe.

Klagen wegen Schadenszauber oder gar Hexerei waren in den letzten Jahren äußerst selten geworden. Ganz zu schweigen davon, dass die schwedische Obrigkeit derartige Verdächtigungen - ob es nun eine, die Bürger von Wismaria betreffente selbstständige Angelegenheit war oder nicht – begutachten wollten.

Der Bürger von Wismaria allerdings forderte auch in solch einem Fall eine klare richterliche Entscheidung. Diese sollte eine mögliche Toewersche bestrafen. Egal in welcher Form.

Würde man Elisabeth nicht nachweisen können, dass sie mit dem Teufel im Bunde sei, so war sie auf jeden Fall moralisch nicht geheuer und eine Schwindlerin.

Aber selbst wenn man sie von aller Schuld frei sprechen sollte, so würde sie jenen geheimen, bürgerlichen Verhandlungen nicht entkommen! Diese im Untergrund abgehaltenen Strafverfahren kannten keine Gnade mit einer angeblichen Schadenszauberin. Hier wären ihr gewiss ein Sacken oder ein ähnliches Urteil und dessen Vollstreckung zur Abschreckung auf dem Marktplatz sicher. - Ihre Lage war auswegslos.

Keiner bekam in dieser höchst bedrohlichen und von daher äußerst beklemmenden Situation mit, dass Ältermann Paul Streeck zu dem an der Tür stehenden Wachmann ging, diesem leise etwas mitteilte, was jener darauf dem Richter überbringen sollte.

Man nahm nur die kurze Unterbrechung durch jenen Wachmann war, als er dem Richter seine Botschaft zuflüsterte. Der Blick des Richters fiel augenblicklich und mit höchster Verwunderung auf Paul Streeck, der äußerst entspannt mit verschränkten Armen in der letzten Reihe der Besucherbänke saß.

»Da sich soeben ein Zeuge meldete, der der neuen Sachlage dienlich wäre, aber noch nicht registriert wurde, wird die Verhandlung hiermit für zehn Minuten unterbrochen.«

Der Richterhammer knallte erneut in einer Lautstärke, die Elisabeth zusammenschrecken ließ, als sei sie von einer Gewehrkugel getroffen.

Nun sah sie, dass ihr Vormund zusammen mit den Gerichtsschreibern und dem Richter aus dem Saal ging. Wer im Raum bleiben wollte, dem wurde jeder Wortwechsel strengstens untersagt. Aufseher und Gerichtsdiener blieben im Saal, um Reibereien zu vermeiden. Zwei Personen wurden sogleich von den Zuhörerbänken nach draußen befohlen. Sie unterhielten sich in unangenehmer Wortwahl miteinander.

Elisabeth versuchte etwas aufzuschreiben, um es Pastor Sprengel reichen zu können, wurde aber ebenfalls ermahnt und natürlich auch an ihrem Tun gehindert. Gleichzeitig erhaschte sie Pavels schadenfrohes Grinsen.

Am meisten aber beunruhigte sie Piets Blick. Er war ersichtlich auf einen Angriff aus. Sein Gesicht und Hals zeigten bereits die ihr bekannten, roten Flecken. Elisabeth gab nicht mehr viel auf dessen Zurückhaltung und rechnete mit dem Schlimmsten, doch ihr Bruder verblieb unauffällig. Der Pastor ließ während der ganzen Zeit Elisabeths Handgelenk nicht los und versuchte, sie mit beschwichtigender Mimik zu beruhigen. Der Anwalt Eberhard Groß verhielt sich erschreckend teilnahmslos.

»Welcher Zeuge der neuen Sachlage? Was hatte Streeck damit zu tun?!« Elisabeth glaubte, alles missverstanden zu haben, und dass nun wohl auch Paul Streeck ihr den Rücken kehren würde, da solch eine Situation für sein Ansehen gewiss nicht tragbar war...

Die Minuten verflogen zähflüssig, angefüllt mit irrsinnigen Gedanken und Vorstellungen. Bis zur Rückkehr des Richters und der Schreiber war fast eine Viertelstunde vergangen. Wieder erhob man sich, wieder wurde das erneute Sitzen angeordnet. Paul Streeck setzte sich nicht. Er blieb tatsächlich an der Zeugenbank stehen. Der Richter fragte nochmals nach dessen Namen und man bekam von Streeck eine ziemlich ausgedehnte Salve an Titeln und persönlichen Auszeichnungen zu hören. Der Saal verstummte augenblicklich.

»Werter Ältermann Streeck, bitte teilen sie dem Gericht mit, was sie zu der Klage von Pavel Korden zu sagen haben.« Das Wort ging an den Meister.

»Ich versuche mich kurz zu fassen, euer Ehren, da ich ein längeres Ausschweifen für unangebracht finde und möchte von daher als Allerersten zusamenfassend äußern, das *jeder* Klagepunkt von Pavel Korden gegenüber der Jungfer Elisabeth Hennings, meinem Mündel, vollkommen aus der Luft gegriffen ist!«

Das Raunen nahm wieder zu, und Elisabeth spürte einen heftigen Schmerz in der Magengrube, der bis zu ihren Schultern zu spüren war.

Auch der Richter schien alsbald die Nerven zu verlieren. Sein Schrei »RUHE!« und der darauffolgende Hammerschlag schienen in ihrer Stärke über sich hinauswachsen zu wollen. Streeck begann punktgenau zu erklären.

»Als Erstes muss ich sagen, dass auch ich über all diese außergewöhnlichen Fälle durch Jungfer Hennings informiert bin. Sie erzählte mir bereits im November von jener zahmen Krähe sowie von jenem seltsamen alten Mann.« Elisabeth verfiel in eine Schreckstarre. Nie und nimmer hatte sie Streeck je ein Sterbenswörtchen davon erzählt. Was sollte das werden?!

»Zweitens: Mir ist diese... Nebelkrähe wie auch der alte Mann sehr gut bekannt.

Zu dem Ersten lässt sich erklären, dass es mehrere zahme Krähen in Wismaria gibt! Sie gehören einem meiner Mitarbeiter. Er hat sie gezähmt und sie fliegen den Leuten oftmals auf die Schultern. Es ist nichts Außergewöhnliches dabei, dass Jungfer Hennings dies auch erlebte. Sie ist eine von Hunderten, die sich immer wieder über die zahmen Tiere verwundern.

Was den seltsamen Mann betrifft: Er ist ein geisteskranker alter Fischer, harmlos von Natur, aber leider auch sehr anstrengend. Er flüstert den Leuten Prophezeiungen ins Ohr. - Armer Mensch, er hatte als einer der Wenigen die Explosion seines Schiffes 1699 überlebt... Das Unglück raubte ihm den Verstand.

Ich kam bis dato noch nicht dazu, meinem Mündel dies mitzuteilen, da ich nicht das Gefühl hatte, dies sei so brennend wichtig. Dazu kam auch noch der Tod meiner geliebten Frau, die mich in eine lange Trauerphase stürtzte... Von daher war Jungfer Hennings die Sachlage mit dem Alten und den zahmen Krähen noch unklar.« Streeck machte zu seiner Aussage ein betroffenes Gesicht, das an schauspielerischer Leistung nicht zu überbieten war und fuhr fort.

»Was die Stimmen in der Marienkirche betreffen und die Geschwister Hennings verängstigten, so beruht dies auf einem üblen Scherz, den zwei Freunde des jungen Peter Hennings ausgeheckt hatten. Dies wurde mir von einem meiner Gesellen erzählt.

Und nicht zuletzt die unverschämte Anmerkung seitens des Klägers, Jungfer Hennings würde auf unehrenhafte Weise mit ihrem Bruder eine Schlafstube teilen, kann ich ebenso wiedersprechen. Ich kenne das Haus der Hennings! Es mag zwar nur eine Nachtstube geben, aber diese ist durch einen sechstürigen Schrank unterteilt, sodass es zwei abgetrennte Räumlichkeiten sind. Der schmale Durchgang wird durch eine, eigens von einem, mir bekannten Schreinergesellen angefertigter Schiebetür geschlossen!«

Streeck zupfte belanglos an den brokatbesetzten Manschetten seines Rockes und redete weiter.

»Das Haus der Geschwister Hennings hat leider nur noch zwei bewohnbare Räume, Euer Ehren. Und ich finde es anmaßend, wie manche Personen den bescheidenen Lebenstil ihrer Mitbürger zu ihrem Vorteil in den Schmutz ziehen müssen!«

Elisabeth fragte sich mittlerweile, ob sie es hier immer noch mit der gleichen Verhandlung zu tun hätte, wie vor ungefähr einer Stunde. Was redete Streeck da? Nichts von dem stimmte auch nur annähernd. Wann zum Beispiel hatte sie eine Schiebetür anfertigen lassen?

Doch Streeck schien weiter seine Fantasie anzupeitschen, wie ein Rennpferd kurz vor dem Ziel. Dennoch blieb er in seiner Stimmlage ruhig und von einer erkennbar frostigen Überlegenheit.

»Dazu muss noch gesagt werden, dass es auch ein mir bekannter Maurergeselle war, der den Kamin im Hause der Hennings ausbesserte, nachdem der Astsplitter durch den gesprengten Baum eingetreten war. Auch dies ist für einen Handwerker keine außergewöhnliche Begebenheit. Wo Bäume derart dicht vor den Häusern stehen, ist so etwas schon sehr oft vorgekommen. Das kann man im Archiv nachlesen. - Und was die Krähenattacke gegenüber Peter Hennings - der ebenfalls mein Mündel ist - angeht, die während der Ausgabe des Abendmahlbrotes stattfand, so kann ich mich gut erinnern, dass der junge Mann der Erste war, der nach dem noch abgedeckten Stück Brot griff. -

Dass eine verirrte hungrige Krähe es ihm von daher sofort aus der Hand riss - darin sehe ich keine übernatürliche Angelegenheit!»

Streeck drehte sich bei seiner Schilderung sogar Anerkennung erhaschend kurz zu den Besuchern um.

Die Schreiber kamen kaum mit ihren Aufzeichnungen nach und auch der Richter schien Paul Streecks Worte mit hohem Interesse zu folgen.

Piet hatte zwischenzeitig die Füße ausgestreckt, die Arme verschränkt und hörte mit genussvollem Grinsen und schiefer Kopfhaltung den auf unglaublich dreister Weise verlogenen Schilderungen seines Vormundes zu. Elisabeth hingegen fühlte sich gelähmt bis in die Haarspitzen.

»Anmerken möchte ich dem hohen Gericht auch noch, dass es mir sehr wohl bekannt ist, dass Renata Korden mit Alexander Klein, dem Apothekersohn, ein Verhältnis hatte. Wie einer meiner Gesellen berichtete, hätte er diese auch mehrmals bei der Seifensiederei aufgesucht, als die anderen Mitarbeiter noch nicht da waren.«

Das im Saal neu aufflammende Raunen konnte auch ein weiteres Mal nur mit zwei Hammerschlägen eingedämmt werden. Streeck fuhr fort.

»Ich wollte dies gestern nicht protokollieren lassen, da ich mich im Grunde bei solchen Dingen heraushalte, schon meines Ansehens wegen. Heute aber musste ich den Mund auftun, um der Gerechtigkeit an diesem Orte zu ihrer Macht verhelfen zu können.

Euer Ehren, ich lege meine Hand als erster Äller-mann Wismarias für mein Mündel Elisabeth Hennings, deren Unschuld gegenüber allen Klagen und für die Gerechtigkeit, hier vor Ihnen ins Feuer!«

Der Richter atmete tief aus, zog erneut die Augenbrauen hoch und zeigte ein anerkennendes Nicken.

»Meine Hochachtung, Herr Streeck! – DAS ändert die Sachlage beträchtlich.«

Der Richter wand sich erneut an Elisabeth.

»Elisabeth Hennings, könnt ihr vor Gott beschwören, dass all dies, so wie es euer Vormund Paul Streeck vorgetragen hat, der Wahrheit entspricht und es sich so zugetragen hat?«

Es durchzog sie ein Schreck. Sie blickte Paul Streeck an und versuchte, sich alleine auf die Tatsache, dass ein »ihm bekannter Geselle« ihren Kamin gerichtet hatte, konzentrieren zu wollen. Dies war schließlich die einzige Schilderung in Paul Streecks Aussage, die der Wahrheit entsprach!

»Ja – Euer Ehren, so hat es sich zugetragen!«, antwortete sie ruhig aber mit sehr schwacher Stimme.

»Euer Ehren, darf ich noch um einen Zusatz bitten?«, war Streeck erneut zu vernehmen. Der Richter nickte.

»Ich erhebe hiermit Strafanzeige gegen Pavel Korden, wegen Rufschädigung und Unterstellung krimineller Straftaten gegen Elisabeth Hennings - meiner zukünftigen Verlobten!«

Nun war der Moment gekommen, in dem ihr Herzschlag aussetzen wollte. Pastor Sprengel bemerkte dies und schüttelte sie am Arm.

DAS war es also, durchfuhr es sie blitzartig. Streeck hatte einen Weg gefunden, um sie in sein Netz zu bekommen! Sie hatte seit einigen Monaten krampfhaft versucht, diesen Gedanken nie in ihr aufkeimen zu lassen, aber er entsprach der Wirklichkeit! Das war so genial ausgefuchst, wie dämonisch.

Es war ihr schon lange bewusst, dass er ein Auge auf sie hatte... aber sie war sich immer sicher, er könne nie zu seinem Ziel kommen. Dann dies hier! Nun kam sie von der Verurteilung als Toewersche zu der Verurteilung, Paul Streeck heiraten zu müssen!

Was bei allen guten Geistern sollte sie nun tun? – Ihn verleugnen? Er würde sie und Piet dafür grausam abstrafen, dessen war sie sich nach diesem Auftritt bewusst. Der Mann hier fürchtete sich vor nichts! Nein, er musste sich nicht einmal in seiner Position vor irgendetwas fürchten. Er hatte Geld, war als Ältermann in einer unantastbaren Position, da er Macht und Ansehen besaß.

Gegen ihn hatte Pavel keine Chance mehr und die fürchterliche Darstellung, Renata hätte ein Verhältnis mit dem jungen Apotheker gehabt... war gewiss ebenso frei erfunden, nur um Pavels Ansehen noch mehr zu schaden.

Elisabeth fühlte sich im Wechselbad zweier Höllenfeuer und ein drittes kam dazu: Sie hatte einen Meineid geleistet, um Streeck nicht zu schädigen und selbst mit nur ein paar Schrammen davon zu kommen, obwohl sie bei allen Vorwürfen absolut unschuldig war!

Sie hörte nicht mehr zu, als der Richter erklärte, Streeck würde diese Klage natürlich als zukünftiger Bräutigam von Elisabeth Hennings zustehen.

Zuvor aber wollte er den Kläger nochmals befragen, ob er an diesem Punkt seine Anklage nicht besser in vollem Umfang zurück nehmen wollte.

Der Richter handelte dementsprechend und Pavel schien für einige Sekunden nicht einmal seinem Rechtsbeistand antworten zu wollen. Dann hatte dieser wohl den Ernst der Lage sowie deren Auswegslosigkeit erkannt und sein Anwalt antwortete rasch.

»Euer Ehren, hohes Gericht: Wir ziehen hiermit die Klage gegen Elisabeth Hennings in vollem Umfang zurück!«

Pavel war kreideweiß, er zitterte, sodass Milozs sich erdreistete zu ihm zu gehen, sich an dessen Seite zu setzen und ihn am Arm zu fassen. Sogleich wurde dieser aus dem Saal verwiesen. Zu gerne wäre Elisabeth aufgestanden und hätte an diesem Punkt um Erlass der Gegenklage gebeten, aber sie getraute sich nicht.

Somit wurde Pavel an jenem Tag vor dem Richtertisch ruiniert. Kein Mensch würde nochmals Seife von einem Meister kaufen, der wegen übler Nachrede verklagt wurde! Elisabeth fürchtete sich vor dem Mann, der sie soeben als *seine zukünftige Verlobte* bezeichnete, mehr, als vor dem Leibhaftigen selbst.

»Ältermann Streeck, besteht ihr weiterhin auf eure Schadensersatzklage?«

»Ja, Euer Ehren – es wurde Schaden angerichtet, und dafür verlange ich eine Entschädigung von 1.000 Talern!« Elisabeth blickte Streeck an und schüttelte verzweifelt mit dem Kopf. Er reagierte auf andere Weise.

»Wie sie erkennen können, Euer Ehren, besitzt Jungfer Hennings den Edelmut und die Herzensgüte, um auf eine geforderte Entschädigung verzichten zu wollen. Sie wäre sogar bereit ihren Verleumder ohne Strafe ziehen zu lassen! - Es tut mir leid - teuerste Elisabeth, Euer Ehren - *ich* aber werde auf meiner Forderung bestehen!«

»Gut«, nickte der Richter.

»Ich sehe diese Angelegenheit hiermit als ausreichend verhandelt. Elisabeth Hennings, da ihr von jeder

Klage frei gesprochen seid, bekommt ihr nur noch eine schriftliche Mitteilung von der Seite des Gerichts. Pavel Korden - das Gericht wird unter Ausschluss über die Schadensersatzforderung des Ältermannes Paul Streeck verhandeln. Der Beschluss wird euch ebenfalls schriftlich mitgeteilt.«

Der Richter erhob sich, die sich im Saal befindenden Personen ebenso. Sein Gerichtshammer lag ihm die ganze Zeit über bedrohlich in der rechten Hand. Der Richter kam zum formellen Abschlusswort.

»Im Namen des hohen Gerichtes erkläre ich hiermit die Angeklagte Elisabeth Hennings in vollem Umfang der gegen sie aufgeführten Klagen als *nicht schuldig*! Die Verhandlung in Sachen Korden gegen Hennings gilt somit als abgeschlossen.«

Wieder knallte der Hammerschlag, wieder traf das harte Geräusch Elisabeth, wie ein Musketenschuss durch die Brust. Der Saal leerte sich und erneut waren Elisabeth und ihre Begleiter die Letzten im Raum. Streeck ging auf sie zu, um ihr erneut die Hand zu reichen und erntete einen Blick mit tausend Fragen.

»Was soll das heißen, Meister Streeck?«, brachte sie mit kaum hörbarer Stimme vor.

»Dass du frei bist von diesen Beschuldigungen, Elisabeth!«, grinste dieser. Und es tut mir auch aufrichtig leid, dass ich diesen abrupten Weg gehen musste. Da es mir bewusst ist, dass ich dir dafür eine Erklärung schuldig bin, erwarte ich, dass du heute meine Einladung zum Mittagstisch annimmst - wie auch Ihr, Pastor Sprengel und selbstverständlich auch du, Peter.«

Piet stand seitlich neben Streeck und musterte diesen eindringlich. Der Pastor nahm sofort dankend an.

Elisabeth hatte das Gefühl, dass sie zu Streecks Marionette wurde. Er schien ihre Handlungen im Vorfeld planen und festlegen zu wollen. Nein, sie hatte kein Interesse an diesem Essen - konnte es aber nicht abschlagen, da sie dieser diabolische Vormund soeben vor einem seelisch- und körperlichen Todesurteil gerettet hatte, ohne dass sie für irgendetwas eine Schuld trug. Beim Verlassen des Rathauses musste sie viele Glückwunschbekundungen über sich ergehen lassen. Hier missfielen ihr besonders die allgemeinen Bemerkungen, dass man Pavel und seiner Familie nun ein schlimmes Ende wünschen würde.

Hätte Pavel seine Klagen durchsetzen können, würden die gleichen Personen dies nun über sie sagen. Das war ihr bei jedem herzlich wirkenden Gruß bewusst und machte sie unendlich traurig.

Ihr sehnlicher Wunsch, Paul Streeck hätte sich mit dem Hinweis, sie wäre seine zukünftige Braut, auch nur eine dreiste Lüge erlaubt, wollte keine Formen annehmen. Eine derartige Darbietung würde sehr schnell auffliegen und könnte ihm Spott und Schaden bringen.

Kapitel 7

In Paul Streecks Haus wurden die Gäste, zu denen auch der Rechtsanwalt Groß zählte, in den Festsaal im ersten Stock gebeten, der Elisabeth und Piet wohl bekannt war. Überraschenderweise hatte der Ältermann jenen Raum sowie seine Zugänge und das Treppenhaus mit barockem Stuck an Wänden und Decken erneuern lassen. Alles sah sehr erhaben aus, wenn auch erkennbar unvollendet. Die Hausbedienstete Anna war gleich zur Stelle und wies die Gäste zu dem großen, bereits gedeckten Tisch.

Elisabeth schaffte kaum einen Atemzug, dafür aber schien ihr Bruder die Situation mit zunehmendem Wohlwollen zu empfinden. Der Gedanke, Elisabeth könnte nun Streecks Frau werden, hatte Piet zwar in der Gerichtslaube für einige Sekunden erschüttert, mittlerweile aber sah er dieser Vorstellung mit sichtlichem Genuss entgegen. Schließlich wäre er damit der Schwager eines Ältermannes und Streeck würde schon dafür sorgen, dass er als solcher ebenfalls an Ansehen gewinnen würde.

Im Gegensatz zu seiner Schwester hoffte Piet somit, dass Paul Streeck kein Scherz mit seiner Bekundung gemacht haben möge.

Dass Pavel Korden nun wohl seine Siederei verkaufen musste, um dem giergeizigen Ältermann 1.000 Taler bezahlen zu können, fand er als gerechte Strafe für dessen bösartiges Verhalten.

Elisabeth glaubte sich immer noch in einer unwirklichen Welt, die von Stunde zu Stunde seltsamere Formen anzunehmen schien. Sie fühlte sich wie eine Figur auf dem Brettspiel des Schicksals, ohne einen Einfluss darauf zu haben, in welche Ecke man sie als nächstes schieben würde.

Gerade noch in letzter Sekunde der Verteufelung entkommen, sollte sie sich nun einer weiteren dunklen Bestimmung unterwerfen. Dabei wollte ihr der Tag zuvor den Glauben und die Hoffnung auf eine bessere Zukunft zurück bringen!

Ihr Zusammentreffen mit Liam war für sie ein Hinweis auf das, um was sie in nächster Zeit kämpfen wollte: ihr persönliches Glück und die Erlösung aus einem vernebelten Dasein.

Nein, sie würde sich auf gar keinen Fall dieses Sehnen im Keim ersticken lassen und Streeck heiraten! Das war ein Unding.

Die einzige Person in Wismaria, gegen die Paul Streeck in seiner Weise weder klagen noch sonst etwas in seinem Zorne tun könnte, war Liam Lindkvist. Er vertrat in dieser Stadt als Garnisonskommandant die schwedische Siegermacht und somit seinen König Karl, den XII.

Liam hatte sogar die gesetzliche Befugnis inne, jeden Bürger - egal welchen Standes - aus dem Wege räumen zu lassen, würde dieser einem Anliegen der schwedischen Krone oder einem ihrer Vertreter auf deutschem Boden Schaden zufügen wollen.

Mit jenem Bewusstsein wollte Elisabeth Kraft schöpfen. Sie musste sich mit aller Vorsicht und viel Fingerspitzengefühl aus dieser heiklen Situation - im Bezug auf Paul Streeck - herauswinden und auf Zeit spielen. Wenn Liam in 14 Tagen wieder aus Schweden zurück wäre, könnte alles sehr rasch zu einem guten Ende finden.

Bei Tisch eröffnete der Ältermann natürlich das Wort mit einer kleinen Ansprache. Elisabeth hatte mit dieser gerechnet. Paul Streeck blieb stehen und betonte, dass er - neben seiner Freude über den guten Prozessausgang - nunmehr zu dem Punkt schreiten wolle, den er heute auch ohne jenen miserablen Zwischenfall vor Gericht angestrebt hätte.

»Von daher und ohne große Umstände, liebe Elisabeth, möchte ich jetzt und vor den Anwesenden Herrschaften in aller Form bekunden, dass ich dich zu meiner zukünftigen Frau nehmen werde und wir somit ab dem heutigen Tag verlobt sind! – Ich gebe das Wort an dich!«

Elisabeth erkannte, dass sich Piet in höchster, innerer Anspannung auf die Unterlippe biss und Pastor Sprengel mit segensreichem Blick auf Elisabeths Reaktion wartete. Überraschenderweise lächelte sie.

»Welches Wort, Meister Streeck? – Ich habe euch bereits gedankt für euren Beistand, kann dies aber gerne ein weiteres Mal betonen«, wagte sie ihm auszuweichen. Streeck grinste.

»Da du ein überaus kluges Menschenkind bist, Elisabeth, wirst du auch verstehen, dass für mich ein Kommentar auf diese Art von Antwort nicht in Frage kommt.« Streeck zog ein vergilbtes Schreiben aus seiner Rocktasche.

»Im Übrigen musst du wissen, dass dies eine rechtlich beschlossene und bereits vor Jahren von deinem Vater besiegelte Angelegenheit ist!« Er reichte Elisabeth das gefaltete Schreiben, dass diese rasch öffnete.

Durch Streecks letzte Worte nun vollständig verwirrt, ahnte sie bereits Ungutes und konnte dennoch wenige Sekunden später nicht fassen, was sie las, denn es übertraf ihre schlimmsten Vorstellungen!

Ja, es war tatsächlich ein Schreiben ihres Vaters, der seinen Kaufmannsfreund Paul Streeck im August, Anno 1698 nicht nur als Vormund ernannt hatte, sondern ihm sogar seine einzige Tochter Elisabeth versprach, sollte die Frau des Ältermanns frühzeitig versterben! Alles war fein säuberlich vom Notar besiegelt und von daher unantastbar. Elisabeth durchzog ein Gefühl des Entsetzens. Fast zehn Jahre lang hatte man ihr dieses »Abkommen« verheimlicht!

Sie erinnerte sich, dass Großmutter Else sich einmal im Jahr mit Paul Streeck traf, um ihr Sorgerecht für die Enkel von deren Vormund schriftlich bestätigen zu lassen. Es war eine Art Ausnahmeabkommen zwischen den Beiden, mit dem sie auf Lebzeiten für die Erziehung der Kinder mit dem verbliebenen Familienerbe Sorge tragen wollte oder sollte. Für Streeck hatte dies den Vorteil, dass ihm die Mündel weder einen Pfennig kosteten, noch sonst welche erzieherischen Sorgen machten. Für die Sicherung des Lebensunterhalts der Kinder war alleine Else Stolterfoht verantwortlich.

Dass Streeck daraufhin Elisabeth nicht über sein »Planen auf lange Sicht« eingeweiht hatte, war ebenfalls verständlich. Charlotte Streeck kränkelte seit ihrer Ehe und der Vormund verschlang bereits damals die knapp 18jährige Elisabeth mit mehr, als nur anerkennenden Blicken.

Wäre ihr bewusst gewesen, was einmal auf sie zukommen sollte, hätte sie dies gewiss nicht verschwiegen und ihren Vormund in ein schlechtes Licht rücken können, war doch bekannt, dass seine Ehefrau keine lebenden Kinder bekommen konnte und immer kränker zu werden schien.

Die Tatsache, dass Streeck ihr all die Jahre keinen Ehemann aussuchte und jedem Freier zur Geduld riet, erklärte sich durch diese Planung auf lange Sicht von alleine.

Wusste Großmutter von diesem Abkommen? – Wurde sie deshalb von ihr derart sorgsam vor dem Kontakt mit Männern gewarnt?

Diese Vorstellung schien ihr ebenso abartig wie der Gedanke, dass ihr Vater sie bereits mit 13 Jahren seinem Freund versprochen hatte, sollte dieser seine Frau verlieren!

Elisabeth bat darum, sich erheben und den Raum verlassen zu dürfen. Ihr verkrampfte sich der Magen und sie wollte so eilig es ging zur Hauslatrine, um sich erbrechen zu können. Die Haushälterin Anna begleitete sie.

Warum hatte ihr Vater das getan? Was trieb ihn dazu, dass er sie Paul Streeck versprach? Sie wusste, dass sie hierfür eine Erklärung finden musste und es gewiss ein Familiengeheimnis gab, dass ihr bis zu diesem Tag unbekannt war.

Elisabeth schaffte es nicht bis zur Hauslatrine auf dem Hinterhof. Das Wenige, dass sie am Morgen zu sich genommen hatte, entleerte sich ihr bereits auf den Stufen des Ausganges zum Hof. Anna versuchte vergebens, Elisabeth vor einem Nervenzusammenbruch zu bewahren. Sie konnte ihr nur beim Säubern ihres Kleides behilflich sein und einen Becher Trinkwasser reichen.

»Elisabeth, Ihr müsst jetzt die Nerven behalten. Bleibt ruhig. Alles wird gut werden. Ich war eine gute Freundin zu Frau Charlotte und werde auch Eure sein. Das verspreche ich Euch!«

Annas Worte sollten beruhigend wirken, aber sie prallten an Elisabeths Elendsbefinden ab, wie das Wasser an einer Gänsefeder. Dennoch versuchte sie, sich wieder zu fassen, um im Haus den Rest der Tragödie - die sich über ihr zusammenschlagen wollte - anzuhören. Im Augenblick half ihr nur eine Sache: Der Gedanke an Liam und an dessen baldige Rückkehr! Er war - Dank seines Grades - der einzige Mensch auf dieser Welt, der sie vor dieser grausamen Zukunft bewahren konnte.

»Wir werden diese Stadt mit einem der schönsten Feste zieren, die sie seit langem erleben durfte! Ich habe den Tag unserer Hochzeit auf den Sonntag, den fünften August festgelegt. Das ist in ungefähr fünf Wochen!«

Der fünfte August!, durchfuhr es Elisabeth. Es war genau der Tag, an dem ihr Vater vor zehn Jahren jenes Abkommen mit dem von ihm ernannten Vormund unterzeichnet hatte! Für sie wurde dieser Tag sofort zu einem diabolischen Datum, dem es zu entfliehen galt. Streeck forderte erneut eine Stellungnahme von seiner Braut.

»Ihr seid überaus tüchtig, Meister Streeck«, entfuhr es Elisabeth spitzzüngig und sie hatte tatsächlich etwas hinzuzufügen, was ihr allerdings als Mädchen nicht zustand. Da es aber mittlerweile jedem bekannt war, dass sie sich kaum den Mund verbieten ließ, wollte man sie anhören.

»Da gibt es noch einen Hinweis meinerseits, um den ich nicht herum komme,« fuhr Elisabeth fort und Streeck zeigte sich interessiert.

»Ich habe vor meiner Großmutter und vor Gott geschworen, dass ich den Rest unserer Familie niemals alleine lassen werde, ihr versteht?!« Streeck, der sich mittlerweile gesetzt hatte und bedienen ließ, verstand.

»Darauf musst du mich nicht hinweisen! Natürlich werde ich mein zweites Mündel - das schließlich zu meinem Schwager aufsteigen wird - bei mir einziehen lassen, Elisabeth. Mein Haus ist groß. Ich werde eine angemessene Arbeit für Piet finden, damit er unserem Namen Ehre machen kann!« Und mit dem Blick auf Piet gerichtet sprach er jenen direkt an.

»Du kannst lesen, schreiben und rechnen, Peter Hennings. Weshalb sollst du dich mit einem Handwerksberuf schinden? Ich werde für dich einen Posten im Rathaus finden – als Schreiber! Das dürfte keine Kunst sein.«

Mit diesem Hinweis hatte Streeck bei Piet ebenfalls eine innere Erschütterung ausgelöst. Diese aber nicht aus Verzweiflung über sein zukünftiges Schicksal, sondern aus unermesslicher Freude. Wie aus dem Nichts und einer gewiss himmlichen Fügung zufolge, schienen sich seine Zukunftsträume verwirklichen zu wollen! – Sein Vormund bot ihm etwas an, das er mit dem mittelmäßigen Stand durch die Familie Korden nie hätte erreichen können, selbst wenn es mit der Seifensiederei und Renata geklappt hätte!

Dass Elisabeth dafür ein grausames Los in Kauf nehmen musste, wollte er ganz und gar übersehen. Schließlich war sie nur ein Mädchen und hatte sich von nun an Meister Streeck ganz und gar zu fügen. Sie durfte Piet in naher Zukunft mit ihren Moralpredigten nicht mehr anreifen. Zwischen ihm und ihr stand jetzt offiziell Ältermann Paul Streeck, den er zwar all die Jahre nicht leiden mochte, aber der von diesem Tag an sein bester Freund und Vertrauter sein würde.

Elisabeth schien Piets Gedankengänge ohne Mühe zu erkennen. Sein Mienenspiel verriet den Wandel, den er gerade innerlich vollzog und das machte ihr zusätzlich große Angst! Piet sah sich an einem Ziel angekommen, für das er nicht nur sich selbst, sondern auch gewiss seine Schwester dem Teufel verkaufen würde. Sie musste von diesem Tag an sogar vor ihrem Bruder auf der Hut sein, das begriff sie in Windeseile.

Pastor Sprengel bat nach der Suppe um Entschuldigung, er musste ebenfalls kurz das Haus in eine gewisse Richtung verlassen und Elisabeth hoffte, dass dies nicht aus dem gleichen Sinne geschah, wie kurz zuvor bei ihr. Dennoch wollte sie die Gelegenheit nutzen, um eine weitere Frage an ihren Bräutigam zu richten.

»Erlaubt mir, Meister Streeck: Das, was Ihr über den wirren, alten, geheimnisvollen Mann und die zahmen Krähen ausgesagt habt... ist das wirklich wahr? «

Streeck antwortete mit einem gelassenen, hintergründigen Grinsen.

»War dir diese Behauptung dienlich, Elisabeth? – Und wie geschickt von dir, dass du diese Fragen ohne die Anwesenheit von Pastor Sprengel stellst!«

Rechtsanwalt Groß grinste zustimmmend, aber in Elisabeths Gesicht fand man keine Regung.

»Von diesem *Seifenmeister* wurden unsinnige Beschuldigungen erhoben. Und du hast gesehen, mit wie wenig zusätzlichem Unsinn, man seine Klagen zu Fall bringen konnte. So einfach war das! - Ich selbst würde nicht einmal an zahme Krähen und unkenrufende Dunkelmänner glauben. Aber solch ein Irrsinn wird nie aus der Mode kommen.« Streeck unterstrich mit herablassendem Minenspiel und ebensolchen Gebärden seine Erklärung.

»Das war hervorragend interpretiert, bester Paul!«, kam es anerkennend von Eberhart Groß, dem Anwalt.

»Und Ihr wusstet von Renata Korden und dem Apothekerssohn, Meister Streeck?«, wollte Piet nun wissen. Streeck stützte die Ellbogen auf den Tisch und faltete mit konzentriertem Blick die Hände.

»Werter junger Freund. Glaubst du denn, dass es ein Garnisonssoldat war, der sie schwängerte? - Zwei Personen, die Gefallen aneinander fanden - und dem war so im letzten Jahr - werden sich weiterhin treffen, auch wenn man es ihnen verbietet. Zudem war und ist Alexander ein Weiberheld! Außer ihm und des Gerbers

Krüppel Christian ist keiner bekannt, der Renata den Hof machte. Letzterem wäre dies nicht einmal im Traum zuzutrauen!«

Piet presste die Lippen mit einem nachdenklich zustimmenden »Hm!« zusammen, und Elisabeth hoffte, dass er sich mit dieser Antwort zufrieden geben würde.

Nein, sie selbst glaubte dies nicht. Renata hatte ihr gegenüber diesen Alexander nur ein einziges Mal und auch nur sehr flüchtig und emotionslos erwähnt. Wäre hier eine größere Liebschaft im Gange gewesen, dann hätte sie dies als Freundin gespürt. Solche Dinge vertrauten sich Mädchen immer an. Angelegenheiten und Beziehungen, die Pavel nicht befürwortete, mussten stets sehr rasch beendet werden. Er ließ seine Schwester gewiss Tag und Nacht überwachen und hätte ihr das Leben zur Hölle gemacht, wäre etwas Ernstes zwischen ihr und diesem Alexander geschehen. Schließlich hatte Elisabeth selbst erfahren müssen, zu was Pavel diesbezüglich fähig war!

Vielleicht hegte Alexander wirklich ernste Absichten, sonst hätte er nicht Pastor Sprengel aufgesucht. Aber auch in diesem Fall hatte Pavel zu entscheiden und nicht der Geistliche. Demnach hatte Pavel sein Verbot über jene Verbindung ausgesprochen und Renata musste sich fügen.

Pastor Sprengel kam zurück, als das zweite Gedeck auf den Tisch kam. Es war zu erkennen, dass ihn keine Unpässlichkeit geplagt hatte. Es gab herrlich zubereitetes Geflügel und Spanferkel, beides gegrillt und in unterschiedlichen Soßen, was besonders die Augen des Pastors zum Leuchten brachte. Die Herren tafelten mit sichtlichem Genuss, nur Elisbeth hatte ihre Not, etwas unterschlucken zu können.

»Was meinst du, Eberhard und du, Schwager Piet? Wollen wir kurz in das Herrenzimmer, um eine Pfeife zu rauchen? – Pastor Sprengel und Elisabeth haben gewiss etwas unter vier Augen zu besprechen«, merkte Streeck an, nachdem das zweite Gedeck abgeräumt wurde. Piet reagierte auf diesen Vorschlag mit der Selbstverständlichkeit eines jungen Edelmannes. Seine Tonpfeife und den Tabak hatte er schließlich immer dabei.

Elisabeth verharrte versteinert. War Pastor Sprengel ebenfalls die letzten Jahre in diese Planung zwischen ihrem Vater und Streeck eingeweiht worden?

Sie trank einen Schluck Wasser und atmete tief durch.

»Nein, Elisabeth, ich habe davon nichts gewusst. Dieses Abkommen zwischen deinem Vater und Paul Streeck ist mir genau so neu, wie dir, mein Kind, und ich muss sagen, es hat mich ebenso überrascht«, antwortete der Pastor auf Elisabeths Frage. Sie sah ihn mit einem Blick aus Unverständnis und einem Bitten nach Hilfe an.

»Das kann ich nicht - Pastor Sprengel. Ich kann diesen Mann nicht heiraten!«, traute sie sich zu sagen. Der Pastor drückte erneut ihren Arm.

»Kind, deine Worte entspringen nur dem momentanen Schrecken. Du musst erst verstehen lernen. Streeck wird dir die Zeit dazu geben. Ich werde mit ihm reden! Bedenke: Diese Verbindung wird dein Leben bereichern! Deines und Piets. Ihr habt erneut euer Ansehen und müsst euch nie wieder um die Zukunft Gedanken machen! Ihr seid beide durch diese Verbindung sehr gut aufgehoben.«

»Aber ich mag diesen Mann nicht! Noch schlimmer: Er ist mir unheimlich... Ja, er macht mir große Angst! Es kann kein Segen auf einer solchen Verbindung liegen!«

»Zuneigung und Liebe, mein Kind, das sind Dinge, die sich mit der Zeit einstellen. Achtung und Verständnis sind die Voraussetzung, und die wirst du erfahren und gewiss auch geben können.«

Elisabeth schluckte fest und hatte ihre Mühe, die aufsteigenden Tränen zu unterdrücken. Ihr leises »Nein, Herr Pastor, daran glaube ich nicht!«, ließ Pastor Sprengel tief durchatmen.

»Mir ist, als hätte mich mein Vater bereits vor zehn Jahren verkauft! Dennoch... ich erinnere mich an ihn als liebevollen, guten Mann. Nein, Herr Pastor, ich kann das, was ich gelesen habe nicht fassen! Das ist das Schlimmste an all dem Übel! – Warum hat Vater das getan?! Es muss einen Grund dafür geben!« Pfarrer Sprengel nahm ihre beiden Hände und drückte sie fest.

»Liebe Elisabeth, lass die Vergangenheit ruhen, wie die Toten. Versuche nicht Dinge erfahren zu wollen, die dich nur noch unglücklicher machen würden. Gehe deiner Zukunft tapfer entgegen, unser Herr Jesus Christus wird dich begleiten und schützen!«

»Es ist alles viel Schlimmer, als ihr je annehmen könnt... Selbst wenn dieses Abkommen nicht bestehen würde, selbst wenn mir dieser Mann nur halb so viel Angst und Unbehagen bescheren würde: *Ich kann ihn nicht heiraten!- Bitte helfen Sie mir, Herr Pastor!*

»Elisabeth, lass mich nicht ahnen, dass du einen anderen Mann in deinem Herzen trägst!« Nun rollte doch die erste eilige Träne über ihre Wange auf das weiße Leinentischtuch.

»Bitte fragt mich nichts in dieser Hinsicht...«

Pastor Sprengel beugte sich über den Tisch zu ihr hinüber.

»Meine Tochter. Man hat dir doch nicht bereits Deine Ehre genommen!?«, flüsterte er mit verstohlen entsetztem Ausdruck und wunderte sich über Elisabeths kurzes Lächeln.

»Man hat mich auf die Stirn geküsst, Pastor Sprengel. – In wieweit bin ich dadurch entehrt worden?«

»Gütiger Gott, Elisabeth! Ein Kuss auf die Stirn ist ein Segenswunsch. – Doch wer immer diese noble Person auch sein mag, die dich in dieser Art segnete, sie wird dir nie das für dein Leben geben können, was Paul Streeck dir zu geben bereit ist!« Pastor Sprengels Worte wurden eindringlich und seine Sicht der Dinge wäre nur dadurch zu ändern, in dem sie sich ihm anvertrauen und von Liam erzählen würde.

Wie würde wohl dann sein Urteil ausfallen? – Nein, *das* aber durfte sie auf keinen Fall tun! Liam hatte im Rathaus gewiss nicht dem Bürgermeister bekundet, weshalb er für kurze Zeit dessen Ratszimmer erbitten oder anmieten wollte. Auch sie sollte es ihm gleich tun und schweigen.

*

Das außerordentlich erlesene Mahl wurde weiterhin in einer Art bedrückter Harmonie zu sich genommen. Von der Georgenkirche schlug es bereits die 16. Tagesstunde, als man Streecks Haus in der Lubekerstrate verließ und den Heimweg antrat. Elisabeth zeigte sich erschöpft, wobei sie sich nicht einmal groß verstellen musste. Man hatte sich vor dem tüchtigen Anwalt darauf geeinigt, dass man bis zur Hochzeit weiterhin getrennt wohnen würde. Schließlich war Paul Streeck erst seit einem halben Jahr Witwer und konnte damit erneut seinen ehrhaft keuschen Lebenswandel öffentlich bekunden.

Dass sie Piets Begeisterungsanfälle über Paul Streecks Antrag kaum abbremsen konnte, war Elisabeth klar. Auch als er sah, dass sie sich weinend zurückzog, lief er ihr in die Stube hinterher.

»Else, bitte! – Wenn dies Vaters Wille war, dann hast du diesen auch zu respektieren. Er wollte gewiss nur unser Bestes!«

»Mein Unglück wäre niemals Vaters Wille gewesen! Was immer ihn dazu trieb, ich werde es herausfinden!«

»Und dann Else? Willst du Streeck verklagen? Die Abmachung anfechten? Oder glaubst du etwa, dass dein... Liam das für dich tun würde?« Elisabeth wurde wütend, blieb aber ruhig.

»Höre mit diesen Bemerkungen ein für allemal auf, Peter Hennings! Oder sei bitte so gut und erzähle dies alles deinem zukünftigen Schwager! Er kann den Kommandanten dann ja gerne zum Duell herausfordern!« Piet pustete lautstark die Luft aus.

»Lass mal gut sein, Else. Ich denke, so weit würde Meister Streeck doch nicht gehen. Selbst wenn Lindkvist nicht der Kommandant und Tribunalspräsident wäre: Nur ein Lebensmüder könnte einen Dragoneroffizier herausfordern!« Elisabeth nickte. Sie wollte dieses Gespräch beenden.

»Ja – und er ist überdies in Schweden.« Piet nahm diesen Zusatz überrascht grinsend entgegen.

»Ach, wirklich? – Na, besser so, für alle.«

Piets Sticheleien wurden ihr zu viel. Sie bat ihren Bruder, er solle sich aus der Stube begeben, was dieser auch augenblicklich tat. Schließlich hatte Piet an jenem Nachmittag noch ein paar interessante Neuigkeiten zu seinen Freunden am Hafen zu bringen.

*

In den folgenden Tagen getraute sich Elisabeth anfangs nur zögernd zum Einkauf und auf die Märkte. Das Aufsehen, das sie erregte und die Neugierde der Bürger, legte sich allerdings bald und machte einem neu empfundenen Unbehagen Platz: Man schmeichelte ihr, hofierte sie, egal an welchen Ständen oder in welchen Buden und Läden sie einkaufen ging.

Bald schon dachte sie sehnsüchtig an die Tage zurück, an denen sie in stiller Vertrautheit ihre Fischmarktfau besuchen oder hier und dort mit einer Verkäuferin in Ruhe plaudern konnte, ohne dass gleich alle Kunden auf sie zukamen, um ihr jenen segenslosen Glückwunsch zur Verlobung aussprechen zu wollen.

Streeck sagte am darauffolgenden Sonntag erneut, als er sie zum Kirchgang abholte, dass sie sich durch ihn in der nächsten Zeit in nichts genötigt sehen sollte. Er würde nicht in ihren gewohnten Tagesablauf eingreifen wollen. Dennoch wünsche er sich aber hier und dort ein Essen mit ihr und ein Gespräch. Bei allen Treffen könne auch Piet mit dabei sein. Schließlich würde dies einen ehrbareren und tugendhafteren Eindruck hinterlassen.

Gegen diese Bitte war im Grunde nichts einzuwenden. Allerdings bedeutete dies nichts weiter, als dass er seinem bereits an der Angel hängenden Fisch noch ein wenig Freiheit lassen wollte, bis er gnadenlos die Leine anziehen würde.

Piet hatte indessen auch seine klaren Ideen, wie er den Ältermann beeindrucken könnte. Irgendwie gefiel es ihm nicht, hier nur der »Bursche« zu sein, den Streeck als Schwager aufpolieren wollte. Schließlich war er 18 Jahre alt und der letzte männliche Nachkomme der Hennings. Er würde sich darum bemühen, mit einem guten Geschäft zu Geld und somit zu Streecks Ansehen zu kommen.

Montag, 02. Juli 1708

Man hatte am Vorabend erneut mit Streeck in dessen Haus gespeist. Elisabeth war froh, diese weitere Bürde überstanden zu haben, Piet hingegen hatte den Abend genossen. Er zeigte sich von seiner besten und gebildetsten Seite, war gesprächig und erntete Gefallen.

In diesem beachtenswerten Benehmen und mit jener erlesenen Ausdrucksweise hatte Elisabeth ihren Bruder schon lange nicht mehr erlebt ober besser, noch nie! Er hatte sich auch neu und elegant eingekleidet. Rock, Hemd, Weste, Culotte, Beinkleid und Schuhe - alles vom Feinsten und natürlich durch seinen Gewinn - der im Schmalztopf lagerte oder auch neu hinzukam - bezahlt. Er war unverkennbar ein genialer Trickser, und Elisabeth wollte sich gar nicht ausmalen, was er zurzeit sonst noch alles mit diesem Auftreten im Schilde führte.

Sie hingegen versuchte weiterhin bescheiden zu wirken, weiter zu nähen und gerne auch als alte, graue Jungfer zu gelten. Elisabeth fieberte immer noch der Hoffnung entgegen, dass Paul Streeck sie eines Tages doch äußerst unansehnlich finden würde. Doch sie hatte keine Chance, so farblos sie sich auch kleidete und gab.

Freitag, 06. Juli 1707

Piet hatte seinen Plan gefasst. Nein, an Bildung hatte es ihm nie gefehlt. Schließlich hatte er einige Jahre die Stadtschule besucht, was Meister Streeck sehr beeindruckte. Das Gleiche galt auch der Tatsache, dass Elisabeth bei einem Hauslehrer bis zu ihrem 13. Lebensjahr unterrichtet wurde. Ein Privileg, dass man sonst kaum einem Mädchen zugestand. - Nicht einmal seiner verstorbenen Frau Charlotte wäre eine Ausbildung zugute gekommen, betonte Paul Streeck anerkennend.

Piet sann an jenem Vormittag nochmals ganz scharf über das nach, was er nun zu tun gedachte und in wieweit es ihm Schaden oder Glück bringen könnte. Schaden konnte er sehr rasch ausschließen - das Glück hingegen geradezu greifen!

Er kleidete sich an jenem Morgen, in dessen Stunden Elisabeth in Sankt Georgen weilte, erneut festtagsmäßig und ging zum Markt, Richtung Kommandantenhaus.

»Ich muss dem Kommandanten eine wichtige Mitteilung unterbreiten!«, sprach er die Wache am Portal frei heraus an. Der Schwede musterte ihn.

»Habt Ihr Euch hierzu gemeldet?« Piet verneinte.

»Muss man sich anmelden, wenn man Soldaten bemerkt, die gerade ohne Erlaubnis dabei sind, die Stadt zu verlassen?«

Der Wachmann nahm Haltung an, gebat Piet zu warten und gab dem Kameraden im Vorraum dessen Worte weiter. Als der zurückkam, bat er Piet einzutreten.

Man schickte ihn zur letzten rechten Tür des unteren Vorraumes. Hier fand er allerdings weder einen Garnisonskommandanten noch sonst eine hohe Persönlichkeit vor, nur die Unteroffiziere, die seine Nachricht entgegennahmen und aufzeichneten.

Piet versuchte aufrichtig zu klingen und sagte, dass er seinen Namen nicht preisgeben wolle, da es *seiner Position schaden könnte*.

Ihm wäre allerdings zu Ohren gekommen, dass mindestens fünf Soldaten morgen, am 07. Juli die Garnison mit dem heimischen Handelsschiff NORDLAND verlassen würden.

Die Herren vom schwedischen Militär sahen sich überrrascht und fragend an.

»Wir können eine solche Anzeige nicht ohne Namen aufnehmen, junger Herr, sagen Sie uns zumindest irgendeinen.« Piet hatte verstanden.

»Thomas Schröder - aus Lübeck!«, fiel ihm spontan ein, obwohl dieser Einfall nicht intelligent genug war, denn es handelte sich hierbei um den Mädchennamen seiner Großmutter, Elisabeth Stolterfoht. Dennoch: Schröder war ein Allerweltsnachname. Man schrieb seine Worte auf.

»Thomas Schröder, aus Lübeck, auf Besuch in Wismaria und ohne Adressenangabe?«, bemerkte der andere Soldat mit fragendem Blick.

»Werter Herr... *Schröder*. Sollte sich Ihre Anschuldigung bewahrheiten, wird das schwedische Militär Sie entlohnen. Wie aber sollen wir das, wenn Sie keine Adresse angeben?«

»An das Postkontor in der Krämerstaße bitte - genau unter *diesem* Namen! Ich werde heute noch alles Zuständige veranlassen.«

»Gut, wir werden dies umgehend untersuchen. Sie hören von uns«, versicherte man ihm nach einigen weiteren Fragen, die Angelegenheit betreffend.

Piet unterschrieb mit seinem neuen Namen, verbeugte sich in aller Höflichkeit und verließ das Kommandantenhaus.

Ja, es fühlte sich gut an - großartig sozusagen! Sollten die Halunken doch an die Front nach Russland geschickt werden. Das hatten sie verdient und er endlich einen richtig guten Batzen Geld!

Sein nächster Gang führte geradewegs ins Posthaus. Dort gab er zu Protokoll, dass seine Post von nun an unter dem Namen *Thomas Schröder* eingehen würde.

Wichtig wäre vor allem die vom schwedischen Militär. Hier erbat er sich strengste Schweigepflicht, was man ihm natürlich zusicherte. Denn nach der letzten Schande, die man wegen Geheimnisverrat mit dem Kommandantenhaus auszutragen hatte, war jeder darauf bedacht, dass alles seinen geraden Weg gehen sollte.

Piet bekam sogar einen Ausweis mit dem er als einzige Person berechtigt war, die Post unter jenem Namen in Empfang zu nehmen. Er war begeistert, unterschrieb und verabschiedete sich freundlich, als der Postmann hinter ihm seinen wirklichen Namen rief. Piet erschrak und drehte sich mit vorwurfsvollem Blick um. Er wurde nochmals herbei gewinkt.

»Peter Hennings, hier ist gestern ein Brief für Eure Schwester eingetroffen. Würdet Ihr das bitte ausrichten?«

»Ach?- Na, den kann ich doch mitnehmen. Sie wartet darauf!« Piet war überrascht, wie hurtig er reagieren konnte.

»Nein, das ist ein Brief, der persönlich abgeholt werden muss!« Piet versuchte kühl zu wirken und überzeugte den Postmann, dass er Elisabeths Befugnis hätte und man ihn doch kennen würde.

Man legte ihm das versiegelte Schreiben vor, da es nicht amtlich schien. Es war tatsächlich privater Natur.

Das Eingangsdatum war mit dem fünften Juli festgesetzt und es kam... aus Schweden!

»Ich unterschreibe!«, sagte Piet kurz und trug im Postbuch in der zuständigen Sparte den Namen Hennings ein, vor dem er noch geschickt und fast unkenntlich ein großes E mit dem H des Familiennamen verband. Er steckte den Brief ein und verließ eilig das Posthaus.

Sein Weg führte in in Richtung Wassertor. Kurz vor der Ankerschmiede, am Ende der Grube, zog er den an Elisabeth adressierten Brief hervor, brach das Siegel und erkannte sofort, von wem er kam: LIAM stand da als Unterschrift - ohne Nachname! Doch welcher Liam es war, darüber musste er nicht nachdenken. Er las:

Teuerste Elisabeth

Meine Rückreise kommt in Verzug. Wie ich befürchtete, ist eine Gerichtsverhandlung, bei der ich als Zeuge gegenwärtig sein muss, unumgänglich. So werde ich wohl bis zu meiner Rückkehr das Doppelte der angegebenen Zeit benötigen.

Ich hoffe, Dich erreichen meine Zeilen in bester Gesundheit und friedvollem Herzen.

Ende der ersten Augustwoche werde ich gewiss zurück in Wismaria sein.

Sei bis dahin von Herzen gegrüßt
av hjärta
Liam

Piet schüttelte den Kopf. Ärger stieg in ihm hoch.

Wenn dieser Kommandant es letztendlich doch ernst mit ihr meinen würde... Er könnte Streeck mit einer Handbewegung vernichten und sich Elisabeth auf sein Pferd ziehen. – Nein, sie durfte niemals von diesem Brief erfahren oder dem Schweden noch vor der Hochzeit begegnen! Niemals!

Piet zerriss das Schreiben in winzige Stücke, ließ diese in die Grube regnen und sah zu, wie sie durch die Brücke - unter dem kleinen Fachwerkgebäude an der Stadtmauer - nach draußen, in Richtung Meer getrieben wurden.

Anschließend schaffte er es tatsächlich noch zu einem Spiel am Hafen mit den Kameraden. Seine sonntägliche Kleidung erklärte Piet damit, dass er erneut ein Treffen mit seinem zukünftigen Schwager, dem Ältermann Streeck, gehabt hätte und es ihm nun auch überhaupt nicht mehr darauf ankäme, beim Würfelspiel zu gewinnen. Schließlich sei er in einem Monat finanziell sehr gut gestellt, bemerkte er und schenkte Malte spontan die gezinkten Würfel in aller Großzügigkeit.

»Im Andenken an Bertel – macht euer Glück, Freunde!«

Der Dank war ihm gewiss und das Bier floss noch reichlich an jenem Abend.

Nein, Piet fühlte sich in keiner Weise schlecht oder durchtrieben. Er empfand sein Handeln durchaus in Ordnung und nachvollziehbar, wenn die Angelegenheit auch besser weiterhin unter dem Mantel der Verschwiegenheit bleiben sollte. Außerdem würde er auch nicht seinen Bonus von neun Talern im Taufbecken von Sankt Marien vergessen, sollte sich dort wirklich jemand herumtreiben, der magische Kräfte ausüben konnte. Man wusste ja nie, ob auch dies irgendwann einmal vonnöten sein könnte.

*

Samstag, 07. Juni 1708

Seit Tagen war die Hitze genau so unerträglich, wie der Gestank, den sie erneut in der Stadt begünstigte. Die Abwassergruben mussten stets durchspült werden, da sie sehr rasch anfaulten und dem Rattenvolk zu einem idealen Bevölkerungsaufschwung verhelfen wollten. Von daher hatten die Henker der Stadt in den letzten Wochen zumindest in ihrer Nebenbeschäftigung viel zu tun.

Ausgerüstet mit gezackten Schlagstöcken sowie mit Holzbottichen an Trageriemen, waren sie unterwegs, um die Stadt gezielt und gnadenlos von ihren Sommerplagen zu befreien. Krepiertes Nutzvieh und andere übel riechende Unannehmlichkeiten mussten ebenfalls schleunigst von den Straßen geräumt werden. Die stets gegenwärtige Furcht vor einer neu aufflammenden tödlichen Seuche, war zudem immer noch allgegenwärtig.

Aus diesen Gründen sehnte man auch die am westlichen Horizont sichtbaren Gewitterwolken und deren Regen geradezu herbei. Auch wenn man den Wunsch nach einem abkühlenden Gewitter seit 1699 nicht mehr aussprechen wollte, so wusste man doch, dass zumindest keine Wehrtürme mehr explodieren konnten, da die Besatzungsmacht ihr gefährliches Kriegsmaterial sicher verlagert hatte und gerade der neue Kommandant sehr darauf achtete, dass nie wieder ein gleiches Unglück geschehen könnte.

Noch waren es weiße Wolkenberge, die sich gemächlich auftürmten, aber der Himmel konnte sich in wenigen Stunden nachtschwarz verfinstern.

Die See war ruhig und die Luft verharrte erneut in einer geradezu unheimlichen, spannungsbeladenen Ruhe.

Elisabeth hatte bereits früh am Morgen den Schmutz der Fliegen und den Staub der Straße von den Fenstern geputzt. Am zehnten Juli hatte sie ihren 23. Geburtstag.

Sie bat Streeck darum, diesen Tag alleine zu Hause verbringen zu dürfen, da es ihr letzter Geburtstag als Unverheiratete war. Streeck zeigte sich anfänglich ebenso überrascht, wie entäuscht, stimmte ihr aber letztendlich zu.

12 Tage waren bereits seit Liams Abreise vergangen! – So oft es ihr möglich war, suchte sie an den letzten Abenden den Sonnenuntergang zu erhaschen, um seine Grüße an sie zu spüren. Doch da sie zu solch später Stunde nicht mehr alleine zum Hafen gehen wollte, erbat sie die Erlaubnis, vom Stumpf des nie vollendeten Turmes der Georgenkirche schauen zu dürfen. Man hatte ihr dies gewährt, doch musste sie der Küster oder Pastor Sprengel begleiten.

Sollte sie bis Montag nichts von Liam hören, würde sie am kommenden Mittwoch ins Kommandantenhaus gehen und nachfragen. Zumindest hätte sie dann Gewissheit. Das Hochzeitsdatum lag noch für 28 Tage in der Zukunft. Sie musste sich demnach nicht sorgen.

Dennoch tat sie es und zwar noch am gleichen Morgen, als sie hinaus zum Hafen ging, um den fangfrischen Fisch zu kaufen und anschließend bei Meister Borg die neu zugeschnittene Kleidung holen wollte.

Piet hatte ihr versprochen, während ihrer Abwesenheit die Trinkwasserfässer zu reinigen und an der Wasserkunst am Markt neu aufzufüllen. Darin war er gewissenhaft, das wusste sie.

Es war gegen acht Uhr, als sie am Wassertor ankam und auf einen enormen Tumult traf. Fuhrwerke und Händler auf dem Weg zum Hafen wurden nicht durchgelassen. Einem verspäteten Hirten wurde es untersagt, seine Schweine hinaus zu führen. Dieser versuchte mit Verzweiflung, sein Vieh zusammenzuhalten und fluchte sich über die Gasse, die zum Lübischen Tor hinführte, was ein ziemlicher Weg für ihn und seine Tiere bedeutete.

Überall schien es von blaugelben und auch blauroten Uniformen zu wimmeln. Etwas Gewichtiges und mit Sicherheit auch Unangenehmes musste passiert sein.

Elisabeth blieb stehen und versuchte zusammen mit den vielen weiteren Schaulustigen ein Motiv zu erhaschen, welches das Rätsel um das beidseitig gesperrte Wassertor lüften könnte.

Weitere schwedische Soldaten kamen hinzu und drückten die Leute zur Seite, sodass sich eine freie Gasse vom Hafen durch das Wassertor zum Stadteingang bilden konnte. Einige von ihnen, die sich besonders gewissenhaft aufspielen wollten, versuchten, die

Neugierigen mit laustarken Zurechtweisungen einzuschüchtern.

Hier war etwas im Gange, das keine Kleinigkeit sein konnte, dachte Elisabeth mit klopfendem Herzen. Für einen Moment kam ihr die Erinnerung an die letzten Gehängten auf dem Marktplatz. Damals hatte man die Verurteilten vom Hafen aus zu Fuß in die Stadt getrieben. Sie hoffte innigst, dass es sich um nichts Diesbezügliches handeln würde.

Doch sie sollte mit ihren Vermutungen nicht ganz falsch liegen. Es wurde ein Pferdekarren vom Hafen aus durch das Tor getrieben, auf der sie sieben, mit schweren Ketten aneinander gefesselte Männer sitzen sah. Ihre Kleidung war zerrissen und es war unschwer zu erkennen, dass man ihnen Knüppel- und Stockschläge versetzt hatte, denn auf der Bretterkante der Karre saß ein diesbezüglich bewaffneter Soldat. Das Blut lief den Gefangenen nicht nur von den Schläfen, sondern auch in Strömen aus den Nasen und hatte ihr blondes Haar und ihre zerrissenen weißen Hemden verfärbt. Einige schienen nur noch halbwegs bei Bewusstsein.

»Deserteure, unfassbar!«, schrie ein Mann aus der Mitte der Schaulustigen.

»Na, das gibt wieder ein blutiges Spektakel! Herr im Himmel, hilf«, war ebenso in verschiedenen Formulierungen zu hören.

Elisabeth erschrak, als sei sie persönlich betroffen. Eigentlich wollte sie sofort umkehren, doch sie ging einen Schritt weiter auf die Absperrung zu, denn da stand ein Soldat, der ihr bekannt vorkam. Er schien weniger streng agierend und wirkte fast etwas ergriffen.

Ja, sie kannte ihn! Er war einer von den Schweden, die damals im Haus der Ruges standen, als sie mit Liam sprach! Im selben Moment noch sah der brünette Soldat Elisabeth ins Gesicht und nickte.

»Kennen wir uns nicht«, sagte er in ruhigem beiläufigen Ton, ohne den Verlauf des Karrens mit den Gefangenen aus den Augen zu lassen.

»Doch, ich bin Elisabeth Hennings, die Schwester von Piet Hennings!« Jetzt sah er sie mit festem Blick an und nickte.

»Ja – *vacker flicka!* Ich erkenne dich! - Piet? Wo ist er?«

»Zu Hause, weshalb?! Was passiert hier?!«

»Elisabeth, ich kann hier nicht weg. Sag´ Piet, dass etwas Schlimmes geschehen ist! Unsere Kameraden aus dem Hause Ruge wurden soeben auf dem Schiff NORDLAND verhaftet. Sie wollten desertieren. Niels und Olaf sind auch dabei. Irgendjemand muss sie verraten haben! Niemals aber einer von uns. Du verstehst?«

Elisabeth wollte das Blut in den Adern gefrieren.

»Verraten? Wer ist *uns*?!«

»Frag nicht so viel. Piet kann es dir erklären. Ich quassele hier schon viel zu offen mit dir. Schere dich und gib Piet Bescheid! - Sag, dass du das von Malte weißt!« Er drehte sich um, rückte seinen Säbel gerade und ging dem Karren hinterher.

»Malte... «, wiederholte Elisabeth mit geistesabwesendem Gesichtsausdruck und konnte nicht verarbeiten, was sie soeben gehört und gesehen hatte.

»MALTE!«, schrie sie nochmals und eilte dem Schweden nach.

»Ist euer Kommandant schon wieder zurück?« Er drehte sich kurz um, während Elisabeth Schritt haltend hinter ihm her ging.

»Nein, das ist es ja. Oberstleutnant Haller hegt andere Methoden, als Oberst Lindkvist! Das hier wird nicht gut ausgehen!«

Sie blieb stehen und wartete, bis sich die Menschenansammlung aufgelöst hatte. Bei einem kurzen Blick zurück, erkannte sie, dass das Tor zum Hafen wieder zum allgemeinen Durchgang frei gegeben wurde.

Ein leichter Seewind war aufgekommen. Im Tiefflug und mit schrillem, vielfältigem Kreischen, segelten die Möwen um die Menschen. Elisabeth schaute über Sankt Georgen nach Südwesten. Die sich klumpig aufblähenden Wolkenberge zeigten die ersten blaugraugefärbten Schatten.

»Die war´n auf der NORDLAND, Lisbeth!«, meinte Mutter Mathes und deutete zu dem hinteren Schiff am rechten Ufer, während sie einen Dorsch aus dem Salzbrei schüttelte und ihn in Elisabeths verschließbare Kupferkanne legte.

»Wollten wohl mal flugs abhaun. – Sieben dumme Schwedenkerle!« Elisabeth nickte.

»Arme Kerle... Wer weiß, weshalb sie desertieren wollten? Bestimmt hatten sie nicht einmal ein Verbrechen begangen.«

»Desertieren *ist* ein Verbrechen, mien Deern«, lachte die Fischmarktfrau.

»Die verlieren die Tage ihren Kopf auf ´m Richtblock am Marktplatz oder werden dort aufgeknüpft, wie Seeaal zum Trocknen! - Wirst sehen!«

»Nun, wenn Verrat im Spiel war, sollte man auch die Verräter hinrichten! Die sind in meinen Augen noch schlimmer!«, kommentierte Elisabeth mit gedämpfter Stimme, deckte ihre Ware schützend mit einem Tuch vor der Sonne ab, zahlte und trat den Heimweg an. Mutter Mathes nickte grinsend.

»Da hast du wohl recht, mien Deern, aber die wird man sogar dafür belohnen«, plauderte sie mehr mit sich selbst, rief aber Elisabeth ein lautes »Geh flink nach Hause, Lisbeth, da kommt ein Wetter!« hinterher.

Es war auch erkennbar, dass Jedermann, der sich gerade auf dem Fischmarkt befand, ebenfalls recht eilig seine Geschäfte erledigen wollte.

Elisabeth ging zügigen Schrittes weiter. Nicht nur des Fisches und des Wetters wegen, sondern auch um Piet die schlimme Nachricht zu überbringen, die sie von dem Soldat Malte gehört hatte. Sie ging davon aus, dass Piet und Malte Brett- und Würfelspielkameraden waren und Piet die nun gefangenen Soldaten gegebenenfalls kannte.

In ihre Gedanken vertieft, den Blick auf das unebene, bunte Kopfsteinpflaster am Lohberg gerichtet, wurde ihr Schritt - genau in der Höhe des Brauhauses - von einer Person abgebremst, die sich ihr in den Weg stellte. Elisabeth sah hoch. Der Schreck ließ sie kurz erstarren: Es war Pavel, der sie tatsächlich mit hadersüchtigem, herausforderndem Blick ansah. Im gleichen Moment war auch das erste ferne Donnergrollen zu vernehmen.

»Verflucht, du Hexe hast uns Unheil gebracht! Über Frauen wie dich, wusste unsere Mutter gut Bescheid!«

»Pavel, lass mich in Frieden, du redest krankes Zeug«, versuchte Elisabeth fest und laut zu entgegnen, so dass auch bereits ein paar vorübergehende Bürger aufmerksam wurden.

»Du kannst mich bei deinem Paul Streeck, dem alten Hexer, erneut anschwärzen, aber wenn ich dich augenblicklich hier und jetzt verprügele, wirst du das einstecken müssen!«

Pavel wagte es wirklich, sie so fest am Arm zu zerren, dass ihr Korb mit dem Fisch zur Erde fiel. Sein Angriff dauerte allerdings nicht länger als ein Atemzug. Denn noch in dem Selben stieß etwas Schwarzes mit kräftigem Flügelschlag und lautem Quarren aus der Luft zwischen beide Personen und hackte Pavel mit aller Gewalt den Schnabel in die Schläfe. Elisabeth schrie auf. Der Flügelschlag der Krähe hatte ihre Wange gestreift, doch sie attackierte Pavels Gesicht und Kopf. Pavel fiel schreiend zur Erde und versuchte sich vergebens zu befreien. Der Vogel jedoch ließ nach wenigen Sekunden ebenso rasch von ihm ab, wie er angegriffen hatte, und flog zur Stadtmauer am Seehafen, in Richtung Bastion.

Einige Leute kamen herbei, halfen Elisabeth mit ihrem Korb, fragten, ob sie verletzt sei und bemühten sich auch um Pavel. Das Aufheben war groß und Elisabeth suchte augenblicklich das Weite.

Erneut kämpfte sie wegen einer unbegreiflichen Situation mit den Tränen. Musste sie sich nun vor einem rachsüchtigen Pavel fürchten? Hatte die Nebelkrähe ihn angegriffen, um sie zu schützen?

Ihre Gedanken schienen sich ein weiteres Mal über ihr zu verfinstern, gleich dem sich bedrohlich verdunkelnden Himmel im Südwesten.

Elisabeth hetzte auf der uneben gepflasterten Straße zum Nikoleikirchhof hoch und hielt - kurz vor des Meisters Schneiderei - tief durchatmend an einer großen Linde an. Diese war die erste jener Bäume, die das gigantische, zur Hälfte in Trümmern liegende Kirchenschiff von St.Nikolai entlang der frischen Grube flankierten.

Kapitel 8

Das Donnergrollen kam näher und sie glaubte auch schon ein kurzes Glimmen in den nun gelblich blaugrauen Wolken zu sehen. Die ganze Begebenheit wuchs zu etwas erneut Bedrohlichem. Sie kannte diese Wolkenfarben, sie schienen ihr zum ersten Mal seit Jahren intensiv die Erinnerung an jenen Nachmittag -

an dem sie und Piet mit Großmutter Else draußen vor den Stadttoren und der Bastion auf dem Feld waren - zurück zu rufen.

Damals, an jenem Dienstag, dem 28. Juli 1699, wollte sich das seit Tagen vor sich hinbrodelnde Gewitter nochmals in vollem Maße über der Stadt zusammenziehen.

Der Verwalter ließ Vieh und Pferde in den Unterstand treiben, während andere Bauern zu ihrem Unglück die Flucht in die Stadt vorzogen.

Als das Blitzspektakel mächtiger wurde, war es unschwer zu erahnen, dass die bizarren, weißglühenden Linien in alles einschlagen würden, was ihnen von der Erde aus am Nächsten kam. Dann spielte sich das fast geahnte, fürchterliche Drama direkt vor den Augen derer ab, die draußen auf dem Felde blieben. Sie konnten es sich außerhalb in der ersten Reihe mit ansehen.

Die drei großen, am Lübschen Tor gelegene Wehrtürme dienten seit 1673 als Lager für Schießpulver. Dieses befand sich zu jener Zeit in zirka 700 großen Bierfässern, die in den Türmen - welche kaum 90 Schritte voneinander entfernt standen - aufgeteilt wurden. Der mittlere davon war als *Kaiser* bekannt, da er der Höchste von allen war.

Wie erwähnt, schien die Tragödie vorbestimmt: Den *Kaiser* trafen drei breite, sich verästelnde Blitze, die zur Seite auf die nächsten Türme übersprangen. Die Explosion war furchtbar. Außerhalb der Bastion warfen sich die Menschen auf dem Feld zu Boden. Die Erde zitterte und jeder dachte, dass diese sich in der nächsten Sekunde auftun und die Hölle sie verschlingen würde.

Es war eine Salve an Explosionen, die nicht enden wollte. Keine Kriegsmaschine hätte ähnliches an enormen Gedonner oder eine solche Verwüstung herbeiführen können! Das grausame Getöse schien kein Ende zu finden, sondern formierte sich in verschieden schrecklichen Lautstärken immer wieder aufs Neue.

Die Luft über dem Feld roch nach Schwefel, glühender Regen fiel hernieder. Großmutter Else packte die Kinder und zog diese unter einen nahen Busch, nachdem der Unterstand Feuer fangen wollte - bedingt durch all die glühenden winzigen Trümmerteile, die von der explodierenden Stadt herüber schossen. Plötzlich glaubten alle, sie säßen mitten im Fegefeuer bei dem Leibhaftigen, da nun auch die Tiere anfingen zu schreien. Doch es war nur das teuflische Lichtspiel einer in Flammen stehenden Stadt, die sich in eine breite, bis zum Himmel reichende, feurige Wand gewandelt hatte.

Wismaria brannte. Die Wehrtürme und das Lübecker Stadttor waren verschwunden, die Silhouette der Kirchen und Häuser abgeflacht und in einem rasenden

Höllenfeuer stehend. Das Gewitter tobte weiter, als hätte es vor, die Welt zu vernichten.

Die 14jährige Elisabeth starrte auf die brennende Stadt, die nun in einen dichten Rauch und einem graugelben Explosionsnebel verhüllt, nicht mehr zu existieren schien. Sie schaffte es nicht zu schreien, sie starrte nur das Entsetzliche an. Großmutter Else zog sie zum Gebet auf die Knie und erst als Elisabeth sah, das Piet aus Furcht und Schreck das Bewusstsein verloren hatte, begann sie zu schreien und zu weinen. Sie dachte, er sei tot.

Viele Minuten noch prasselte die irdische Hölle weiter, bis plötzlich ein Starkregen einsetzte, der die Luft mit verbranntem Stein und Fleisch anfüllte.

Der neunjährige Piet war wieder zu sich gekommen und starrte mit ausdruckslosem Gesicht hinüber zur Bastion, in Richtung Stadtmauer

Eine ganze Nacht verharrten sie auf dem Feld, bis sich am frühen Morgen das Unwetter aufgelöst hatte und man versuchte, durch die Bastion zum Wassertor zu kommen und Einlass zu finden.

Hier sah man auch, dass einige der größeren Schiffe von den zersprengten Steinen getroffen wurden. Sie lagen, wie durch Kanonen angeschossen, zum Kentern auf ihren Flanken. Auch die Henningsche

WISSEMARIE war dabei, was die Kinder allerdings noch nicht bemerkten.

Ab dem Wassertor glühte und dampften noch immer Steine, zwischen denen sich tote Körper von Mensch und Tier befanden.

*

Elisabeth zuckte in ihrer Erinnerung zusammen. Da lag eine verletzte junge Krähe unter einem zerschmetterten Backstein! Sie hob diese damals auf, um sie mit nach Hause zu nehmen! Die Großmutter ließ sie gewähren, hielt aber anschließend beim Weitergehen Elisabeth die Augen zu.

Der Verwalter, der Piet trug, tat dies mit dem Jungen ebenso. Doch Elisabeth konnte es immer noch durch die Finger der Großmutter erkennen: zerrissene Pferdeleiber und menschliche Gliedmaßen lagen in den wirren Trümmern. Es war so entsetzlich, dass sie nicht aufhören konnte, all das Schreckliche ansehen zu wollen und drückte die Krähe dabei an ihren Körper. Ihre Sehnsucht, sofort nach Hause zu den Eltern zu wollen, wuchs ins Unermessliche...

Dann aber folgte der Aufschrei der Großmutter, der im Grunde unter den vielen Schreien der anderen Überlebenden unterging.

Der Verwalter setzte Piet ab und fiel vor Entsetzen mitten im Schutt auf seine Knie.

Fast hatten sie sich bis zur Faulen Grube durchgeschlagen, als sie erkannten, dass auch an der Ecke der Wollweberstraße kaum noch ein Haus stand. Die Straße selbst war nicht mehr zu sehen! Kein Stein schien auf dem anderen. Alles, auch die dort einst lebenden Menschen, waren in einem immensen Berg an Schutt, Holz, Stein und Asche verschwunden. – So auch das Bürgerhaus der Familie Hennings.

Die sich in diesem Bereich befindlichen Stadtgärten schienen in der wilden Wut eines Irrsinnigen abgefackelt worden zu sein. Es gab nur noch schwarze Baumstümpfe.

Elisabeth erinnerte sich nicht mehr genau an das, was daraufhin geschah. Nur, dass sie in der Nacht darauf im Haus der Großmutter ihre erste Monatsblutung bekam und daran, wie irrsinnig sie schrie, weil sie dachte, dass sie ebenfalls tödlich verletzt sein.

Alles Weitere entfiel ihr. Sie konnte sich auch nicht entsinnen, was mit der Krähe passierte, nur daran, dass Piet für einige Monate die Sprache verloren hatte und von daher in der Schule fehlte. Da die Stadtschule aber schwer beschädigt war, musste anschließend ein gesamtes Schuljahr wiederholt werden.

Wie und was sich nach der Explosion in allen Einzelheiten zugetragen hatte, erzählte die Großmutter den Enkelkindern erst lange Zeit später. Nur nicht über das Schicksal der jungen, verletzten Krähe. Darüber fiel kein Ton.

Die Eltern und weitere 15 Bürger wurden damals auf dem Sankt Georgenfriedhof beigesetzt. Alleine 40 Garnisonssoldaten hatte die Explosion in Stücke gerissen, als damit auch das alte Zeughaus hinweggesprengt wurde. Mindestens ebenso viele Bürger wurden schwer verletzt oder entseelt. Über 300 Häuser waren zum Teil vollkommen zerstört, sowie alle Kirchen in hohem Maße beschädigt.

Der Sachschaden alleine war so immens, dass keiner davon reden wollte.

Und jeder war sich sicher: Dies war ein Gottesurteil! Die Wucherer, Geizhälse und Erpresser hatten gesündigt und die Strafe fiel dementsprechend gnadenlos aus.

*

Elisabeth seufzte in ihrer Erinnerung, hob den Korb an, um die letzten Schritte zu dem Haus der Großmutter - das nun Schneidermeister Borg gehörte - anzutreten, als sie hinter den Bäumen eine Männerstimme vernahm, die sie anzusprechen schien.

»Fürchtet Euch nicht! *Gedanke und Erinnerung* werden Euch durch Wetter und Nebel leiten, mien Deern. Doch seid auf der Hut - Das Licht ist so nah, wie die Finsternis, und alles ist besser als der Tod!«

Sie drehte sich blitzschnell um und erkannte, dass zwischen den Bäumen eine Person in einem schwarzen Umhang davon eilte. Im gleichen Moment war das sich nähernde Donnergrollen sehr deutlich zu vernehmen. Das Gezwitscher der Singvögel verstummte und die Möwen stellten ihre allgegenwärtigen Gleitflüge ein. Elisabeth hatte diese Stimmung schon einmal erlebt, damals vor neun Jahren... Auch hatte sie jene alte, krächzende Männerstimme erkannt!

Nun war sie sich endgültig sicher, dass dieser seltsame Krähenmann ein Geheimnis barg. Etwas außergewöhnlich Gewichtiges musste es sein, so, wie seine soeben ausgesprochenen Worte...

Gedanke und Erinnerung... welchen Reim konnte sie sich darauf machen?

Wetter und Nebel... Licht und Finsternis? Alles ist besser als der Tod?

Hatte Liam diesen Satz nicht zu ihr gesagt, als sie ihn im Kommandantenhaus besucht hatte? Welch unglaublicher Zufall!

Dann zeigte der Alte sich dieses Mal nicht beim Sprechen, sondern beim Davongehen. Alles mutete eigenartiger an als bei den vorherigen Begegnungen.

Doch Elisabeth spürte keine Furcht. Im Gegenteil: Sie fühlte sich plötzlich auf eine unerklärbare Art beschützt und wollte daran glauben, dass sich letztendlich alles in ihrem Leben zum Guten finden könnte.

Ein Blitz zischte über die Bastion. Sie wandte sich um und eilte schnellen Schrittes in die Schneiderwerkstatt, wo sie noch einige Minuten blieb. Als es den Anschein hatte, das Gewitter wollte unverrichteter Dinge über die See abdrehen, packte Elisabeth ihre Arbeit zusammen, nahm dafür einen weiteren Korb und ging zügig zur Baustraße. Die schwülheiße Luft zitterte vor einer Spannung, die ihr den Atem nehmen wollte.

Piet war ebenfalls zurück und schien das frische Trinkwasser aufgefüllt zu haben. Er kam aus dem kleinen Garten durch die Stube und hielt sich einen erkennbar, vor Nässe triefenden Stofflappen an die Stirn. Als er seine Schwester sah, schien er erschrocken und drückte das feuchte Tuch über dem Abfallbottich aus. Eigentlich wollte Elisabeth spontan fragen, was dies zu bedeuten hätte, aber sie gab Piet Zeit, um selbst zu erklären, was auch rasch der Fall war.

»Dieses verfluchte Krähenvieh! Greift mich son´ Biest doch beim Wasserholen an!«

Elisabeth war entsetzt und wollte nicht näher darauf eingehen, da sie sich die Antwort auf ihre unausgesprochenen Gedanken bereits vorstellen konnte. Sie sah nur nach seiner Stirn und erkannte eine ziemlich heftige, gut eine halbe Finger lange Schramme.

»Was hast du angestellt?«, war wohl nicht die Frage, die Piet erwartet hatte. Sie spukte dennoch in Elisabeths Sinnen. Schließlich wurde auch Pavel in dem Moment von der Krähe angegriffen, in dem er sie attackieren wollte. Dies allerdings wollte sie ihrem Bruder nicht erzählen.

»Wieso ich? Ich füllte an der Wasserkunst die Bottiche!« Elisabeth atmete tief und sah einen Augenblick zur Seite, ehe sie ihn weiter ansprach.

»Piet, hast du nicht gehört, was passiert ist? Die Sache mit den sieben Soldaten, die man heute früh am Hafen verhaftete, weil sie desertieren wollten?«

Er blinzelte, legte sich nochmals das feuchte Tuch auf die Stirn und setzte sich an seinen Bierkrug auf die Küchenbank.

»Ja... natürlich! Da war ein riesiges Geschrei«, kam seine unerwartet ruhige Antwort, während er den nassen Lappen auf den Tisch legte und nun auf sorgfältige Weise gedankenversunken zu falten schien. Elisabeth stützte vor ihm die Hände auf den Tisch.

»Ich hab Malte am Wassertor getroffen, als der Karren mit den Gefangenen duchgetrieben wurde! Er sagte, dass ich dir das ausrichten soll. Kennst du die gefangenen Soldaten?«

»Wieso sollte ich?! Was setzt Malte denn da in die Welt? Nur wenn die bei Ruges wohnten, muss ich sie doch nicht kennen!«

»Ich sagte soeben aber nicht, dass sie bei den Ruges wohnten!«

Piet schienen die Worte seiner Schwester nervös zu machen. Er knallte den Lappen auf den Tisch und erhob sich wieder.

»Mein Gott, aber das war doch anzunehmen, wenn du von Malte sprichtst, und überhaupt: Was gehen mich Deserteure an? Sind ja nicht die ersten, die man hier dem Gericht übergibt. Und warum soll mich das erschrecken? Es sind Verräter.«

Piet verwirrte seine Schwester mit diesen harten Worten und jener kaltschnäuzigen Formulierung.

Inzwischen hatte sich der Himmel des neuen Tages wieder verdunkelt. Das Gewitter kam tatsächlich wieder zurück oder wurde durch ein neues abgelöst. Es war kurz vor zehn Uhr, als Elisabeth die Kerzen auf den Tisch stellte und das Unwetter in seiner ganzen Gewalt losbrach. Sie wollte nichts weiter tun, als Großmutters Bibel vom Regal holen und darin lesen und beten. Piet machte dabei schon lange nicht mehr mit, blieb aber dennoch bei Elisabeth am Tisch sitzen und lauschte ihren Worten. Jedenfalls machte es so den Anschein. Mehr noch lauschte er den Donnerschlägen während sein Blick sich im geisterhaften Spiel der zuckenden Blitze an der Backsteinfront der Georgenkirche verlor.

*

Sonntag, 08. Juli 1708

Es hatte die ganze Nacht über geregnet, was der Stadt, den Menschen und Tieren wohltat. Eine angenehme Seeluft legte sich über Wismaria. Die Vögel wollten sich in ihren vielstimmigen Gesängen überbieten und von nirgendwo wurden ernsthafte Gewitterschäden gemeldet.

Elisabeth wusste, dass Paul Streeck erneut vor der Tür stehen würde, um sie und Piet zum Kirchgang abzuholen. Ihr gedecktes schwarzbuntes Kleid mit den hochgeschlossenen dunkelroten Spitzenkragen wollte sie heute tragen. Dazu passte auch der sommerliche Umhang aus schwarzer Spitze. Diese Kleidung verdeutlichte eine Art Altjüngferlichkeit, in der sie sich neben Streeck sicher fühlte.

Dem Ältermann war dies gleichgültig. Er begrüßte seine Verlobte neuerdings sehr galant und sie wurde mit diesem, ihr durch und durch unsympatischen Mann am Arm, beim Betreten der Georgenkirche von den bereits Anwesenden mit Hochachtung zur Kenntnis genommen. Man erwies der Braut des Ältermannes Respekt. Elisabeth versuchte ihre diesbezüglich unglücklichen Gedanken mit dem Sehnen nach Liams Rückkehr zu ersticken.

Wieder war nach der Messe eine langatmige Unterredung mit dem Ältermann zum Mittagstisch angesagt. Sie hoffte innigst, dass er sie nicht erneut dazu nötigen würde, ihn zu irgendeinem Familienfest am Nachmittag zu begleiten, auch wenn Piet - der Demonstration ihrer Sittsamkeit wegen - stets mit dabei sein sollte.

Piet hätte auch nie abgelehnt. Konnte er doch jetzt in einigen Kreisen seine baldige familiäre Verbindung mit dem Ältermann Streeck bekunden. Zu den gesellschaftlichen Treffen mit seinen Kaufmanns- und Schützenfreunden hatten Elisabeth und Piet allerdings keinen Zugang. Sie nicht als Frau und ihr Bruder nicht, da gesellschaftlich nach wie vor ohne Rang und Namen. Doch dies schmerzte Elisabeth sichtlich weniger als Piet.

Das Abendmahl war erteilt worden und man erwartete nun den Abschluss der Predigt, der wie immer die neuesten Meldungen der Stadt beinhalten würde. Hier waren die Bürger ohne Ausnahme auf die Hintergründe der Verhaftung jener schwedischen Deserteure am Vortag, gespannt.

Es war auch die erste Meldung, die Pastor Sprengel zu verkünden hatte. Er sprach von der traurigen Begebenheit, dass sieben Soldaten der Garnison ihr Pflichtbewusstsein mit Füßen getreten und somit den schwedischen König sowie sich selbst schändlichst entehrt hätten. In dem sie ihre geschworene Pflicht sowie ihre Kameraden heimlich und von daher ohne jegliche Erlaubnis verlassen wollten, hätten sie schwer gesündigt. Dies allerdings sei dem wachen Geist eines Bürgers aus Lübeck nicht entgangan. Jener hätte sofort den Kommandanten darüber in Kenntnis gesetzt, und die Deserteure wären daraufhin verhaftet worden.

Zu deren Leidwesen, aber durch die gnädige Erlaubnis des Kommandantenhauses darf er - der Pastor - am heutigen Sonntag kundtun, dass die Verbrecher am kommenden Samstag auf dem Marktplatz die Hinrichtung durch den Strang zu erwarten hätten.

Diese Nachricht hätte ihn durch ein persönliches Schreiben von dem, sich zurzeit in Vertretung befindenden Kommandanten Oberstleutnand Haller erreicht.

Ein betroffenes Raunen ging duch die Anwesenden. Nur Piet hob erschrocken den Kopf und schien kurz davor, etwas Lautes ausrufen zu wollen. Dies aber hielt er tief einatmend inne und wandte sich sichtlich betroffen Elisabeth zu.

»Das kann doch nicht möglich sein!« Sie versuchte, seine Aufregung zu verstehen, ging es doch um Personen, die er gewiss gekannt hatte. Dennoch wunderte es sie kurz, wieso er sich erst jetzt darüber aufzuregen schien.

Bis nach der Messe und der Ankunft in Streecks Haus sagte er kein weiteres Wort mehr darüber. Dann aber wollte er seiner Nervosität Luft machen.

»Ich kann das nicht glauben! Malte meinte vor einiger Zeit, dass die Hinrichtung für Deserteure aufgehoben wurde. Der neue Kommandant hätte das Gesetz dahingehend geändert, dass er jede Sachlage einzeln überprüfen würde.«

Streeck platzierte sein Tafelbesteck mit hoher Präzision.

»Interessant, lieber Peter, aber wer ist dieser Malte und welchen neuen Kommandanten meinst du, wenn nicht Oberstleutnand Haller?« Piet antwortete schnell und geradezu hastig.

»Malte Persson ist ein schwedischer Infantrist und zurzeit in der Garnison stationiert. Und der neue Kommandant ist nicht Oberstleutnant Haller, sondern Oberst Liam Lindkvist. Der Oberstleutnant vertritt ihn nur zurzeit, da der andere nach Schweden musste. Haller unterliegen andere Bereiche.«

»Alle Achtung, Piet, du scheinst ja bestens über die Vorgänge innerhalb des Kommandantenhauses informiert. Ich hoffe, du triffst dich eher mit den Offizieren, als mit... *Infantrie-Kanonenfutter!*«, kommentierte der Ältermann mit dem Unterton des Spottes. Piet wurde unsicher.

»Malte war ein Freund des erschossenen Bertel Ruge. Bertel war mir bekannt. Also trifft man sich ab und zu noch zu einem Plausch.«

Elisabeth wurde das Gespräch unangenehm. Piet zwang sich, seine Freundschaft zu dem einfachen Soldaten Malte zu verleugnen, nur weil er damit bei Streeck nicht glänzen konnte. Doch weshalb machte er sich so offensichtliche Sorgen um die Deserteure?

Paul Streeck ließ sich die Suppe servieren, nickte kurz und versuchte Piet eine Erklärung zu bieten.

»Lieber Piet, es entscheidet immer der gegenwärtige Kommandant, auch wenn dieser nur in Vertretung des anderen steht, und das ist im Augenblick nun einmal dieser Haller. Da ist es gleichgültig, was dieser... Lindkvist für diesbezügliche Ideen hat. Außerdem ist ein einfaches Erhängen, auf das sogleich der Tod mit Genickbruch eintritt, bereits eine eindeutige Strafmilderung. Wir wissen, dass auch das Erhängen seine verschiedenen Möglichkeiten bietet.« Der Ältermann grinste herablassend und fuhr fort.

»Noch vor einigen Jahrzehnten war in diesem Fall öffentliches Auspeitschen und der Henker mit dem Richtblock angesagt. Dies war teilweiße gewiss schmerzloser als manche Form des Erhängens, für den Zuschauer aber ein recht widerwärtiges Spektakel.« Mit der Serviette betupfte Paul Streeck seine schmalen Lippen und Elisabeth spürte einen immer größer werdenden Ekel gegen Streecks verächtliche Ausdrucksweise. Zum Glück hatte dieser für jene Woche nur von einer Begegnung mit seinem Schützenverein zu erzählen. Diese würde am folgenden Donnerstag stattfinden. Hierzu musste sie ihn nicht begleiten, aber Piet sollte als Gast teilnehmen dürfen.

Piet redete am selben Tag keinen Ton mehr über die Angelegenheit mit den Deserteuren, verabschiedete sich von seiner Schwester kurz nachdem sie Streecks Haus verlassen hatten…

Kapitel 9

Es trieb Piet zum Hafen. Er konnte sich jetzt nicht vor den Freunden zurückziehen, das war ihm bewusst. Die Sache mit der eventuellen Hinrichtung durch Erhängen lag ihm schwer im Magen. Dies nun in Kauf nehmen zu müssen, war nicht Teil seines Planes gewesen.

Bei Roland traf er die verstörten Freunde an. Zu seiner Beruhigung tat Malte sofort kund, dass Niels und Olaf gewiss einige Frauenzimmer über ihre *Abreise* unterrichtet hätten, und Geld kam denen gewiss gelegener, als eine in die Ferne ziehende Liebschaft mit Treueschwur. Einen feschen Schweden für die Matratze würden sie in Wismaria noch oft genug finden.

»Wäre nur euer Oberst Lindkvist zurück, der hätte sie ohne viel Aufsehen nach Russland geschickt. Damit hätten sie noch eine Chance zum Überleben gehabt und ihre Buße im Krieg abarbeiten können! - Wäre auf jeden Fall auch vernünftiger, als ein irrsinniges Hinrichten!«, meinte Gustav, der Schmied. Malte sah ihn mit verstörtem Blick an.

»Du sagst es, mein Freund. Oberstleutnant Haller ist ein Hitzkopf von gut 50 Jahren! Er will bedingungslos die einstige Strenge durchziehn. Da er seine Infantristen wegen einer Augenverletzung nicht mehr auf dem Feld traktieren kann, versucht er sich in der Garnison hervor zu tun.«

Piet fiel es nicht schwer einen schockierten Eindruck zu schinden. Russland wäre für ihn auch eher in Ordnung als dieses angekündigte Erhängen auf dem Marktplatz.

»Wir werden die Schlampen ausfindig machen und zur Rede bringen!«, ergänze Malte.

»Wehe dem Verräter! Wir müssen ihn gemeinsam und eigenhändig aufknüpfen. – Lasst es uns hier und heute schwören!«

Maltes Ausruf fand lautstarken Beifall, bei dem Piet allerdings etwas verhalten wirkte, was jedoch niemandem auffiel.

An diesem Abend noch wurde durch die Schweden Malte und Yorick ein Ritual zelebriert, bei dem alle Teilnehmer einen Eid ablegen und mit einem Tropfen Blut unterzeichnen mussten.

Dabei schwor jeder Rache für die sieben verratenen Soldaten. Jeder gelobte, dass er den Verräter ausfindig machen würde, um an seiner geheimen Hinrichtung durch den Strang teilzunehmen.

Piet wurde es übel, aber er hielt durch. Er versuchte sich einzureden, dass dieser Firlefanz ihn gar nichts angehen würde. Natürlich unterschrieb er auch mit einem Blutstropfen und versprach, die Augen und Ohren nach dem Täter offen zu halten.

Er wusch sich am späten Abend auf dem Weg nach Hause nochmals in der Frischen Grube Füße, Gesicht und Arme. An den heißen Tagen zuvor war es üblich, dass man fast täglich im Mühlbach oder -teich badete. An jenem Sonntag aber überkam ihn das Bedürfnis, sich nochmals abkühlen zu müssen.

Als Piet zu Hause ankam, schlief seine Schwester schon fest.

*

Dienstag, 10. Juli 1708

Es war Elisabeths Geburtstag. Sie war schon früh aufgestanden, um sich selbst einen schönen Frühstückstisch zu richten. Eier gab es durch die Stadthühner - die weiterhin in ihrem Garten nächtigten - noch genug, sodass sie rasch einige Pfannkuchen backen konnte. Auch hatte sie im Garten ein paar bunte Blumen gepflückt und versuchte sich in helle, heitere Gedanken zu vertiefen. Es fiel ihr nicht leicht.

Der Traum, der sie in der letzten Nacht heimgesucht hatte, war zu düster, zu erdrückend gewesen. Zu allem Übel aber schien er ihr unfassbar wirklichkeitsnahe:

In einer mondhellen Nacht ging sie vom Haus der Großmutter aus hinüber nach Sankt Nikolai und betrat die Kirche. Einmal im Monat tat sie dies, da auch diese Basilika wunderschön war und von göttlichem Glanz zu sein schien.

Nun war sie auch in ihrem Traum in der immensen, himmelhoch erscheinenden Räumlichkeit mit ihren herrlich gemauerten Formen und Farbschattierungen. Sie ging, wie immer zum Hauptaltar und blieb stehen, als sie zur rechten Seite, in einer der Kapellen den Hochaltar von Sankt Georgen zu erkennen schien! Sie eilte hinüber und sah, dass sie sich nicht geirrt hatte: Es war der fast 20 Schritt breite, goldene Hauptaltar der Georgenkirche! - Wieso war er hier in Sankt Nikolai? Elisabeth rannte um den Chor, um auf der gegenüberliegenden Seite in einer der Kapellen erneut erschrocken zu verharren. Hier stand ein weiteres sakrales Werk, das zu einer anderen Kirche gehörte: das Taufbecken aus der Marienkirche!

»Welch ein Irrsinn ist das?«, dachte sie angespannt und versuchte, die nach Rosenholz duftene Nikolaienkirche zu verlassen.

Ohne einen räumlichen Übergang befand sie sich sogleich in Sankt Georgen! Der schönen Kirche aber fehlte das Deckengewölbe. Sie war zu einer Ruine verfallen, über deren Seitenwände und Fensterbögen Moose und Gräser wucherten. So schien der Vollmond hier mitten in das Kirchenschiff auf sie hernieder. Die Luft war mild und angenehm, aber dennoch bedrückte sie das zum Großteil eingestürzte Gemäuer und machte sie traurig.

Sofort blickte sie nach Osten, dort wo ihr Gebetsplatz am Hauptaltar war... Nichts von alledem war mehr zu sehen: Keine Bänke, keine Kerzen - kein Hauptaltar! Nur ein Boden voller Trümmer! Was war passiert?

Elisabeth schritt vorsichtig in einem gespenstig anmutenden Bodennebel über die eingestürzten Deckenbalken und steinernen Trümmer durch den Raum. Alle Seitenkapellen waren leer und verschüttet, und der Platz im Westen - an dem die herrliche Orgel hing - nur noch eine durchlöcherte, kahle Wand! Sie konnte verbranntes Holz riechen. Die Wahrnehmungen wollten sie erdrücken.

Plötzlich sah sie die Großmutter in einer der finsteren, verfallenen Nischen stehen. Diese war volkommen weiß gekleidet, schien durchsichtig und körperlos. Elisabeth empfand diesen Anblick, wie eine Erlösung und Großmutter Else kam auf sie zu, wobei sie an körperlich lebendigem Aussehen gewann. Nun konnte Elisabeth sogar deren Umarmung spüren.

»Liebes Kind«, hörte diese die Großmutter sagen, »ich segne dein neues Lebensjahr und bitte dich darum, die Seele deines Bruder zu retten!«

Elisabeth hielt die Hände der Großmutter und diese musste ihren fragenden Blick verstanden haben.

»Elisabeth, bringe eine Krähenfeder nach Sankt Georgen und verstecke diese in einem Winkel der Kirche, in dem der Backstein porös ist und sich bewegen lässt. Lege die Feder in diese Mulde und verschließe sie wieder mit dem Backstein.

Ein Vogel aus dem Norden wird dich retten, Elisabeth! Gib Piet dessen Segen weiter, in dem du die Feder der Krähe hierher bringst. Tust du dies, dann rettest Du nicht nur Piet, sondern auch Sankt Georgen! Diese Macht ist dir gegeben. Nur Sankt Marien wird niemand retten können... «

Mit diesen Worten zog sich die Großmutter wieder zurück in den düsteren Winkel und wandelte sich erneut in ein Lichtwesen.

Elisabeth eilte aus der zertrümmerten Georgenkirche am Tribunal vorbei und stand plötzlich vor einer, durch den orangeroten Vollmond beleuchteten, erschreckend kahlen und einsamen Gegend. Wie von Geisterhand waren hier eindrucksvolle Gebäude entfernt worden! Da, wo einst die herrliche Alte Schule stand, schien nur noch deren schwarz überdeckter Keller zu stehen! Der heftigste Schrecken allerdings durchfuhr sie beim Blick auf Sankt Marien:

Von der wunderschönen und mächtigsten Kirche Wismarias stand nur noch der gigantische Turm! Dort, wo sich das Kirchenschiff befand, war dessen Grundriss durch einen Steinsockel nachempfunden und ebenfalls mit schwarzen Planen abgedeckt. Das gesamte, immense Kirchenschiff jedoch war verschwunden!

Elisabeth durchzog ein heftiger Schmerz und eine unsagbare Traurigkeit.

»Wo bist du, heilige Marienkirche?«, wollte sie schreien, doch in diesem Moment wachte sie auf. Es war kurz nach fünf Uhr, die Möwen kreischten in bekannter Lautstärke und der Himmel hatte sich bereits in ein leuchtendes Blau verfärbt.

Sie erhob sich, sah, dass Piet auf der anderen Seite des Kleiderschrankes noch sehr fest schlief und ging in die Wohnküche, um sich als allerserstes den Schrecken jener Nacht aus den Augen zu waschen. Bei diesem neuen, sonnigen Tageslicht wollte sich Elisabeth nicht einmal fragen, was die düsteren Hinweise in ihrem Traum zu bedeuten hätten:

St. Georgen als überwucherte Ruine, die alte Schule und die Marienkirche - außer dem Turm – hinweggewischt! Welch einen Irrsinn hatte sie nur geträumt?!

Aber Großmutter war so lebensecht! Elisabeth hatte sogar das Kleid wiedererkannt, das diese trug!

Dann, die Raben- oder Krähenfeder! Hier wollte sie keine Sekunde zögern. Noch heute, an ihrem Geburtstag, würde sie das tun, um was die Großmutter sie bat:

Diese Feder in Sankt Georgen verbergen! - Die Feder, die schon seit Monaten in ihrer Bibel lag!

Sie hatte Früchtetee aufgebrüht und bemerkt, dass Piet durch den Duft wach geworden war. Er schien ausgiebig im Kleiderschrank zu wühlen und er benötigte seine Zeit, bis er aus der Tür kam. Im weißen Sommerhemd, hellem Beinkleid und ohne Schuhe mit ungekämmtem Schopf stand er vor Elisabeth und reichte ihr ein mit buntem Band kunstvoll zusammengeschnürtes Paket.

»Herzlichen Glückwunsch zum Geburtstag, Else!«

Elisabeth zog die Brauen hoch und sah Piet von der Seite her an. Es war ihr klar, dass dies ein, aus dem *Schmalztopf bezahltes Geschenk* sein musste, aber sie wollte ihn dafür nicht rügen.

»Danke, *kleiner Bruder*«, sagte sie in herzlichem Ton und wusste, er hoffte auf ein sofortiges Öffnen des Geschenkes. Sie tat ihm den Gefallen und erstaunte sehr. Piet hatte ihr ein Kleid gekauft! Ein Kleid und einen modischen Kopfschmuck. Sie lachte.

»Wann soll ich so etwas tragen? – Doch nicht etwa für Paul Streeck!« Dabei zog sie das Kleid aus der Schachtel und war überwältigt. Es war aus feinstem Leinendamast. Das eigentliche Kleid in einem buttergelb gefärbtem Stoff, das nach vorne offene, aufgenähte Überkleid, in goldgelbem Damast. Die Saumansätze und Ärmelrüschen waren in Brokat und Spitze gefasst, der Ausschnitt gewagt. Das Kleid wurde auf dem Rücken geschnürt und sie stellte sich vor, wie schwer es sein musste, so etwas alleine anziehen zu wollen. Hierfür benötigte man eine Kammerdienerin! Die niedliche Kopfbedeckung war in den gleichen Farben gehalten, wie das Kleid.

»Warum nicht? Du wirst ihn ja sowieso heiraten. Dann soll er dir zumindest zu Füßen liegen!«, kam Piets kesse Antwort.

Elisabeth hatte verstanden, dass ihr Bruder das Ganze in einem der teuersten Läden hinter dem Markt gekauft haben musste. Dort, wo man die neusten Näharbeiten aus dem Ausland anbot und auch einheimische Schneider diese nähten. Kaum eine Frau in Wismaria konnte sich so etwas leisten!

»Jetzt sind die blöden Münzen wenigstens nicht mehr in der Schmalzschüssel«, grinste Piet und Elisabeth hatte verstanden. Er hatte tatsächlich die restlichen Taler dafür ausgegeben oder vielleicht sogar noch Schulden gemacht, die er aber gewiss über den Spieltisch begleichen würde.

Sie legte das wertvolle Stück zur Seite und wusste schon in diesem Moment, dass sie es wohl nie tragen aber für immer aufbewahren würde. Sie umarmte Piet.

»Danke - nun setze dich und frühstücke.« Obwohl Piet etwas abgespannt aussah, bescherte er ihr ein ruhiges, gemütliches Zusammensein bei Tisch. Sie beobachtete seine Bewegungen genau und wünschte sich von Herzen, dass dieser überdrehte junge Mann keine weiteren, vorsätzlichen Fehler in seinem Leben begehen würde. Der Hinweis ihrer Großmutter im letzten Traum beängstigte sie.

»Ich hatte noch fünf Taler über, Else, und hab uns auch ein Spanferkel bestellt. Die bringen es uns gegen Mittag her«, bemerkte Piet und schmierte sein Honigbrot.

»Du gewöhnst dich langsam an die noblen Gewohnheiten, stimmts?«, musste Elisabeth entgegnen und wusste, dass sie richtig lag. Er erwähnte, dass er in der Früh noch hurtig zu Roland wollte, um ihm beim Ausbau seines Hausdaches zu helfen. Schließlich hätte er schon einige handwerkliche Erfahrung und müsse dies nicht umsonst angehen. Elisabeth nickte ihm anerkennend zu, obwohl sie von jener ehrenvollen Hilfsbereitschaft nicht wirklich überzeugt war, erinnerte es sie doch zu sehr an jenes winterliche Holzhacken bei den Ruges.

Doch sie wollte an ihrem Geburtstag keine Zweifel an seinem Tun ansprechen und setzte Piet darüber in

Kenntnis, dass auch sie vorher noch zu Meister Borg gehen sowie in Sankt Georgen sein würde.

"Ich werde dir heute auch die kaputte Bodendiele erneuern!", bekundete er in jenem Ton, mit der er meist ein ihr noch unbekanntes Missgeschick wieder gutmachen wollte. Elisabeth versuchte, sich zu keinen Verdächtigungen hinreißen zu lassen und bedankte sich.

Kurze Zeit später schon zog sie ihr helles Sommerkleid mit dem schwarzen Muster an und entschloss sich, als Allererstes nach Sankt Georgen zu gehen, denn um diese Zeit begegnete sie keinem Menschen. Sie griff nach ihrem naturfarbenen Umhang und ging - mit der Krähenfeder in ihrer Tasche - über die Straße zur Kirche. Als sie durch die Pforte der Basilika trat und um sich blickte, wollte es sie zum ersten Mal im Leben - zwischen den ungeheuerlich breiten und hohen, aus rotgebranntem Stein gemauerten Säulen der Kirche - frösteln. Sie erinnerte sich an ihren Traum und an ein zerstörtes Sankt Georgen: an die eingestürzten Gewölbe, das verschwundene Dach, die geborstenen, gebrochenen Fenster... sowie das Fehlen der kostbarsten Dinge überhaupt: des wunderschönen Altars und der zauberhaften Orgel!

Sie stellte sich die Situation erneut bildlich vor und spürte, wie fürchterlich dieser Anblick in der Wirklichkeit sein müsste.

Ohne lange zu zögern ging sie in die Kapelle, in der ihre Familie und Vorfahren bestattet wurden und suchte genau hier nach einem zerfallenen Backstein an der Mauer. Sie fand einen solch kleinen Brocken tatsächlich in Bodennähe!

Eisabeth zog dessen bröselndes Teil heraus, steckte die Krähenfeder in die sandige Lehmschicht und schloss die Lücke mit dem gebrochenen Backstein. Sie zog mit den Fingern ein Kreuz darüber.

»Amen!«, sagte sie leise, erhob sich, richtete die Blumen am Epithap ihrer Familie und ging zum Hauptaltar zurück, um dort der Großmutter zu danken und zu beten.

Sie trat aus der Nordpforte von Sankt Georgen und sah in die hohen Bäume auf der Gegenseite. Bei dem leichten Meereswind roch die Luft wunderbar rein, gerade an dieser Stelle der Stadt. Sie schien von Sommerblüten erfüllt.

Spontan flogen Elisabeths Gedanken zu Liam. Nun hatte sie ganze 15 Tage keine Lebenszeichen von ihm erhalten und sie sehnte sich unendlich nach ihm. Wundersam war, dass diese Sehnsucht nicht schmerzlich war, sondern von einem erleichternden Gefühl getragen schien.

Von diesem beflügelt, trug sie ihr Gang nicht zurück zur Baustraße sondern in die Nähe des Tribunals. –

Wie oft war sie die letzten Monate am Abend nochmals diesen Weg gegangen, nur um im den Fenstern des zweiten Stockwerks den warmgoldenen Kerzenschein zu erblicken, der seine Anwesenheit verriet. Wie sehr hatte sie sich dabei jedes Mal nach Mut gesehnt, der sie zu einer spontanen Handlung hätte hinreißen können. Nein, sie war feige und dumm gewesen! - Nun, wo diese Fenster nicht nur am Tage sondern auch am Abend schwarz blieben, wurde ihr jenes einfältige Benehmen immer bewusster.

Hätte sie es gewagt, ihn privat aufzusuchen, wäre sie unter seinem Schutz niemals in diese schlimme Lage geraten. Dessen schien sie sich sicher, obwohl sie keine genaue Erklärung für diese Vermutung hatte.

Elisabeth drehte sich in Richtung Alte Schule und ging den Weg zwischen diesem Meisterwerk der Baukunst und dem erhabenen Schiff der Marienkirche bis zu deren herrlich ausladendem Chor. Dann drehte sie sich um und schritt erneut zwischen beiden Gebäuden in tiefer Ehrfurcht zurück, während sie deren bauwerkliche Einzelheiten genaustens aufzunehmen schien und dabei an das beklemmende Gefühl jenes Traumes der vergangenen Nacht verspürte.

Wie konnte man nur annehmen, dass Sankt Marien sich einfach in Nichts auflösen, aber unerklärbarer Weise ihren Turm zurücklassen würde? Was hatte ein so unsinniger Traum zu bedeuten? Und wer sollte die Alte Schule verschwinden lassen? Solch unselige Mächte, die dies bewirken wollten, könnten doch nicht einmal in der Hölle existieren!

Elisabeth ging weiter und hörte, dass kurz vor dem Portal des Tribunals eine Krähe in ihrem Vorbeiflug einen lauten Ruf ausstieß. Sie blickte über ihre Schulter und hoffte, dass dies ein gutes Omen bedeuten wollte.

Jedenfalls verleitete sie der Vogel zu einem irrwitzigen Gedanken.

Sollte sie es heute, an ihrem Geburtstag wagen, zum Kommandantenhaus zu gehen, und nach Liams Ankunft zu fragen? Ihr Herz raste bei dieser Vorstellung lauter und schneller, als je zuvor, denn es hatte ihr diese Eingebung noch in der gleichen Sekunde als eine bereits beschlossene Sache erklärt.

Gerade erst war sie auf dem Weg in Richtung Marktplatz nochmals zurückgekehrt, und nun wurde ihr durch die vorbeifliegende Nebelkrähe bewusst, was ihr eigentliches Vorhaben sein sollte.

In der Hoffnung, niemand habe bemerkt, dass sie ein drittes Mal den Weg zwischen der Alten Schule und der Marienkirche durchlaufen hatte, eilte sie über die Querstaße zum nahen Kommandantenhaus am Markt und verhielt sich dieses Mal sehr mutig.

»Entschuldigen Sie bitte. Mein Name ist Elisabeth Hennings, und ich möchte gerne einen der diensthabenden Offiziere sprechen. Oberstleutnant Haller ist durch Oberst Lindkvist über meine Ankunft informiert«, sprach sie ohne Scheu den wachhabenden Soldaten an.Dieser musterte sie aufmerksam und wiederholte ihren Namen. - Elisabeth nickte. Sie wusste, dass sie an der Eingangstür warten musste und sah sich verstohlen um. Nur von weitem erblickte sie einige Personen, die eiligen Schrittes den Markt überquerten.

Nach einer gefühlten Ewigkeit, in der Elisabeth ihr Tuch immer tiefer über die Stirn zog, kam der Wachmann im Vorraum zur Tür und gebot ihr tatsächlich Eintritt. Dieses Mal geleitete man sie nicht in den Anmelderaum am Ende des Vorzimmers, sondern sogleich zur ersten Tür neben der Treppe. Sie war sich sicher, dass ihr das Herz in den nächsten Sekunden zerspringen würde.

Der Raum, in den man ihr Eintritt gewährte, ließ nur wenig von der aufsteigenden Morgensonne hindurch. Er war etwas einfacher gehalten, als das Arbeitszimmer des Kommandanten aber auch hier saß ein beeindruckender schwedischer Offizier hinter einem breiten Schreibtisch.

»Elisabeth Hennings?«, sagte er in fast vertrautem Ton und mit Liams Akzent.

»Ich bin Major Biörn Almström - Bitte setzt Euch!«

Sie begrüßte den freundlichen Offizier und tat, wie ihr angeboten.

Major Almström hatte sich nicht erhoben, sah sie aber an, als würde er bereits ihre Frage kennen.

»Bitte entschuldigen Sie, Herr Major. Oberst Liam Lindkvist sagte mir, ich könnte mich hier - bei Oberstleutnant Haller - melden, wenn ich Hilfe nötig hätte.«

»Oberstleutnant Haller ist für zwei Tage außer Haus. Von daher könnt ihr getrost mit mir sprechen, ich bin im Bilde.« Elisabeth nickte erleichtert.

»Danke Herr Major. - Als Erstes erlaube ich mir zu fragen, ob Oberst Lindkvist wieder in Wismaria ist, und falls nicht... ob man weiß, wann er wiederkommt.«

Almström, der wohl Ende Dreißig oder Anfang Vierzig sein musste, ebenfalls groß und ansehnlich war, verzog einen Mundwinkel und nickte.

»*Bästa Fru* Hennings...«, begann er mit aller Freundlichkeit, »... es stimmt, unser Kommandant, Oberst Lindkvist hat Euren Namen bei seinem Vertreter Oberstleutnant Haller hinterlegt, da er davon ausging, dass Ihr anfragen würdet. Ich habe hier einen Brief von ihm vom letzten Donnerstag, den fünften Juli.«

Er griff in seine Ablage. Sie befand sich hinter ihm auf einem Wandregal. Es war ein gefaltetes Papier mit aufgebrochenem Siegel, so, wie es jedem als Brief bekannt war. Almström öffnete ihn vor sich auf dem Schreibtisch.

»Der Oberst schreibt hier, dass er nicht vor Ende der ersten Augustwoche zurück sein könnte. Er muss bei einer wichtigen Verhandlung als Kronzeuge aussagen.«

Major Almström faltete die Hände über dem Papier und blickte in Elisabeths erschrockenes Gesicht. Tausend Gedankengänge schien sie ausdrücken zu wollen, ohne einen Ton zu sagen. Der Leutnant fuhr fort.

»Er schreibt hier auch, dass er Euch dies brieflich mitgeteilt hätte und falls Ihr Euch im Kommandantenhaus melden solltet, man Euch dies nochmals bestätigen müsste.«

»Schriftlich mitgeteilt?«, wiederholte sie ungläubig.

»Ja, hier steht es.« Der Major versuchte eine Übersetzung in die deutsche Sprache.

»Da sich... *den ärade*... die ehrenvolle Bürgerin Elisabeth Hennings mit einem wichtigen Anliegen (Akte 737 – 04 /A) am 25. Juni im Kommandantenhaus an mich wenden musste, und ich ihr... *hjälp*... Beistand zusicherte, werde ich diese zwar persönlich über meine... *fördröjd ankomst*... verzögerte Ankunft unterrichten, bitte aber darum, dass man ihr diese Botschaft ebenfalls kundtut, sollte sich... *den ärade*... die ehrenvolle Elisabeth Hennings, diesbezüglich melden.«

Elisabeth nickte und war gerührt über die liebenswürdige Art des Majors, aber die Tränen der Enttäuschung waren nur schwer zurück zu halten. Sollte Liam wirklich erst so spät zurückkommen, musste sie alles daran setzten, dass Streeck die Hochzeit um ein paar Tage verschieben würde. Und wie war das? Liam hatte sie davon unterrichtet? – Gar einen Brief geschrieben?

»Können wir Euch in irgendeiner Weise behilflich sein, *kära fru*?«, hörte sie den Offizier sagen. Elisabeth wiegte mit dem Kopf.

»Nein Danke, Herr Major, ich werde versuchen die Angelegenheit zu verschieben, bis Oberst Lindkvist zurück ist. Ich danke Euch herzlichst für Eure Hilfe.« Sie wollte aufstehen und sich verabschieden, als sie sich eine weitere Frage traute.

»Entschuldigen Sie bitte, aber weiß der Oberst davon, dass hier sieben Soldaten verhaftet wurden und nun hingerichtet werden?«

Major Almström zeigte ein einseitiges Grinsen.

»Ich habe keine Ahnung, ob Oberstleutnant Haller unserem Oberst Lindkvist eine diesbezügliche Meldung schickte. Ich denke, eher nicht. Der Oberst hat in Schweden eine Pflicht zu erfüllen und darf nicht abgelenkt werden. Aus diesem Grund möchte ich in seinem Namen auch gerade Euch, teuerste Elisabeth Hennings, herzlichst dafür danken, dass Ihr Verständnis zeigen wollt.«

Nun musste Elisabeth doch ein scheues Lächeln hervor bringen.

»Danke, Major Almström. Es war mir eine große Ehre, dass Sie sich für mein Anliegen Zeit nahmen.«

»Keine Ursache. Ich handelte im Auftrag meines Vorgesetzten - und es war mir in Eurem Fall eine ganz besondere Ehre.«

Almström erhob sich und machte die Andeutung einer Verneigung. Elisabeth verabschiedete sich mit einem herzlichen »Guten Tag, Herr Major«, verließ eiligst das Kommandantenhaus und hatte ihre Mühe, all das, was sie gerade erlebt und aufgenommen hatte, angemessen verarbeiten zu können.

Sie hätte sich vor allen Dingen eine schönere Überraschung für ihren Geburtstag gewünscht, aber zumindest hatte sie jetzt ein Stück Klarheit.

Ihre sich überschlagenden Gedanken führte sie geradewegs zum Postkontor.

Die Stadtkirchen schlugen schon das letzte Viertel vor 12 Uhr, und Elisabeth war froh, dass sie das Postamt noch vor dessen Mittagspause erreicht hatte. Der ältere, rotbackige Postdiener erkannte sie und erwiderte ihren atemlosen Gruß ebenso freundlich.

»Entschuldigt die ungünstige Stunde. Ich wollte nur nachfragen, ob vielleicht am vergangenen Donnerstag ein Brief für mich ankam«, äußerte sie erwartungsvoll.

Der Postmann sah in den Regalen nach und holte das dicke Buch der ausgegangenen Sendungen hervor.

»Nein, Jungfer Lisbeth. Nur jenen, den Ihr bereits am Freitag abgeholt habt.« Er fuhr mit dem Finger über die Reihe der Unterschriften und drehte das Buch Elisabeth entgegen.

»Hier, am Fünften!« Tatsächlich las Elisabeth den mit Tinte geschriebenen Namen *Hennings* und erkannte sofort, dass es Piets Handschrift war.«

»Das war mein Bruder!«, entgegnete sie aufgebracht.

»Aber das steht hier nicht! Seht doch!« Elisabeth erblickte erst jetzt, das zum Henning´schen H hinzugefügte E. Was sollte sie davon halten, außer, dass hier ein hinterhältiger Fälscher ihren Brief unterschlagen hatte?!

Sie wollte keine Auseinandersetzung mit dem Postmann. Gewiss war es sein Kollege, den Piet überreden konnte, ihm die Post auszuhändigen, und dem es nicht einmal auffiel, dass der junge Herr nicht mit seinem vollen Namen unterzeichnet hatte!

Den ersten Buchstaben ihres Vornamens anzugeben, war geschickt. Auf diese Weise würde er ganz aus der Gefahrenzone des Verdachts verschwinden.

Elisabeth wusste nicht, ob sie wütend, beängstigt oder traurig sein sollte über Piets wachsende Verschlagenheit. Ihr Geburtstag schien sich in eine unverhoffte Tragödie zu wandeln.

Die Hiobsbotschaft von Liams verspäteter Rückkehr wollte ihr die Angst vor jener geplanten Hochzeit mit einem Mann – vor dem sie sich fürchtete – noch vergrößern. Die Frage, wieso Vater sie Streeck als Frau versprach - sollte dessen Ehefrau früh sterben - hatte ebenfalls erneut an Oberwasser gewonnen. Zu dieser schmerzlichen Gewissheit benötigte sie eine Erklärung, die sie finden musste!

Wenn ihr Geburtstag schon zu einer Irrfahrt durch unbeantwortete Fragen zu werden schien, dann konnte sie diese heute auch gleich in vollem Maße angehen, bevor sie ihre Arbeiten zu Meister Borg brachte.

Der Weg zu Pastor Sprengels Wohnung war nicht weit, und da sie spürte, wie knapp die Zeit zur Katastrophe bemessen war, wollte sie dies nun auch noch am gleichen Morgen angehen.

Frau Sprengel drückte erneut ihre Überraschung aus, als sie der unangemeldeten Elisabeth die Tür öffnete. Da sie aber von der vertraulich herzlichen Beziehung ihres Mannes zu den Henningskindern wusste, ließ sie Elisabeth eintreten und unterrichtete sogleich ihren Mann, der gerade vom Mittagstisch aus in sein Arbeitszimmer gegangen war. Ebenfalls überrascht ließ er die sich erneut verstört zeigende Elisabeth eintreten, die sich ausladend für ihren Besuch zu entschuldigen versuchte.

»Mein Kind, setzte dich! Ich hoffe, du bringst mir keine schlechten Nachrichten!«, eröffnete der Pastor das Gespräch, während er sich nochmals mit dem Taschentuch über seine Lippen wischte und am Schreibtisch Platz behielt.

»Ich bitte Sie, Herr Pastor – helfen Sie mir herauszufinden, weshalb mein Vater mich Paul Streeck versprochen hat! Ich kann dies nicht einfach so hinnehmen, ich muss es verstehen können!« Pastor Sprengel atmete tief durch und blickte Elisabeth fest in die Augen.

»Dein Eigensinn ist wirklich erstaunlich, Elisabeth. Würde sich dahinter kein gottesfürchtiges Menschenkind verbergen, müsste ich dich als Pfarrer sogar zur Vorsicht mahnen. Du weißt, dass Frauen und Mädchen nicht all zu viel Wissensdurst zusteht.«

Sie verstand des Pastors Antwort, konnte aber in ihrem Falle nichts damit anfangen.

»Das mag sein, Herr Pastor. Doch hier geht es um das Andenken an meinen Vater – um das meiner Großmutter! Meine Familie war mir das Heiligste auf dieser Welt. Ich kann sie doch jetzt nicht als zwielichtige Seelen ansehen? Es ist schon bitter genug, dass mir mein Bruder nicht mehr als vertrauenswürdig erscheint!«

Es war unschwer zu erkennen, wie sehr Elisabeth diese Gedanken zu erdrücken schienen. Der Pastor antwortete mit einem lang anhaltenden, schweigenden Nicken.

»Das ergibt natürlich eine andere Sicht der Dinge, da muss ich dir beipflichten, Elisabeth. Die Ehre deiner verstorbenen Familie sollte in deinem Herzen bewahrt bleiben. Dennoch weiß ich nicht, wie ich dir helfen kann.« Er rückte nachdenklich seine Bücher zurecht, faltete die Hände über dem Schreibtisch und sah Elisabeth erneut an.

»Wie ich dir bereits sagte, hatte ich keine Ahnung davon, dass es zu dieser Planung gekommen war. Weder deine Großmutter noch deine Eltern redeten jemals mit mir darüber. Ich wusste einzig und alleine davon, dass dein Vater den Kaufmann Paul Streeck zu eurem Vormund eingesetzt hatte, da Johann Hennings zuvor zu mir kam und um eine Unterredung bat.«

Elisabeth horchte auf. Mit erwartungsvollem Blick schien sie dem Pastor die rasche Erklärung aus dessen Mund zu erbitten.

»Nun gut, ich bin schließlich kein katholischer Priester und meine Gespräche unterliegen demnach keinem Beichtgeheimnis, auch wenn ich Johann Hennings damals versprach, dass die Unterredung unter uns bleiben würde… Ich denke, dass es keinen Schaden anrichtet, wenn du davon erfährst, sondern dir eher Friede geben kann.«

Pastor Sprengels lange Einleitung machte Elisabeth noch nervöser, was dieser erkannte.

»Nun, dein Vater kam an jenem Tag, um mich zu fragen, was ich von Paul Streeck halten würde. Dieser wäre zwar sein Geschäftspartner und Freund, dessen Zusammenarbeit er schätzen würde, aber er wollte dennoch gerne eine unparteiische Meinung hören.« Der Pastor richtete die Ärmelumschläge seines Rockes und sprach weiter.

»Wie erwähnt, es ging deinem Vater um die Ernennung eines Vormundes für euch beide. Johann Hennings sagte zu mir, dass er aufgrund der vielen Reisen auch Gefahren ausgesetzt sei und er seine Kinder - falls ihm etwas zustoßen würde - in einer guten Obhut wissen wollte. Es sollte eine Person sein, die in einem solch tragischen Falle weiterhin für eure Erziehung und Bildung sorgen sollte. Außer seiner Frau würde nur noch deren Mutter, euere Großmutter, Elisabeth Stolterfoht als Verwandte leben, und eine Frau von 60 Jahren würde dieses Los im Ernstfalle auch nicht mehr lange übernehmen können.

Ich sagte eurem Vater damals, dass ich keinen Grund hätte, ihm von Paul Streeck als Vormund abzuraten. Er war bereits vor zehn Jahren ein Kaufmann von Rang und Namen und hatte einen guten Leumund, wenn auch nicht immer den Ruf eines zugänglichen Menschen.

Ich fragte deinen Vater auch, wieso er denn Zweifel hegen würde, denn diese zeigt man wohl, wenn man eine unparteiische Meinung hören will. Er reagierte darauf etwas verunsichert. - Und auch genau da erzählte er mir, dass er sich mit Streeck in ein großes, vielversprechendes Geschäft eingelassen hätte, das ihn aber kurz darauf fast sein Vermögen und sogar Kopf und Kragen hätte kosten können.« Der Pastor holte erneut tief Luft. Elisabeth sah ihn an, dass ihm diese Schilderung recht unangenehm zu sein schien. Er fuhr fort.

»Es drehte sich um den Handel mit einer schwedischen Gesellschaft. Als die Angelegenheit schief lief und die bereits zur Verfügung gestellten Gelder und Werte deines Vaters verloren schienen, da wäre Paul Streeck hilfreich eingesprungen und hätte euer Vermögen gerettet. Euer Vormund hätte daraufhin noblerweise notariell beglaubigen lassen, dass er über jenes Missgeschick und seine Hilfe absolutes Stillschweigen wahren würde.

Damals fügte dein Vater noch hinzu, dass Paul Streeck ihn hierzu natürlich auch um ungeahnte Gegenleistungen gebeten hätte, denen er - um der Verschwiegeheit Willen - nachgeben musste. Außerdem hätte Streeck auch um die Vormundschaft seiner Kinder gebeten. Dies mit dem Versprechen, sie zu erziehen und für sie zu sorgen, sollte Johann Hennnings und seiner Familie etwas zustoßen.

Man muss wissen, dass Paul Streeck damals bereits - nach fünfjährigem Eheleben - noch immer kinderlos war und Charlotte auch nicht gesund schien. Dein Vater konnte also hoffen, dass seine Kinder diese Lücke bei ihm füllen würden, sollte es zu jenem, für Johann Hennings unglückseligem Schicksal kommen.

Was jene "ungeahnte Gegenleistung", zu der Streeck deinen Vater nötigte, betrifft, habe ich mir nach der Bekanntgabe eurer Verlobung Gedanken gemacht. Ich glaube, dass es genau dies war, was Paul Streeck von deinem Vater erbat: Dich, als Ehefrau, sollte Charlotte sterben!«

Elisabeth ließ fassungslos den Kopf hängen. Ja, genau so konnte es sich verhalten haben! Aber das nahm dem Gedanken nicht das Entsetzen!

Wie groß muss Vaters Angst um den Verlust seiner Habe und die Existenz seiner Familie gewesen sein, dass er Streeck ein solches Versprechen gab?!

»Genau das kann ich nicht fassen, Herr Pastor!«, entgegnete Elisabeth den Tränen nahe.

»Vater hätte auch auf lange Sicht seinem Kaufmannspartner eine hohe Geldsumme als Entschädigung oder ihn auch mit anderen mareriellllen Werten auszahlen können. Wieso versprach er ihm die einzige, geliebte Tochter?!«

»Da hast du recht, Elisbeth«, vernahm sie des Pastors Zustimmung.

»Johann Hennings hatte Paul Streeck als Anzahlung auf die Schuldenlast seine Brauerei verkauft. Aber dies war wohl nicht genug.« Das Entsetzen kam in Elisabeths Ausdruck zurück.

»Unsere Brauerei? - Großmutter erzählte, dass sie diese verkaufen musste, um Piets Schule bezahlen zu können! Haben mich denn alle ein Leben lang beschwindelt?!«

»So darfst du das nicht sehen, Elisabeth.« Pastor Sprengel versuchte beruhigend zu wirken.

»Wenn hier Teile der Wahrheit verschwiegen wurden, dann nur zu deinem und Piets Schutz.« Ihre Antwort kam schnell.

»Dann lasst jetzt die Stunde der Wahrheit gekommen sein!«

Auf Elisabeths Äußerung versuchte es der Pastor mit einer ausweichenden Antwort.

»Elisabeth, dieses angestrebte Geschäft mit den Schweden war nicht ganz einwandfrei. Nein – nicht im juristischen Sinne ungesetzlich sondern eher…« Pastor Sprengel unterbrach sich selbst und suchte, seine Gedanken mit einem Blick zum Fenster richtend, nach einer geschickteren Ausdrucksweise.

»Soviel ich aus Johann Hennings heraus bekommen konnte, drehte es sich um einen Handel mit Gegenständen, von denen ein Christ die Finger lassen sollte. Deinem Vater wurde dies erst sehr spät bewusst, nämlich nachdem er den Vertrag bereits mit Streeck unterzeichnet hatte. Dann kam es zu jenem Zwischenfall, von dem ich nichts genaueres weiß und aus dem Streeck deinen Vater schließlich befreit hatte.«

Nun wusste Elisabeth eine Menge, trotzdem aber fehlte die eigenliche Erklärung und damit genau das, was ihr Bewusstsein hätte beruhigen können. Dafür aber gab es neue und äußerst geheimnisumwitterte Fragen.

Welch ein seltsamer *unchristlicher* Handel mit den Schweden sollte das gewesen sein? Der Pfarrer wusste hierauf keine Antwort, nur ein etwaiges Datum.

»Die Handelsangelegenheit spielte sich im Juli 1698 ab. Ich erinnere mich, dass dein Vater sagte, genau an deinem 13. Geburtstag hätte Streeck ihn wegen dieser geschäftlichen Vereinbarung aufgesucht, was er an diesem Tag als störend empfand, da ihr Gäste gehabt hättet. - Wann ist eigentlich Dein Geburtstag, Elisabeth?!"

»Heute! - Heute bin ich 23 Jahre alt geworden«, entgegnete sie mit einer Stimme, die ihr in ihrer Kühle selbst fremd schien.

»Mein Gott, Kind!« Pastor Sprengel erhob sich, ging zu Elisabeth und umfasste ihre Schultern.

»Möge unser Heiland dich segnen auf allen Wegen deines neuen Lebensjahres!« Sie dankte ihm mit einem Lächeln.

Elisabeth erschlich das Gefühl, dass es einen tieferen Sinn hatte, Streeck darum zu bitten, ihren heutigen Geburtstag nicht mit ihm feiern zu müssen.

Heute vor zehn Jahren hatte er sie gewiss von ihrem Vater gefordert. Dieser benötigte daraufhin Bedenkzeit und ließ das Abkommen – bestimmt unter Druck – am fünften August 1698 beglaubigen.

Natürlich basierte all dies auf Vermutungen, aber selbst Pastor Sprengel schien inzwischen die Sachlage so zu sehen. Er wusste in seiner aufsteigenden Verlegenheit nicht, wie er Elisabeths betrübte Sinne beschwichtigen konnte.

»Helft mir, dass ich diesen Mann nicht heiraten muss!«, nahm er ihre flehende Simme wahr, als er sich wieder setzte.

»Das kann ich nicht, Elisabeth! - Ich kann ihm nur nahelegen, dir ein guter Ehemann zu sein und auf dich zu achten. Er hat einen... *Vertrag*, der dich als sein Eigen bezeichnet! Hieran kann kein Mensch etwas ändern und freiwillig wird Streeck nicht von diesem besiegelten Abkommen zurücktreten, egal, was du anstellst! - Ich helfe dir, das Beste aus dieser Ehe zu machen, Elisabeth. Hab Mut!«

Sie erhob sich und schüttelte den Kopf, wobei sie dem Pastor weiterhin aufrecht in die Augen sah.

»Ich will ehrlich zu Ihnen sein, egal, was Sie nun von mir denken: Ich liebe einen anderen Mann, Herr Pastor! Und genau der wird es auch sein, der mir aus diesem Unglück heraushelfen wird, wenn Sie es nicht können! - Haben Sie dennoch Dank, ich verstehe Ihre Haltung...« Pastor Sprengel schien seinem Ausdruck nach vom Schlag gerührt.

»Elisabeth, begehe keinen Dummheit! - Nur unser Herr Jesus kann dir helfen!«

»Vielleicht tut er es ja… genau auf diese Weise.«

»Versündige dich nicht. - Sage mir, wer dieser Mann ist!« Des Pastors Stimme wurde kräftiger, aber Elisabeth wich ihm aus.

»Das kann ich nicht. - Noch nicht!« Pastor Sprengel atmete schwer.

»Wer hätte je gedacht, dass sich hinter dem scheuen, frommen Lämmchen eine ungebändigte junge Stute verstecken würde? - Gott schütze dich Elisabeth. Paul Streeck wird alles dafür tun, um dich zu zähmen!«

An diesem Punkt wurde Elisabeth klar, dass sie keine weitere Silbe über ihr Empfinden zu Liam preisgeben konnte. Sie dankte dem Pastor ohne ein weiteres Wort, verabschiedete sich mit aller Höflichkeit und wusste, dass ihr die Zwielichtigkeit der menschlichen Seelen heute, an ihrem Geburtstag, gewiss noch weitere Wunden schlagen würden. Denn nun hatte sie noch mit Piet zu verhandeln, der ihr Liams Brief unterschlagen hatte!

An der Ecke des Pastorenhauses angelehnt, legte sie ihre Hände auf die schmerzende Magengrube.

»Du unseliger Mensch«, stammelte sie leise. »Großmutter hat mich nicht umsonst mit der Krähenfeder nach Sankt Georgen geschickt! Ich sollte dir deine Seele retten, doch dein Leben rette dir selbst! Wenn Liam zurück ist, werde ich nicht mehr auf dich achten!«

Sie war froh, dass keiner ihr Selbstgespräch mitgehört hatte und ging nun, wesentlich schwereren Schrittes über die Baustraße nach Hause.

Als sie ins Haus trat, erkannte sie sofort, dass Piet schon wieder vom Hafen zurück war, da der irdene Topf mit dem Spanferkel am leise glimmenden Kaminfeuer stand und sich Brot sowie frisches Gemüse auf dem Tisch befanden. Dies konnte er allerdings ebenfalls und ausschließlich nur mit den Talern, die er sich erschwindelt hatte, bezahlt haben!

Elisabeth war so wütend, dass sie sich vornahm, die Ruhe zu bewahren und nur gezielte Fragen zu stellen.

Piet war im Hof und kam mit seinem steten, kessen Lächeln zurück. Elisabeth lächelte nicht.

»Schön, dann lass uns etwas essen. - Schade, dass wir keine Gäste haben können. Das wäre...«

»Halt den Mund, Peter Hennings!«, schlug sie scharf und präzise, wie mit einem Säbel durch Piets Worte. Er sah sie erschrocken und mit der Miene des geprügelten Unschuldlammes an.

»Wo ist mein Brief?«, lautete ihr zweiter wörtlicher Schlag in seine Magengrube. Piet versuchte, nicht verstehen zu wollen, was seine Schwester meinte, aber diese hatte kein Interesse daran, sich weiter zu erklären. Elisabeth schickte ihm einen sehr bedrohlichen Blick und Piet trachtete erkennbar nach einer hilfreichen Eingebung. Dabei schaute er sich geradezu verzweifelt im Zimmer um und starrte letztendlich zum bleigefassten Küchenfenster.

»Else... ich wollte ihn dir mitbringen und bekam dann plötzlich eine... so fürchterliche Angst«, begann er kleinlaut. Sie wollte ihn nicht unterbrechen.

»Ich hatte Angst, dass dieser Liam dir dein Leben zerstören könnte... jetzt, wo es uns doch bald besser gehen kann.«

»Hast du nicht etwa in erster Linie Angst, dass Liam *dein* Leben, *deine* Wünsche zerstören könnte, wenn seinetwegen meine Verbindung mit Paul Streeck nicht zustande käme?«

»UNSERE Zukunft, Else!« Piet setzte wieder diesen Ausdruck eines flehenden Kleinkindes auf, mit dem sie ihm stets alles verziehen hatte. Sie schwieg, ließ seinen Blick nicht aus den Augen, und er redete weiter.

»Ich verstehe ja, dass du Streeck nicht magst - aber zumindest haben wir bei ihm einen angemessenen bürgerlichen Stand und sind versorgt! Was hättest du auf lange Zeit von diesem Schweden? - Gut, er mag als Oberst seiner Majestät den höchsten Stand und das höchste Sagen in der Stadt haben... gewiss auch das meiste Geld, aber diese Offiziere bleiben nicht hier in Wismaria! Würdest du wirklich mit ihm in ein anderes Land ziehen und mir und deiner Heimat den Rücken kehren? - Wer würde dir helfen, wenn er dich leid wäre?!«

Dass Elisabeth immer noch nicht antwortete und ihn nur anstarrte, machte Piet Mut in seiner Verteidigungsansprache.

»Else, und vor allem: Du kannst doch nicht ernsthaft glauben, dass der etwas Verbindliches mit dir im Schilde führt. Auch wenn er ein ranghoher Offizier ist: er ist *ein Soldat!* Gewiss ist er zu fein, um zu den Badstaven zu gehen, aber Offiziere holen sich ihre Damen in die Bude. Die hängen dann eine Woche mit dieser und die Woche darauf mit der nächsten Deern herum und haben oftmals in Schweden schon eine Braut oder gar eine Frau!

Denk nicht, *dein* Liam wäre anders! Frag mal Malte oder die anderen, die kennen sich aus!

Denkst du, ich will, dass meine Schwester benutzt und weggeworfen wird?«

Er hielt inne und erhoffte besänftigende Worte. Diese kamen leider nicht. Elisabeth stützte sich vor ihm auf den Tisch und suchte vergebens seinen Blickkontakt.

Natürlich: Auch Liam sollte sie nun im Zwielicht sehen! Geschickt eingefädelt von Piet und so ungemein passend zu ihrer gegenwärtigen Verfassung, nach all dem, was sie heute früh durchstehen musste. Das Schicksal schien sie mit dem Hinweis auf einen allgemeinen Vertrauensverlust plagen zu wollen. Gewiss war dieser teilweise angebracht – aber dort, wo er fehl am Platze war, wollte sie ihn auf keinen Fall spüren. Sie umging Piets Hinweis.

»Und aus diesem ganzen Edelmut heraus unterschreibst du auf der Post mit *meinem* Namen – begehst *Urkundenfälschung?* Spar dir dein Geschwätz, Peter Hennings! Ich weiß mittlerweile, wie du gestrickt bist: fintenreich, eigennützig, unmoralisch, verschlagen und vorteilsfuchsend!

Und lass Liam Lindkvist sein was er ist oder auch nicht. Ein einziger Tag mit ihm wäre mir tausend Mal lieber, als weitere Jahre mit den Personen, die mich bis jetzt nur belastet haben und weiterhin belasten werden!«

Piet dachte, dass ihn Tod und Teufel sowie der Schlag des Allmächtigen gleichzeitig treffen wollten. So hatte Elisabeth noch nie geredet! - Was war mit ihr passiert? Nein, er durfte jetzt nicht dagegen anmeckern, aber sie musste wieder zur Besinnung kommen! Vielleicht sollte er Streeck... Piet blickte demütig unter sich und antwortete nicht.

»Packe bitte all diese Dinge in eine Karre und fahre sie hoch zu deinen Freunden am Hafen. Du vermisst sie sowieso und ich brauche das alles nicht!«

Zum ersten Mal schienen Piet ihre Worte nahe zu gehen.

»Elisabeth, ich wollte Dir wirklich nicht weh tun, sondern dich nur vor denen schützen, die dir schaden könnten! Behandele mich doch nicht so, als sei ich ein gemeiner Strolch. Ich habe doch niemanden außer dir, der mir in diesem Leben wirklich etwas bedeutet... und werde wohl auch nie jemanden haben, der dich ersetzen könnte.«

Elisabeth stillte ihren Durst mit einem Krug Wasser und atmete tief durch.

»Warum hörst du nicht damit auf Piet? Du bist doch schon längst zur Gegenseite übergewechselt! Deine ganze Hoffnung klammert sich ausschließlich an unseren Vormund, den du als baldigen Schwager siehst und auch benötigst. Du wirst von da an willentlich nach seiner Pfeife tanzen und ich sowie die Erinnerung an unsere Familie dir gar nichts mehr wert sein! Von daher: Nimm diese Dinge und feiere mit Roland, Malte, Yorik und wie sie alle heißen. Feiere deinen Abschied von ihnen! Denn auch diese Freunde wirst du später in deiner neuen gesellschaftlchen Stellung mit Verachtung strafen!«

Piet folgte den unruhigen Bewegungen seiner Schwester, ohne ein Wort zu verlieren. Diese legte die fertig genähten Hemden in ihren Korb.

»Ich gehe jetzt zu Meister Borg. Von Pfarrer Sprengel habe ich heute auch erfahren, dass es etwas gibt, das Vater dazu bewegt hatte, mich diesem… Menschen zu versprechen! Es wird auch gewiss einen Weg geben, um darüber Genaueres herausfinden zu können.«

»Und dann, Else? - Willst du etwa vor Gericht dagegen angehen? Da dürftest du auf Schwierigkeiten stoßen.« Piets selbstbewusster Gegenzug schien nicht bei ihr anzukommen.

»Mag sein. Aber auch Streeck könnte auf Schwierigkeiten stoßen, würde er bei einer diesbezüglichen Klage auf eine Person treffen, gegen die er nicht ankommt!«

Piet verstand das Sinnen seiner Schwester im Fluge. Mit einem kühlen »Träume weiter...« drehte er seinen Blick von Elisabeth ab.

Sie griff nach ihren Umhang, sowie nach dem Korb mit ihrer fertigen Näharbeit und war im nächsten Augenblick aus der Tür.

Piet saß regungslos auf der Kante des Küchenstuhls.

»Und genau das wirst du *mir* nicht antun, meine Gute«, brummte er verärgert.

»Zum Hafen gehe ich nicht! Dafür aber werde ich heute noch meinem zukünftigen Schwager einen Besuch abstatten und ihn über ein paar Dinge in Kenntnis setzen.

Ende Teil II

Weiter geht es im letzten Teil III »Seelen im Feuer«

22862995R00171

Printed in Poland
by Amazon Fulfillment
Poland Sp. z o.o., Wrocław